DARIA BUNKO

月夕のヨル

朝丘 戻

ILLUSTRATION yoco

JN207884

ILLUSTRATION

yoco

CONTENTS

月夕のヨル 9

心に在る春 339

十五年後のヨル 347

あとがき 358

6月11日のヨル 360

この作品はフィクションです。
実在の人物・団体・事件などに一切関係ありません。

月夕のヨル

6月18日(月)

もう二度と会えない、大好きだった人の名前をネットで検索したのは一ヶ月前だった。

【せいや、ゲイ】と入力したのは、ノンケだった彼に再会したくなかったからかもしれない。宇宙みたいに茫洋《ぼうよう》と、茫漠《ぼうばく》と、広大で未知なネット世界に、ゲイの聖也《せいや》さんがひそんでいたらいいのにと想った。

聖也さんはこの世にひとりで、そしてすでにいなくて、それが現実だとわかっていたのに。

「――いらっしゃい」

『食事処あずま』としるされた濃紺色ののれんをくぐって戸をスライドさせ、お店へ入ると、店主の男性がカウンターにいて、軽く会釈《えしゃく》しながら笑顔で迎えてくれた。……座席は、右側に掘りごたつ式小あがり四人用卓がみっつと、カウンターのみ。まだほかに客は誰もいない。

「よろしければ、こちらへどうぞ」

ぼくの迷いを察してか、店主が笑顔で正面のカウンター席へくるようながしてくれた。

耳が隠れるほどのすこし長めのうねった焦《こ》げ茶《ちゃ》髪と、夏の太陽みたいに爽《さわ》やかな笑顔。ブログの記事に載っていた写真より、現実の、リアルの彼は、上背もあって綺麗な手をした格好いい男だった。

「……もしかして、きみがヨル君？」

席へつくと、彼がおしぼりとお通しをくれながら訊《たず》ねてきた。

ヨル君――ネットでつかっている名前を、他人の声で聞くのはなんて奇妙な感覚だろう。

「はい、ヨルです」

顔をあげて、ぼくも彼の目を見つめた。

「あなたは、セイヤさんですか」

この名前の響きを口にしたのも、ずいぶんひさしぶりかもしれない。

「そうです。セイヤですよ」

彼はにっこりと、清らかな瞳でこたえてくれた。


聖也さんの名前をネットの海で検索した結果、表示された膨大な情報のなかからながれ着いたのが、このお店のブログだった。

家族と暮らしている家のある町から電車とバスを利用して一時間以内に着くその食事処は、昼は定食屋、夜は居酒屋になるお店で、店主のセイヤさんが宣伝のためにブログを書いている。

〝ゲイ〟というキーワードでひっかかったのは、彼のブログ記事にゲイのお客さんも登場するからだ。彼は許可をくれたお客さんとの会話内容や面白い出来事を日記のように綴《つづ》っており、それはさながら短編小説のようで、さまざまな人生を生きるお客さんと交流し、彼が日々思いを馳《は》せる事柄は読み応《ごた》えもあって、単なるお店の宣伝ブログにしておくのはもったいないほどだった。ぼくはそこに惹《ひ》かれて、気づけば毎日更新を楽しみにする愛読者になっていた。

「ヨル君は、食べ物の好き嫌いとかある？」

「……いえ。なんでも食べます」

「お酒は？」

「飲みやすいサワーとかカクテルなら、すこし」

「わかった。じゃあ適当にごちそうするね」

骨と筋のおうとつが美しい長い指に、酒の入ったグラスと二等分にされたレモンが運ばれてきた。レモン搾《しぼ》り器もある。自分で搾って作るこのレモンサワーは、ブログでもお客さんに好評と書かれていて、一度呑《の》んでみたかった。レモンを手に持つ。

「ヨル君は大学生なんだっけ」

「あ……はい」

「友だちと呑みにいったりする？」

「いきますけど……合コンしたりなんだりっていう、はしゃいだ大学生のイメージほどじゃ、ありません。友だち数人と安いチェーン居酒屋へいく程度で」

「みたいだね。レモンの搾りかたが初々《ういうい》しい」

手もとでレモンの果実がいびつなかたちに破壊されて、飛び散った果汁も指にべったりついている。

「ははは」とセイヤさんが顔をそむけて笑った。眉《まゆ》を八の字にして、左手で口もとを押さえて肩を揺らすチャーミングな姿を見ていると、恥ずかしくて、いたたまれなくなってくる。

「貸してごらん」

搾り器とレモンをとった彼が、突起部分に果実をまっすぐあわせて押しこみ、回転させて、鮮やかに搾ってくれた。不自由そうなぐらい長細く綺麗な指で、きっちり搾りきって果汁がでなくなると、それをそっとグラスにそそいでレモンサワーにしてくれる。

「空きっ腹にいきなり酒を入れるとよくないから、お通しと一緒にどうぞ。うちの自慢の肉じゃがもいまだすね」

「……ありがとうございます」

おしぼりで手を拭い、箸《はし》を割る。

お通しはほうれん草のおひたしだった。食べてみると、出汁《だし》と醬油《しょうゆ》の味がしっかり染みこんでいるのに、濃すぎず水っぽくもなく、ちょうどいい旨味《うまみ》が口内にひろがっておいしかった。器《うつわ》にこびりついたかつお節まで残さず食べた。さっぱりしたレモンサワーにとてもあう。

「すごくおいしいです」

お通しでさえ常連さんに人気、とブログにあったとおりの期待を裏切らない味。

「どうも。肉じゃがも、はいどうぞ」

じゃがいもが焦げ茶色になるほど煮こまれた肉じゃがは、ニンジンのオレンジ色と絹さやの緑色が彩りも綺麗で食欲をそそる。じゃがいもの角を崩してひとくち食べたら、ほっくり温かい甘みと、コクのある出汁が舌に染み入ってこれもたまらなくおいしかった。

「おいしいです……奥までしっかり味がついてる。このじゃがいもだけでも延々と食べていられそう」

「お気に召したようでよかった」

終始にこやかで、穏やかな雰囲気をまとって正面にいる彼を見あげた。

ブログのやわらかい文章とおなじ温厚で人情味を感じる人柄、黒いYシャツにエプロン、布《ふ》巾《きん》を持つ綺麗な手。

「やっぱり実際に会ってみると違うものだね」

彼が言った。

「しゃべった感じはチャットのままだけど、声や容姿やしぐさに新鮮さを感じるよ」

肉じゃがに視線を落として、うつむきながら「……はい」とうなずいた。

「セイヤさんも、想像以上に格好よくて……穏和な人でした」

「ふふ、怖い人だと思ってた？」

「ブログで素敵な人だとは思ってました。でも……正直、会おうって言ってもらったときは、得体の知れない人だなって、身がまえました」

「ははは」

彼のブログは『アニマルパーク』通称『アニパー』という、動物のアバターで交流するSNSをつくった会社が無料で提供しているもので、そのブログに『アニパー』のブログパーツも埋めこまれていた。彼が『アニパー』にログインしていると、ブログの隅に表示された可愛い動物アバターの上に、吹きだしで〝ログイン中〟とでるようになっているのだ。

『アニパー』に登録すれば、一ヶ月のあいだブログの日記だけ見守っていた彼と会話できる。

次第に〝ログイン中〟の表示を見るたびに胸が騒ぐようになった。〝オフライン〟になっているともの悲しい気持ちにもなった。

それで思いきって登録して、ログイン中のブログパーツから〝セイヤさんのところへいく〟というアイコンを押し、会いにいったのが一週間前。ちなみにアバターでの彼はまるい可愛い目をした水色ライオン。ぼくはつぶらな黒い目の、白いぼろぼろハムスター。

「『アニパー』はもともと客寄せと予約の受けつけをメインに利用してるからね。ブログ経由でいきなり声をかけられても驚かないし、ぜひいらしてくださいって店へ誘ったりもするよ」

「……でも、ぼくは、」

決して純粋な、店に対する興味だけで近づいたわけじゃなかった。

「そうだね」と、ぼくの言い淀んだ言葉を酌《く》むように、彼がうなずく。

「悩んでいるのは叔父さんのことなんだっけ」

「はい」

こたえた自分の声に気持ちが凪《な》いだ。

「……すみません。トマトのまるごと煮と、味噌お粥《かゆ》と、生野菜もお願いしていいですか」

目をあげて唐突に注文したぼくを、それでも彼は唇《くちびる》を甘くひいて苦笑するだけで「わかりました」と受け容れてくれる。ぼくから視線をはずし、食事を用意する表情が真剣で、料理人の風格を感じる。

「カウンターに立ってると、毎日いろんな人と出会うよ。単身赴任で不倫してるサラリーマン、男にふられるたび号泣《ごうきゅう》しにくる風俗嬢、家族に内緒で夜中こっそりお酒を呑みにくる主婦……みんなそれぞれいろんな物語の人生を生きてる」

「……はい」

「ぼくがブログを書くようになってからは、自ら鬱憤《うっぷん》や苦悩を吐露《とろ》するためにきてくれる人も増えた。ここは近ごろそういう場所になってきているんだと思う。ヨル君も、好みにあわせて利用してくれてかまわないよ」

「好み、ですか」

「そう」

抱えている事情を赤裸々《せきらら》に暴露するのも、ひとりでゆっくり食事して帰るのも、自由にしなさいという意味だろうか。

「……セイヤさんは、優しいんですね」

「さあ、どうでしょう」

今度は小首を傾《かし》げてにっこりと、夜にだけ咲く花みたいに白く無垢《むく》に微笑《ほほえ》む。

カウンターにならぶ大皿の料理の芳《かぐわ》しい香りが、店内にあわあわただよっている。空気だけでも、食欲と、胸の奥を満たしてくれる店……ぼくはここに、癒《い》やしを求めてきたんだ、と、自分の意思を確認するように感情を噛《か》みしめた。

「叔父が亡くなったのは、三年前の、二月のことです」

「うん」

「父の弟で、まだ三十九歳でした。車の事故で、一瞬で。……泣き崩れました。相手のトラックの運転手を殺してやるって、号泣して叫び狂いました。最後に見た棺《ひつぎ》のなかの姿と、火葬炉に運ばれていく場面が、頭にずっとこびりついています」

「……うん」

「でも近くに住んでいたのに、あまり会えない人だったせいか、時が経つにつれ、死の実感がうすれていって、またひょっこり顔を見せにきてくれるような、どこかで生きているような気がして、なのにあの人はこなくて……それでネットで探したら、このお店のブログにたどり着きました。空虚だった毎日が、セイヤさんの日記を読むっていう習慣を得たことで変わって、癒やされていったんです」

「……ん」

手もとにレモンサワーがある。ひと息にしゃべって掠《かす》れた喉《のど》を潤《うるお》したくて、グラスをとってゆっくり呑んだ。……おいしい。さっぱりとすっぱくて、おいしい。

「ぼくは叔父が好きでした。……恋をしていました。初恋でした」

聖也さんが好きだ、と怒鳴るように告白したときの、驚いてこぼれ落ちそうに瞠目《どうもく》した彼の瞳が脳裏を過《よぎ》る。何度想い返したか知れない、いつも記憶の真んなかにある鮮明な姿。

「恋を自覚した当時ぼくは十四歳で、叔父はぼくの告白を笑いました。でも二十歳《はたち》になってでも自分を好きだったらつきあってやるって、約束してくれたんです。そして、ぼくが二十歳になる前に死んでしまった」

「ン」

「あの約束がどこまで本気だったのかも、もうわからない。三年経ったのに、たぶん、ぼくはまだ叔父に囚《とら》われているんだと思います」

グラスのなかの氷が、店内のライトに反射して銀色の光を放っている。うすくにごったレモンサワー。冷たいグラス。指先に水滴がついて冷えていく。

現実をしっかり見つめて、確認して、ぼくは聖也さんとの想い出を迂闊《うかつ》にひっぱりださないようにしている。あふれでて制御できなくなると、自分は駄目になる、と知っているからだ。どんなふうに〝駄目〟になるのかはわからないのに、抑えろ、と本能が腹の底から訴えてくる。抑えろ、いまはまだ。

「チャットの文字だと淡々として見えたけど、実際はこんなふうに聞かせてくれてたんだね」

どうぞ、とセイヤさんがぼくの前にキャベツとニンジンとピーマンの生野菜盛りと、味噌お粥をおいてくれた。顔は、まださっきとおなじように微笑んでくれている。

彼の言う〝こんなふう〟が、どんなかは判然としないものの、「はい」とうなずいて返した。たしかに聖也さんの死についてもチャットで先に話していた。ハムスターの姿で、文字のみでかわす会話なら、初対面でも臆《おく》さずに披瀝《ひれき》できた。それまでブログをとおして見てきた彼に、信頼が芽生えていたのもある。この人だから話せた。

「考えかたのひとつとして、亡くなった人のことを想っていつまでも嘆いていたら、その故人が心配して天国へいけなくなってしまうという説もあるよね。見たところ、ヨル君は嘆くほどではないにしろ、ぼくには泣いているように感じるよ。……叔父さんの時間は残念ながらとまってしまった。けどきみの命の時計の針はすすみ続けている。叔父さんと過ごした日々やもらった感情の全部を胸に刻んで、叔父さんに恥ずかしくない人間へ成長していこうと、ヨル君が考えられるようになったらいいなと、ぼくは思うよ」

部外者なのに不躾《ぶしつけ》だけれど、とひかえめにつけ加える。いいえ、と頭をふって、瑞々《みずみず》しいキャベツを一枚とり、味噌ダレをつけてばりばり鳴らして食べた。

……ぼくは泣いて見えるのか。長いようでいて、またたく間に過ぎた三年のあいだ、ぼくはこういう言葉で、こうして、誰かに、叔父に恋したゲイの自分を許されたかったように思う。

「……セイヤさんは本当に優しいですね。ぼくがゲイってことも、驚かないし嗤《わら》わない」

「ヨル君は、驚いたり嗤われたりしてきたの？」

キツネ色をしたお粥が、ほくほく白い湯気をあげている。

「自分の指向は、叔父と、仲の深い幼なじみにしか話さなかったので、差別を体験したことはないです。でも、ふたりの次にセイヤさんにうち明けたのは、正しかったと思います」

「ぼくを信じて話してくれたヨル君こそ優しいでしょう。ありがとう」

ありがとう……意外すぎる言葉にほうけた。

「叔父の死とか、ゲイとか……面倒な話をされて、礼なんて、普通言いませんよ。優しいのはセイヤさんです」

友だちも、叔父という若干距離感のある親族でさえ死をちらつかせると苦々しい顔になる。あー亡くなったんだ……大変だな、若いのにな、と、とたんに暗澹《あんたん》としたようすで悼《いた》みを口にしながら同情しだす。だから申しわけなくなって、うちに秘めるようになっていた。

ゲイってことはそれ以前の問題で、当然言っていない。

「言わずにいたってことはつまり、心をひらけずにいたってことでしょう？　だけどヨル君はぼくを選んで心をひらいてくれた。それこそ初対面の得体の知れないおじさんなのに。純粋で、優しくていい子だなと思うよ。そんなヨル君に信頼してもらえて恐縮です」

にこやかに、彼が軽く頭をさげる。

「……。セイヤさんは、じつは悪い人なんですか」

　じっと探り見て訊ねたら、はは、と笑われた。

「悪い人は、自分が悪い人だなんてわざわざ教えないだろうね」

「じゃあいい人」

「いい人も、自分でいい人だとは言わないよ。そうだなあ……ヨル君の前では、きみが信じてくれたような優しい人でいたいね。一応、店長さんでもあるし」

「一応って」

　ふふ、とセイヤさんが笑うから、つられてぼくもすこし笑った。

　冷めてから食べるのも失礼だろうと、レンゲをとってお粥を口に入れる。大根と鶏肉とネギが入った味噌味のこのお粥もとてもおいしくて、身体の内側まで温めてくれる。

「……セイヤさん。成長って……なんでしょうか」

「ん？」

「叔父に恥ずかしくない人間になるって、具体的にどうしたらいいのか」

　三年経ってぼくは二十一になった。大学院へすすむ方向で将来についても考え始め、人生の岐路に立っているものの、いずれ博士課程を修了して就職活動も乗り越え、立派に働いていくのが恥ずかしくない人間……っていうわけじゃ、ない気がする。

「ヨル君の命の時計の針を、無駄にまわさないことかな」

「……無駄に」

「ヨル君はどうして叔父さんの名前をネットで検索したんだっけ」

「それは……」

それは。

「……また、叔父に、会いたかったからです」

聖也さんはいないけど、まだ生きている気がしてしかたがなかったから。消えなかったから。

ぼくのなかでは死んでいないから。記憶の奥で、胸の底で、ずっと生きているから。

「でもきみは叔父さんじゃなくて、ぼくに会いにきてくれた」

「……。はい」

「ヨル君が自覚しているとおり、きみは三年間叔父さんに囚われていたんだろうね。ヨル君の心はおきざりのまま、時間だけがきみの目の前をさらさらすすんでた。けど、今夜新しい世界に踏みだしたわけだ。立ち止まっていたヨル君自身も、時間に乗ってまた動き始めた」

「はい」

「これもひとつの成長だと思うよ。ヨル君のペースでいい。隣で叔父さんが見ていても、心配させたり、哀しませたりしない生活を送れたらいいよね。叔父さんだけじゃなくて、ヨル君を大事に想っている人たちも心配だろうから」

……聖也さんを安心させるために、命の時間を無駄にせず、しっかりすすんで生きること。

「なら、ぼくはセイヤさんのお店に通います。それで、新しい恋を探します」

「恋は急《せ》かなくてもいいんじゃない？」

「いえ、叔父を安心させるには、やっぱりこの想いをべつのかたちへ昇華すべきだろうから」

「ン、んー……」

　ニンジンをとって味噌ダレをつけ、ぽきぽき鳴らして食べた。セイヤさんは困ったような表情で苦笑している。

「間違ってはいないと思います。叔父は異性愛者で、結局のところぼくの気持ちを持てあましていました。二十歳になってても、きっとつきあってはくれなかったはずです」

　セイヤさんを困らせたいわけではないので、念を押して諭《さと》した。

「だとしても、ここは出会い系の店じゃないんだよ」

「あ、そうですね」

「たまたま知りあって、たまたま恋に落ちて結ばれるお客さんは稀《まれ》にいるけども、血眼《ちまなこ》で男を漁《あさ》られてもなあ……」

「しずかにそっと探します」

「ははは。面白いなヨル君……真面目なんだか天然なんだか」

　くっく、と笑いながらトマトのまるごと煮もくれた。挽き肉がつまった大きな赤いトマト。

「ヨル君は、突然『あなたはゲイですか』って声かけたりしそうだよねえ……」

「そんな、大胆なこと」

「じゃあどうやる？」

　どう……。

「素敵な人がいたら、隣に座って……会話を、盗み聞きして、性格もよさそうな人かどうか、慎重に判断して……それで、店のなかだとあれなので、相手が退店するタイミングで、自分もでて、あとをつけて……？」

「ストーカーだよね」

はははは、と笑われて、ぐうの音もでない。ナンパ経験もないうえに、お店でほかのお客さんにスマートに話しかけるスキルも持ちあわせてはいない。

「まあ店内でならぼくもサポートしてあげられるだろうけど……しばらくは『アニパー』でも親睦《しんぼく》を深めつつ、一緒にヨル君の恋人を探してみようか」

「え……それ、セイヤさんになんのメリットもないじゃないですか。ぼくが一方的に頼って、お店のお仕事以外の時間まで、割《さ》いてもらって」

「メリットか」

細長い指を扱いづらそうにタオルで拭いて、セイヤさんがにこりと微笑んでいる。

「じゃあヨル君のことを、ぼくのブログに書かせてくれないかな」

彼の文章で描かれる、彼の人生の物語のなかで、自分がひととき登場人物のひとりになる。

「……わかりました。かまわないです」

ぼくにはそれも、得しているのは自分のほうじゃないかと感じられた。


夜八時半に大学から帰宅して、すこし前に帰っていた父さんとともに三人で夕飯を食べた。

「家族そろって食事するのはひさびさね」

母さんがほんわり微笑んで言う。

「ン」

父さんは短く相づちをうつだけで、黙々と豚カツを食べている。右頬《みぎほほ》をふくらませた顔の目が眠たげに半びらきで、生気もなく疲労感に満ちている。

「そうだね」

ぼくがはっきりした口調でこたえたら、なんだか父さんのフォローをしたみたいになった。

「ね。あっくんは昨日どこで夕飯食べてたの？　また大学の友だちと？」

母さんの質問がぼくにむく。会話相手のターゲットにされてしまった。

「ひとりで、知りあいがいる店にいったよ」

「知りあい？　いい人？」

「うん、いい人」

「そうなの、よかったねえ……悪いことだけはしないでね？」

「しないよ」

ゆったりした物言いでぽやんと笑顔をひろげ、小首を傾げている母さんは、たまに自分より歳下の女子高生みたいに思えてくる。童顔で、四十二歳なのに若々しくて可愛らしい。

父さんは残業が多くて外食も頻繁にするし、ぼくも普段は友だちと夕飯をすませたりするせいで帰宅時間が定まらないので、家族三人で食事するのは珍しい。

手もとにはやたらとぶ厚い豚カツ、ごま豆腐、ゆず大根の漬け物、青のりの味噌汁、艶々のフルーツ盛り――父さんとぼくの好物しかないメニューで、母さんが今夜みんなで食事できることを知り、嬉々として作ってくれた姿が目に浮かぶ。

「……ごちそうさま。風呂、先に入るぞ」

父さんが箸をおいて、ため息をつきながら席を立った。その左手の指にある、褪《あ》せて曇った結婚指輪が一瞬、視界を掠めた。

浴室へ消えていく父さんの気配を追うように、母さんが食事する手をとめて意識を澄ませている。テレビをつけ忘れたダイニングは、しんとしていてもの悲しい。

誰に悪気があるでもなく、火曜の夜の我が家の家族団欒《だんらん》はだいたいこんなふうだ。

父さんの次に風呂をすませて自室へ戻ると、ベッドに座ってスマホでセイヤさんのブログをひらいた。

【6月19日(火) 恋を探す亡霊

先日、新しい出会いがありました。

彼は二十一歳の大学四年生。

慣れない手つきでサワーのレモンを搾り、

「片想いしていた相手を、数年前に事故で亡くしたんです」

と語ってくれた。

その姿はまるで自分もそのとき一緒にこの世を捨てた亡霊かのように寄《よ》る辺《べ》なく淋しげで、モノクロ映画の主人公のごとく、色彩を失った儚《はかな》さを感じた。

しかしぽつりぽつりとこぼす言葉は誠実で愛嬌《あいきょう》もあり、

「新しい恋を探します」

と言い放った刹那《せつな》、雨がやんで虹が咲いたような色彩があふれて見えた。


死は特別なものだろうか。

映画などでは恋愛物語の山場として用いられるけど、それは美化されているとぼくは思う。

人間は生きていれば必ず死ぬ。

病気の恋人を見送ることを、まるで特別ドラマチックなことのように映画は訴えてくるが、親、妻、夫、親戚、友人、知人、恩師……みんないずれ亡くなってしまう。

身近な他人の死を見ずに人生を終えることのほうがほとんどない。大事な人、愛する人が多いほどに、むしろ辛い別れは増えていく。

ただ、彼がそれを知るのはまだはやく、酷なことに感じられた。


美化されるのは記憶喪失もおなじ。年老いて、認知症を患《わずら》う人は多い。記憶を失うことも、失われることも、現実として身近にある。そのとき、想い出してくれ、と相手に対して泣いて請《こ》うのは正しいのだろうか。想い出してくれないからといって捨てたくなるのなら、それは、相手ではなく、記憶のみを愛しているということにはならないだろうか。

なにもせずとも記憶は日常的に失われていくもので、そこにしがみつく必要はないと思う。

脳に忘却機能があるからこそ、再び未来へむけて生きていけるようになるのも事実。彼にも、亡くした人に抱いた恋心をゆっくり温かな想い出に変え、生き続けてほしい。

忘却こそ本当の死だ。亡くなった相手が、彼のなかに遺《のこ》した想い出ごと、労《いたわ》り包むように愛してくれる恋人ができたらいいのにと、不躾ながら、ぼくは無意識に祈っていた。

彼が恋をしたのは、まだ若い、彼の叔父だったそうだ。


店をでる彼を見送ると、すぐ入れ違いに常連のお客さんが数組やってきた。

とたんににぎやかになった店内で、料理の準備に追われながら、店をあとにした彼の、再び亡霊に戻ったようなもの憂げな背中が、しばらく頭から離れずにいた。】

日づけは今日のものだが、投稿された時間から察するに、昨日会ったあと、閉店後の深夜に書いてくれた記事のようだった。個人特定を阻《はば》むためか、名前や、店を訪問するまでのながれ、聖也さんが亡くなった時期など、細かい事情は伏せてくれているものの、プライバシーを保護されているかというとそうでもない。性指向とぼくのセリフはまるっとばらされている。でも逆に、セイヤさんが自分と会話しながら感じてくれていたことも知られた。

——身近な他人の死を見ずに人生を終えることのほうが、ほとんどない。

……そうだよな。現状のまま歳をとれば、父さんと母さんの最期《さいご》は自分が看取《みと》ることになる。ドラマチックでもなんでもなく、親を送るのは子どもの務《つと》めだ。

聖也さんみたいに、ぼくが突然事故で先に逝《い》ったりしない限り。

――想い出してくれないからといって捨てたくなるのなら、それは、相手ではなく、記憶のみを愛しているということにはならないだろうか。

天国や地獄なんてない。死んだら人はそこでおしまいだ。身体も心も記憶も、消滅する。輪廻《りんね》もぼくは信じない。聖也さんがくれた言葉や教えや、喜びや感動や、恋や至福は、ぼくが出会ったあの聖也さんだけが持っていたもので、今後一切、増えていくことはない。

聖也さん。あなたが身体と一緒に葬った思い出は、ぼくがずっと大事にし続けるよ。

『俺のことは忘れな』とも、生前あなたに何度か言われたね。困ったように眉をさげながら、嬉しそうにも見える苦笑いでゆるい拒絶をするものだから、ぼくは、完全には嫌われていないんだろうと調子に乗って、『聖也さんが好きだ』『好きだ』と迫り続けた。

ぼくは、あなたと一緒に死んだ亡霊に見えるんだって。亡霊はどうかと思うけど、あなたと一緒っていうのは嬉しかった。どこでもいい。どんなところでもいいからあなたと一緒に逝きたかったよ。

――こんなところにいてもつまらないよな。俺と遊びにいくか。

聖也さんはうちから自転車で十分のマンションにひとりで暮らしていた。

父さんと聖也さんの両親、つまりぼくにとっての祖父母の家もうちの近所にあって、要は、兄弟そろって実家のそばで暮らしていたわけだ。

幼いころは、年始の挨拶《あいさつ》で祖父母の家へいくと聖也さんに会えた。ぼくが小学一年生のとき聖也さんは二十七歳。ぼくが大人たちの会話についていけず、ぼんやり暇を持てあましていると、外へ連れだしてお菓子を買って、公園で日が暮れるまで遊んでくれたのが彼だった。

多趣味で流行に敏感な彼は、ぼくが日曜の朝にかかさず観ていた人気アニメを知っていたし、そのアニメのキャラクターの名前も、物語も、一緒に語ってくれるぐらい詳しかった。

ゲームも好きで、最新の携帯型ゲーム機やハードも持っていた。ゲームは父さんに禁止されている、と教えたら、『友だちの話題に遅れちゃうだろ』と同情して『うちに遊びにこい』と誘ってくれた。

一年に数回会うだけの親戚のおじさんの家に、いけるわけがない。どうせ聖也さんも本気じゃないだろうと諦めつつ、でも心のどこかで期待していたぼくのところへ、彼は後日自ら迎えにきて、『いくぞ』と、本当に家へ連れていってくれた。

聖也さんの家の場所を憶《おぼ》え、徐々に遊びにいく回数も増えて、彼の生活スタイルを知ると、彼が家にいるときを見計らって自分から出向くようにもなった。

知識も豊富で賢いうえに常に若々しく、言動も面白い。身体の大きな大人のおじさんなのに子どもの自分の心の傍へきて寄り添ってくれる人だ、と感じたときには惹かれていた。上から目線で子どもを見下したり、大人ぶって叱《しか》って圧したりしなかった。間違ったことをすれば、どう間違っているのかを説明して、理解するまで親身に諭してくれる、そういう人だった。

当然、他人に好かれるし人脈もある。聖也さんは友だちとＩＴ系の会社を立ちあげたあと、小さなライブハウスもつくって、そこが軌道に乗ったら人にゆずり、また新しい仕事を計画して、と、手びろくいろんなことをしながら転々としていた。

一年のうちに何度かふらっと海外へ遊びにいったりもしていた。アクティブな人のようでいて、ひとつの場所にとどまるのを拒んでいるような、恐れているような、そんな面もあった。

——始めるのは好きだけど、維持するのは苦手なんだよ。

ただし、それは恋愛にも言えることらしく、思いやりもあって器用で、人づきあいもうまいくせに、恋人とだけは長続きしなかった。

ぼくが知っているだけでも六人ほど、つきあって別れた女性がいた。しかし捨てられるのは決まって聖也さんで、ふられるたびに途方に暮れていた。

聖也さんに非があるとしたら、モテすぎることだ、と思う。聖也さんはいつも相手を慮《おもんぱか》って優しくしていたのに、女の人は『あなたといても淋しい』とか『あなたといる自分を愛せない』とか言って去っていく。ぼくもそれはすこしわかる。歳の差など意識させず、ひどく近いところにいてくれる反面、どうしたって大人で、理解できない部分もあり、遠い人だと痛感する場面が多々あったから。

大勢の人に囲まれて輪の中心にいながら、ふいにひとりで放浪の旅にでかけてしまう、飄々《ひょうひょう》としていて摑《つか》みどころのない人。心をひらいてくれているようで深淵《しんえん》は隠したまま、ひとりで生き続けている男。

誰もいらない、と空気で訴えてくる瞬間が、聖也さんにはあった。そんな孤独ごと、ぼくは恋しくて癒やしたくて焦《こ》がれてやまなくて、特別になりたいと願った。

もういないっていう実感が、やっぱり湧《わ》いてこない。自転車に乗ってマンションへいけば、また会える気がする。会えなくても、海外のどこかへ遊びにいっているんだろうなと、納得して帰ってくる想像しかできない。何度墓参りへいってもおなじ。たぶん、車に撥《は》ねられた現場を目撃していても——目撃していたほうが、死への実感はさらに遠退《とおの》いたのかもしれない。

ぽこん、と突然ブログ画面から音がでた。

セイヤさんの『アニパー』のブログパーツがオンライン表示に変わっている。

ぼくも『アニパー』のアイコンを押してログインしたら、友だちリスト上でもセイヤさんがオンラインになっていた。まだ十時だけど……あ、今夜はお店の定休日か。

――(セイヤさん、こんばんは)

ほかの誰かと待ちあわせをして、アバター同士でチャットしていたら乱入するのは憚《はばか》られるので、一対一で話せるプライベートチャットを飛ばしてみた。これなら小さなチャットの小窓で、ふたりきりでメッセージのやりとりができる。

――(こんばんは、ヨル君)

こたえてくれた。

――(今夜はお店、定休日でしたね。いま声かけても大丈夫でしたか?)

――(うん、大丈夫だよ。せっかくだから部屋にくる?)

――(嬉しいです、お邪魔します)

許可をもらえたのでプライベートチャットの窓をとじ、ヨルの服装を長袖ボーダーシャツとジーンズにかえ、友だちリストからセイヤさんのところにある〝この人のところにいく〟のアイコンを押して移動した。

ローディングを終えると、四角い部屋の右側にベッド、左側にキッチンとダイニングのテーブルセットがあるシンプルで整頓された部屋と、白シャツと紺色パンツの服の上へ桃色のエプロンをつけた水色ライオンのセイヤさんが現れた。

――『いらっしゃいヨル君』
セイヤさんがテーブルにとんとん歩いていって、ぽんとオムライスをだし、そこにおいた。
――『ごはんをどうぞ』
オムライスは無料で手に入るアイテムだ。食事処の店長らしく、セイヤさんはぼくが初めて声をかけさせてもらったときも、こうしてご飯をくれた。
――『ありがとうございますセイヤさん。いただきます』
白いぼろぼろハムスターのヨルを動かして椅子に座らせ、オムライスをタップして食べさせてあげた。赤いケチャップのついた、黄色いまんまるのオムライス。さっき夕飯を食べたのに、頰をふくらませてもぐもぐ食べているヨルがちょっと羨《うらや》ましくなる。
――『先日会ったとき、ヨル君の本名を訊《き》き忘れちゃったね』
水色ライオンの頭上にチャットの吹きだしが浮かぶ。彼もヨルの斜むかいの椅子に腰かける。
――『神岡明《かみおかあきら》です。かみおかあきら』
――『明君か。ヨル君とは、なんとなく真逆な響きだな』
彼の言うとおり、ヨルは〝夜〟と書く。
――『このアバターの名前は、叔父の名前から案をもらってつけました。〝聖也〟を〝聖《せい》夜《や》〟に変えてヨルです』
――『〝聖夜〟さんではないんだ』
――『はい。でもそっちのイメージをもらった感じです』
――『じゃあぼくのほうがヨル君かもな』

――『?』
――『東晴夜《あずませいや》。あずませいや、が本名です』
晴夜さん。……晴れの夜。
――『とても素敵な名前ですね。「あずま」っていう店名は、名字からだったんですね』
――『そうです。亡くなった祖父母の店を名前ごと継いでいます』
そのあたりの身内の事情はブログの過去記事でも軽く触れていた。【父方の祖父母の店だったが、父はひねくれ者でパン屋を経営していた】と。
――『ヨル君は名前まで叔父さんに染まってるんだね』
え。彼にはぼくが、聖也さんに染まっているように見えていたのか。
『アニパー』に登録したときは、はやくしないと晴夜さんがオフラインなる、と焦っていて、なにも考えず心の手前にあった聖也さんの名前を利用させてもらっただけだった。
不思議だな。自分の執着や未練は、他人の目にこそ明晰《めいせき》にうつるときがある。
――『晴夜さんのブログ、さっき読みました』
――『おや、ありがとう』
――『新しい恋のこととか、思いやっていただいて、こちらこそありがとうございました』
――『とんでもない。言葉は悪いけど、ブログではお客さんのプライベートを客寄せに利用させてもらっているわけだからね。許可をいただいてぼくも感謝してます』
利用か。はたしてぼくの聖也さんへの執着が、客寄せに役立つんだろうか。
――『ゲイなんて最近は珍しくもないですし、ネタとして弱いんじゃないですか?』

──『ネタって。うーん。こんな言いかたしたくないけども、亡くなった同性の身内のかたを想う少年っていうのは、インパクトがあると思うよ』

──『そうか。でも〝死〟もつかい古されたネタですよ』

──『どうもヨル君は、ヨルのほうを見つめてしばし沈黙した。水色のライオンが、ヨルのほうを見つめてしばし沈黙した。

──『どうもヨル君は、叔父さんがいないことを本気で自覚してない感があるね』

は、と息を吞んでいた。

──『はい。さっきちょうど、そう考えていました。わかりますか？』

──『文字は正直なんだよ』

？　よくわからない。

──『晴夜さんに「アニパー」で隠し事ができないのはわかりました』

──『はは。ヨル君がぼくに素直に、純真に接してくれているせいでもあるでしょう』

素直で純真……。そんな綺麗な人間かはともかく、たしかにぼくは晴夜さんに甘えている。

知りあったばかりなのに、誘われて会いにいって、警戒心もなくべらべら心を披瀝して。

──『けどそれは晴夜さんの人柄をブログで知って信頼していたからで、しかたないです』

──『先日もそう言ってくれていたね。信頼してもらってよかったのかな……』

──『文字は正直なんでしょう？』

お客さんに対する思慮や、人間や物事に対する考えかた、価値観。文章から浮かびあがってくる温度、雰囲気、見えてくる色あい。そういうものが、ぼくには信頼するに足る充分なものだった。だから警戒心がゆるむのもしかたない。

──『はは。うまく返されちゃったな』
水色のライオンがにこりと笑う。笑ってくれている。それから、彼はまたごそごそと腰のあたりを探って、ぽんと紅茶をだし、ヨルの前においてくれた。
──『一日経って、気持ちのほうはどうですか』
昨日店でかけてもらった優しい声で、彼の文字が脳内再生される。
──『ブログにはああ書いたけど、ぼくは慌《あわ》てて恋をする必要はないと思うよ。不思議なことに、人間は必要なときに必要な人と会えるものだから』
──『そうなんでしょうか』
──『うちのお客さんで、失恋するたびに「もう男はいらない」って嘆きにきていた女性がいてね、会社の上司のひどいセクハラに耐えかねていよいよ辞めようってタイミングで、べつの常連さんと知りあってまたたく間に結ばれてさ。彼女、それまで往き詰まっていたのが嘘《うそ》みたいに、とんとん拍子に仕事を辞めて結婚して、妊娠して出産して、いまではお母さんになってるんだよ』
──『すごい』
──『運命ってこういうのをいうんだろうなって感じ入る出会いをよく見る。ヨル君もいまは運命の相手をじっと待つ時期なのかもしれないよ』
運命の相手を待つ時期。
──『叔父は愛しあえる恋人ができないままひとりで逝きました。運命の人がいない人生も、ありますよね』

水色のライオンが、再び口を噤《つぐ》んだ。責めるつもりはなかったのに、セイヤさんの優しさを反論で無下《むげ》にするようなことをした、と、遅れて気づいた。

──『すみません。事実確認っていうか、そういう人生もあると自戒したかったというか』

説明を連ねても、ヨルの頭に浮かぶ文章の温度のなさが虚《むな》しくて情けない。

──『セイヤさんを責めたいわけではないんです。ごめんなさい』

文字って難しい……。

セイヤさんがまだ沈黙しているので、間が保たなくてヨルに紅茶を飲ませた。……困った、もう一度謝ろうか。どうしようか。

──『じゃあぼくとの出会いを運命にしてみますか？』

え。

──『「アニパー」で恋人になろう。東晴夜のことは考えなくていいよ。セイヤとヨル君のことね。恋人登録してごっこ遊びするだけだけど、明君の恋のリハビリになれないかな』

恋の、リハビリ。ごっこ遊び……。

──『ヨルとセイヤさんが、恋人になっていちゃいちゃするってことですか』

──『そう。強引ながら、ひとまずヨル君は運命の人と出会った人生を生きられるでしょ。明君もヨル君をとおして愛される幸せを知れば、現実へ目をむけられるようになるのでは？』

ネットを利用してお遊びの疑似恋愛をすることで、聖也さんに対する執着から意識を離していけるようになるんじゃないか、って……ことか。

──『ほんとに、強引です』

――『だね笑　ごめん。ぼくもこんなばかな提案しかできないや。ヨル君に運命をあげたかっただけなんだけどな』

動揺して、思考がままならない。けど晴夜さんが自分を心配してくれているのはわかるし、優しすぎる提案だとも思った。ネット上だろうと、好きでもない相手とつきあうなんて面倒でしかないだろうに。

――『恋人、なります。よろしくお願いします』

――『あれ、よかった?』

――『はい』

おじぎのアイコンを押したら、ヨルが椅子からおりて横に立ち、ぺこと頭をさげた。

――『いえいえ、こちらこそよろしくお願いします』

セイヤさんもおなじように、椅子からおりてぺこと頭をさげてくれる。

――『でも、恋人って、具体的にどんな接しかたをしたらいいんですか。ぼくは叔父にしか恋をしたことがなくて、人とつきあった経験がないのでわかりません』

子どものころから聖也さんだけを見ていた。聖也さんとする恋だけを望んで生きてきた。聖也さんがいなくなったのと同時にとまった恋には、恋人とのデートとか、キスとかセックスとか、そういう〝先〟がなかったので、だから、恋のすすめかたにまで想像が及ばない。

――『ならまずは、おやすみのキスから始めてみましょうか』

聖也さんとはいけなかった場所。

まるで未知の世界が、文字で迫ってくる。

梅雨で、今日は朝から雨が降っている。大学の教室の片隅で、ガラス窓越しに雨霧《あまぎり》で霞《かす》む外の木々をぼんやり眺めながら講義を受けていたら、手もとにおいていたスマホが震えた。

『あき兄、今夜時間ある』

ふたつ歳下の幼なじみ、心春《こはる》から届いたメールだった。

『うん、とくに用事はないよ。なにかあったの？』

『一緒にご飯しよう』

心春がこういう連絡をしてくるときはだいたいたい悩み相談だ。

『いいよ。今夜はなにが食べたい気分？』

『〝セイヤさん〟のお店はどうだったの』

そしてぼくも、心の拠《よ》りどころにしている女の子。

『おいしかったよ。若干距離あるけど、駅で待ちあわせてセイヤさんの店にいく？』

『楽しみにしてる』

スマホをおくと、ちょうどチャイムが鳴った。

帰り支度をすませて大学をあとにし、徒歩十分で着いた駅の喫茶店に入り心春を待った。

『母さん、今夜友だちと会うことになった。夕飯はいらないよ』

家にもメールで連絡を入れておく。と、ものの数秒で返信がきた。

『わかりました』

がっかり、残念、不愉快、という陰鬱さが一文からただよってくる。申しわけなく思うものの、母さんの圧はいささか怖い。実家住まいならではの疎《うと》ましさかなと思う。

やがて心春がショートボブの髪を揺らして「お疲れ」とやってきて、喫茶店をでるとふたりで再び電車へ乗って移動した。

心春はあまり笑わない。メールでも淡々としているが、文字のほうがよくしゃべるタイプで、ふたりで会っているあいだは沈黙していることも多い。

――メールは言葉にしないと会話が成り立たない。一緒にいるときは雰囲気でわかりあえるから。……わかりあえない人もいるけど。

幼稚園のころからそんな感じで、口を結んで一歩ひいた場所から他人を傍観しているようなところがあったから、まわりの人に気味悪がられてもいた。

声をかけたのはぼくだった。先生に『一緒にやりなさい』と言われたんだったかどうか……あのとき心春と折り紙をしていた理由は忘れてしまったけれど、話しかけて、ふたりで難易度の高い動物をつくったのをきっかけに、だんだんうち解けていって、今日まできた。

ファッション関係のことが大好きで、心春は去年から服飾系の専門学校に通っている。

「学校はどう？」

電車に揺られながら訊いてみたら、心春は窓のむこうにながれるビルの光を見つめたまま、すこし考えてから口をひらいた。

「……勉強は楽しい」

「そっか」

いつからかぼくらは、おたがいの仲を親に隠すようになった。

幼稚園が一緒だったので、おたがいの両親にもぼくたちが親しいのは伝わっていたのだが、ぼくも、そして心春も、近ごろ親には〝友だち〟と言う。〝友だち〟と会ってくる、と。

『いつか心春ちゃんと結婚したりして』『心春は明君ぐらいしかもらってくれる人いないわよ、無愛想なんだもの。ねえ？』と、そう言われることにふたりして嫌気がさしたのだ。

ぼくは男を好きになる男で、心春もそれを知っている。

心春は女の子を好きになる女の子で、ぼくもそれを知っている。

恋愛感情の介入しない関係だから、親友以上の名もない絆《きずな》でぼくらは深く結ばれている。

「——いらっしゃいませ」

戸をスライドさせてひらくと、大勢のお客さんでにぎわっている店内のようすが目に飛びこんできた。スーツ姿のサラリーマンと大学生らしき若者の集団がカウンター席も小あがり席も埋めていて、店員の女性がひとり、忙しなく料理を運んでいる。

「こんばんは、そちらの席へどうぞ」

カウンターにいる晴夜さんが料理する手をとめて、唯一空いていた奥の小あがり席を左手でしめした。ぼくの目を見つめて瞳をにじませ、どことなく意味深に微笑んでくれる。

「……どうも」

軽く会釈して、心春を先にいくようにうながした。女性店員さんもやってきて、ぼくたちが靴《くつ》を脱いで席につくと、「いらっしゃいませ、お飲み物のご注文からどうぞ」とメニューを手前においてくれる。

心春はメニューに視線をめぐらせてカシスオレンジを指さした。

「じゃあ、カシスオレンジと、ぼくはレモンサワーで」

「かしこまりましたー！　すぐお持ちしますね」

ロングの茶色い髪をうしろでひとつに結んだ女性店員さんは、細身で可愛らしくて繊細な感じなのに、「カシスオレンジとレモン入りましたあっ」と雄々《おお》しいでかい声で言いながらカウンターへ戻り、晴夜さんも「かしこまりましたー」と受けた。

心春が雨で湿った桃色のジャケットを脱いでぼくを凝視する。あの人なの、と問われているのがわかる。

「うん、そうだよ」

「……まあまあ優しそうな人だね」

飲み物とお通しがすぐにきた。ついでに料理もいくつか注文し終えて、乾杯してからお通しを食べる。

今夜のお通しは、大根とネギの塩和え。細切りの大根とネギを、塩とごま油で和えたものっぽい。とてもおいしい。

「おいしいっ……」と、心春も珍しく目をまるめて興奮する。

「料理ができるとこは合格」

心春の小さな声は居酒屋の喧噪にかき消されそうで、注意して耳を澄ませないと聞き逃す。でも表情だけでも、だいたいなにを思っているのかは伝わってくる。

聖也は料理しない人だったね、と、心春の目が言っている。

心春の相談事から聞くつもりでいたけれど、間近で晴夜さんが仕事をしてるこの状況と心春の反応を見るに、先に言って、とうながされているのを感じて、ひまとずー昨日ここへきたときのことや、昨夜『アニパー』で恋人登録をするまでに至った経緯などをうち明けた。

そのあいだにぼくがすすめた肉じゃがやトマトのまるごと煮、心春リクエストの春雨《はるさめ》サラダに、ふたりで選んだお刺身盛りなどが次々とやってきてお腹も満たせた。

「SNSのなかだけだとしても〝愛される幸せを知ればいい〟って……ちょっと怖い。言葉が全部優しすぎて怖い。裏がありそう」

「んー……たしかに優しいね。裏か」

「〝ヨル君〟っていうのも不思議。あき兄と全然あってないから」

「そうかな」

「うん。そんな暗いイメージじゃない。明でよかったのに。あき兄は明るくて強いもの」

饒舌《じょうぜつ》になった心春が氷を鳴らしてカシスオレンジをぐいっと呑む。

「夜は暗いだけじゃないよ。晴夜さんの名前は晴れてる」

フォローしたら、春雨サラダを噛みながらカウンターの晴夜さんを一瞥《いちべつ》した。

「……あの人はゲイなの」

「訊いたことない。ブログを見てるぶんには、偏見のない博愛主義者かな」

「恋人は？」

「ああ……それも訊いてない。ぼくとの恋人関係は『アニパー』内のみの約束だから、現実のことまでぼくが口をだす権利もないし」

「変な関係。あき兄が幸せになれると思えない」

心春はぼくが親しくする男に昔から厳しい。聖也さんも、学校の友だちも。

聖也さんのことは〝聖也〟と呼び捨てにして嫌悪し、彼に笑ってからかわれてまた反発するくり返しだった。

——あき兄の気持ちを知ってるくせに女とつきあって、あいつ殺したいほど腹が立つ。

それでいいんだよ、二十歳になったら考えてくれるって約束してるから怒らないで、とぼくがたしなめても、全身の毛を逆立て威嚇《いかく》するネコみたいに、心春は苛々《いらいら》と憤慨していた。

本当の身内ではない〝距離感のある妹〟だから、あからさまな嫉妬《しっと》まじりに厳しく守ってくれるんだろうなと、ぼくは勝手に自惚《うぬぼ》れている。

「……あの人、聖也に似てる」

心春が、お客さんと談笑している晴夜さんを睨《にら》みつける。またネコの毛が逆立ってきた。

「まわりにたくさん人間がいて、あき兄がここにいてもふりむきもしない。そのくせ、優しい言葉だけかけてくる」

他人に好かれる人気者が、ごくたまにでもこっちを見て優しくしてくれるのは、ぼくは充分ありがたいことだと思うけどな。

ぼくも肩越しに晴夜さんへ視線をむけた。正面のサラリーマンの集団に絡まれている。

「この店長は怖いぜ〜。店のブログのために客の俺らのこと利用してるとこあるからね」

「あ〜わかります、週刊誌のライターかってぐらいネタ欲しがってますよねえ？　怖いな〜」

……あ。

「わたしは信じない。あいつのこと」

正面にいるネコがフーフー鼻を鳴らしてさらに激昂《げっこう》しだす。いまにも立ちあがって晴夜さんを殴りにいきそうな勢いだ。

「……ちゃんと、気をつけてつきあうよ」

心春は相変わらずだ。あからさまに他人を寄せつけず、一見ものしずかに思えて非常に情熱的で愛情深い。懐に入れた大事な相手だけに宿す想いは、熱くて、嵐みたいに激しい。

結局、店はずっとにぎわっていて、晴夜さんも料理の準備に忙しなく、会話をできるような隙《すき》もないままお腹いっぱいになって、ぼくらは二時間ほどで店をでた。

〝明〟は明るく〝ヨル〟は暗い。そう心春は言ったけれど、ぼくたちは夜が好きだ。季節では冬が好きだし、天気では雨を好む。眩《まぶ》しすぎたり暖かすぎたりするものは落ちつかない。

ようやく心春が自分の話をしだしたのは、暗い雨の路地をのんびり歩き始めてからだった。

恋人と喧嘩した話を、心春がぽつりぽつりとこぼしているから、ぼくはバス停を通りすぎて歩き続け、哀しいほど暖かくなってきた季節のなか、夜の雨の香《か》を吸って心春の吐露を聞いた。

心春の小さな声を拾うために猫背になって、心春の小さな歩幅にあうようにゆっくり歩く。

女子校に通っていたころにできた心春の恋人は、心春よりさらに身体が小さくて内向的で、天然で可愛い、心春のひとつ歳下の後輩。

「わたしたち、別れるかもしれない」と、心春は最後に言った。

「……あの子はやっぱり、男のほうがいいんだと思う」

「……。そうか」

さらさらと細かい雨が降り続いている。真っ黒いアスファルトは外灯に近づくと水たまりに反射して白くちらちらちらとまたたく。葉を焼いたような雨の匂《にお》い。空の月は隠れて消えている。

ぼくたちは〝明〟という字が眩しく感じることも〝ヨル〟の印象が暗いことも知っている。春が暖かいことも、晴れが美しいことも、本当は、ちゃんと知っているんだ。そっちが自分の居場所じゃないと予感して、ただ背をむけている、おたがいのばかげた弱ささえも。

6月21日(木)

ただいま、という言葉を、わたしは言わない。

玄関のドアをあけて足先で固定し、とじた傘《かさ》を外へむけて雨粒を払う。ある程度水気がなくなり満足すると、傘立てへしまい、家に入った。

ドア縁のラインを踏み越える瞬間、わたしはいつも一瞬息をとめる。この家にながれる空気は腐って淀んでいる。

「心春、帰ったの?」

リビングから母親がでてきた。急いで靴を脱ぎ、まっすぐ階段へむかう。

「ちょっと、返事ぐらいしなさいっ。こんな遅くまで遊んできて!」

夜九時ごときで〝遅く〟なんて言われたくもない。わたしももう二十歳の大人だ。

「心春っ」

背中に刺さるうるさい声を無視して二階の自室へ入った。ドアを閉めて鍵もかける。ここだけが一応の安全地帯。

はあ、と大きく息を吐いた。体内の毒を全部吐きだしたかった。

でていけ、でていけ。喉の奥に抑えこんだ暴言、胸のなかで渦巻く汚い感情、不快な記憶。

ふいに鞄《かばん》に入れていたスマホが鳴りだした。とって見ると、恋人から届いたメールだった。

『ごめんね心春。さよなら』

その場に立ったまま、暗い室内にぼんやり光るスマホの黒い文字を見つめた。楽しかった想い出や、心が弾んだ甘酸っぱい会話、つきあうまでの駆けひき、触れた身体の感触、恋の淡い余韻が頭のなかを巡りそうになって、あふれだす前に消えていった。

たった四文字で、また終わってしまった。これで三人目。

どれだけ必死に愛したって、何度運命だと信じたって、人間も心も、さよならのひとことで容易《たやす》く断ち切れてしまうんだ。

『さよなら』

わたしも返信した。断ち切ったのにどうしてだろう。心臓のあたりにまだあの子を感じる。

顔をあげて、ベッドにスマホを放った。鞄を床に落として、ジャケットも脱ぎ捨ててから、自分の身体もベッドに投げだす。まるまって自分で自分の身体を抱きしめた。右手で左腕の袖《そで》、左手で右腕の袖をひっぱって、爪を立てて掻《か》き抱く。脚をまげて胸にひき寄せて力んで、歯を食いしばる。頼りない細い手。自分でさえ自分を包めやしない。女は弱い、わたしは弱い。

あき兄に会いたい。あき兄のところにいきたい。助けてあき兄。……助けて。

——夜は暗いだけじゃないよ。晴夜さんの名前は晴れてる。

真っ暗い部屋で目をあけた。

あき兄はいつも自分で本物の光を見つけられる。そしてその光はいつだってわたしじゃない。

わたしはあき兄の光じゃない。

――おまえちっせー胸だな。成長期じゃねーのかよ。

聖也に初めて会ったとき、わたしは〝死ね〟と思った。

初対面の第一声で相手の胸を嗤った男を、わたしは最期まで許せなかった。

ずっと軽蔑していた。会うたびに〝死ね〟と思った。実際、口にもして非難した。そのたびあいつは嗤ってわたしをからかった。

――いっちょまえに傷ついてるのか？　大丈夫だよ、きっとおまえも大人になったらナイスバディになるさ、きっとな？　ははは。

――死ね、くそ聖也。

――口が悪《わり》ぃぞ～心春。

あき兄は眉をさげて苦笑いしていた。微笑ましそうな笑いかたで、わたしはそういうときのあき兄だけは好きじゃなかった。わたしが本気で嫌がっているのに、『仲がいいなあふたりは』と嬉しそうに勘違いし続けていたから。

――あき兄わかってない。わたし聖也が嫌いだから。ほんとに死んでほしい。

でも、だから聖也が死んでしまったとき、わたしは自分の呪いかもしれないと恐れた。

葬儀であき兄が聖也の棺の前で暴れて、みんなに羽交《はが》い締《じ》めにされながら、相手のトラックの運転手に『殺す……殺してやるっ‼』と叫んで、嘆き続けるのを目のあたりにして、罪悪感に打ちのめされて怖くてしかたなかった。

あき兄を守るって誓ったのはあの日だ。ひとりになったあき兄をわたしが守る。傍にいる。

けどどん底から救ってくれるのは常にあき兄で、わたしがあき兄を守れたことは一度もない。

あんな想いをしたのに、おなじ名前の男に執心するなんてあき兄どうかしてる。わたしが女で非力だから頼ってくれないの。〝妹〟だから格好悪いとこ見せてくれないの。自分だけ最初からヒーローのままで狡《ずる》い。あき兄は狡い。

「こはちゃん〜、帰ったのかー？」

ドアを叩《たた》かれて、ノブをまわされて全身が強張った。

「父さん、風呂あがったぞ。こはちゃんも入っていいぞー」

冷や汗が吹きだして、鳥肌が立つ。息もできない。気持ち悪い男の気配。

ノックが続いている。鍵のかかったノブもガチャガチャまわし続けている。呼吸をひそめて耳を澄まして、じっと身をかためて気配を追う。あいつもドアの前から動かない。

そのうちやっと離れていく足音が聞こえてきて、階段をおりて消えていった。

——……心春。お父さんと心春は血が繋《つな》がっているんだよ。心春のこの小さな身体にはね、お父さんの血が通ってるんだ。このなかにお父さんの身体の一部がある。お父さんと心春は、一心同体ってこと、わかるね？　だけど身体と身体は離れてる。だからたまにこうやって触りっこして、ひとつにならなくちゃいけない。……可愛いおっぱいさんだね。ここもお父さんのものだからね。お父さんがい〜っぱい撫《な》で撫でして、ぺろぺろして、可愛がってあげようね。これはお父さんが心春にしてあげなくちゃいけない大切なお仕事なんだよ。

この身体を殺したかった。あんな男の血がながれている醜い身体は死ぬべきだと思っていた。可愛い服を着ているときにしか自分を許せなかった。

死にたかったのはわたしだ。死にたかった。死ななきゃいけないと信じて生きていた。

「……あき兄」

小学生のころカッターナイフで指を切って、血がでたときのことを思い出す。わたしの手にあき兄が触ろうとして、わたしは無意識にふり払っていた。

——わたしの血は汚いの。触らないほうがいい。

——汚い？

あの男が自分にしているのは〝大切なお仕事〟なんかじゃないと理解して、死にたいと毎日考えていた時期。あき兄は唯一の、そしてたったひとりの友だちで、どこまで信頼していいかは決めあぐねていたけれど、一緒にいると落ちつく人だったから汚したくなかった。

——触らないで。とにかく汚いの。汚い血が混ざってるの。

——どういうこと？

あのころのあき兄はまだちょっとおばかさんだったから、わたしは苛々してた。

——汚い父親の、腐った血がながれてるの。

——腐った血？　それなに？

——だからっ、
きょとんとした顔で、あき兄はいきなり、臆さずに、わたしの血だらけの指を舐《な》めた。

——心春の血は心春の血だよ。ちゃんと治るよ。絆創膏《ばんそうこう》、とってきてあげるね。

「あき兄」

ここにいたくない。この家にいたくない。でもあき兄のところにもいけない。わたしは誰を好きになっても必ずひとりになる。

聖也は死んであき兄の永遠になった。わたしも死んだらあき兄に忘れないでいてもらえる？　あき兄の心のなかで、ずっと一緒にいられる……？

スマホをもう一度見ても、『さよなら』とある。

いままでありがとう、と打ってみた。すぐさま消した。こんな未練たらしい格好悪いこと、したくない。格好悪いとこ、この子には見せてやりたくない。

さよなら、男と幸せに。短いあいだでもわたしなんかを好きってふりしてくれてありがとう。さよなら元気で。

人を愛するのは自由なのに、人に愛されるには膨大な条件が必要になる。

愛されるってどうやればいいんだろうね。わからない。でもあき兄がわたしのこと愛してくれてるの知ってる。哀しい。哀しいけど、きっとわたしもあき兄のこと、哀しい愛しかたしかしてあげられない。あき兄の身体、抱きしめてあげられない。

――……ちゃんと、気をつけてつきあうよ。

晴夜はやわらかそうな髪の、背の高い、笑ってばかりいる男だった。あき兄、きっと好きになるね。子どものときから一緒にいるからわかるよ、聖也のときとおなじ恋の顔し始めてた。

死にたいけどまだ死ねない。あき兄をいまのままおいて逝くことはできない。

わたし、あいつがあき兄をちゃんと幸せにできる男か見ておくよ。聖也を殺したわたしの、それが償いでもあると思うから。

救ってくれるのも、死の解放からひきとめてくれるのも、常に必ずあき兄だった。あき兄はわたしのたったひとつの生きる理由。生きる意味。汚れのない真っ白な光――明。

6月22日(金)

心春には余計に非難されると思って黙っていたけれど、セイヤさんとのおやすみのキスが、本音を言うとすこし嫌だった。

『恋人のセイヤさんがオンラインになりました』

さっきスマホに届いた『アニパー』の通知を眺めて、もう十分近く煩悶《はんもん》している。いくか、いくまいか。

金曜の深夜で、時刻は一時半。仕事を終えて『アニパー』にログインしているんだろうな。火曜日に恋人になったあと一度も会ってないし、普通の恋人ならもっと一緒にいたがるはずだから追いかけるべきなんだろうが、アバターのみの恋人設定にそこまで神経質に縛られるのもどうなのか。

誘いに乗っておきながら悩むことばかりだ、恋人……。

眠るか、と考えることを放棄してスマホから手を離そうとしたら、ぽんと音が鳴った。今度は『アニパー』からのお手紙通知。ええと、お手紙っていうのは……たしかメール機能だったはず。

ログインしてひらいたらセイヤさんからだった。

『先日は店にきてくれてありがとうございました。謝りたいことがあるので、また時間ができたら「アニパー」ででも会ってやってください』

謝りたいこと……？　友だちリストをひらくと、まだセイヤさんもオンラインのまま。プライベートチャットから声をかけてみるか。

――（こんばんは、セイヤさん。お手紙読みました。いまお時間いただいてもいいですか）

しばし待つ。と、返事がきた。

――（こんばんは。大丈夫だよ。というかこっちが声をかけなきゃいけなかったのにありがとう。ヨル君の部屋へいっても？）

――（はい、どうぞ）

登録したばかりなので、ヨルの部屋にはなんの家具もない。せめてソファだけでもおこうと、ショップのアイコンを押して無料の家具から藍色《あいいろ》のソファを選び、部屋の中央へ設置したら、ちょうどセイヤさんがやってきた。

――『こんばんは、ヨル君』

――『はい、こんばんはセイヤさん。ソファ用意したので、どうぞ』

セイヤさんは白いタートルネックニットと紺色のパンツの上に、今日も桃色のエプロンをつけている。それと、足もとに……石ころの生き物？　なんか笑ってる。

――『ヨル君も隣にどうぞ』

え。あ、ソファに座れってことか。

――『失礼します』

ヨルを操作して、セイヤさんの左横に座らせた。部屋のど真んなかに適当においたものだから、ふたりがならんでこっちをむいている面白い図になった。そしてセイヤさんの傍にはにこにこ笑っている石ころが。なんだこれ……。

――『先日は店にきてくれたのに、手が離せなくて挨拶もできず、すみませんでした』

――『あ、いいえ、全然。目的は夕飯だったので、おいしいご飯が食べられて満足でした。気にしていただいて恐縮です。まさかお手紙にあった謝罪って、それですか？』

――『いや、お客さんがブログのことを話していて。あまりいい言いかたではなかったから、ヨル君の耳にも入っていたら嫌だなと』

――『晴夜さんは週刊誌のライターみたいっていうやつですか』

――『そう。やっぱり聞こえてたか』

晴夜さんも気にしてくれていたんだ。

――『ブログを始めてからというもの、楽しみにしてくれるお客さんが増えるにつれぼくのなかに意欲と同時に、書き続けたいっていう欲求も芽生えてしまってね。ネタを探しているっていうのも、あながち嘘じゃないんだよ。だけどヨル君に「アニパー」で恋人になろうって提案したのはネタのためじゃなかった。ブログに書いた気持ちも、偽りで飾ったものじゃない。本当だよ』

……次々と浮かんでくる彼の吹きだしの言葉に面食らって、逆に申しわけなくなって、畏《い》縮《しゅく》してしまった。裏がありそう、って心春のセリフが過った。本当だ。誠実すぎて、晴夜さんはおっかない。

――『大丈夫です。晴夜さんにそこまで優しくしてもらうのも畏《おそ》れ多いっていうか。こっちがどうしていいかわからなくなります』
――『あれ、ひかれちゃったかな』
――『週刊誌のライターを〝冷酷な人〟って意味で話すなら、晴夜さんより、ぼくのほうがライター寄りですよ。〝ゲイがネタとして弱い〟って言ったのもぼくですし』
――『ああ……〝死もつかい古されたネタだ〟って言い切ってたね』
――『はい。そもそもブログに書いていいって許可したのもぼくです。ぼくはネタにされることに抵抗がないので、気にしてません』
ただ、と文字を打ち続けた。
――『ただ、叔父をばかにされたら縁を切るだけです』
沈黙がながれる。晴夜さんの胸のうちと、がらんとした内装と、ぼくらの足もとでうろうろ歩いている笑顔の石ころが気になってくる。
――『ヨル君は本当に叔父さんが好きなんだね』
――『好きです』
――『いまきみはぼくの恋人ですよ』
ぱん、と目の前で手を叩かれたような衝撃を受けた。
――『そういえば店にきてくれたとき、可愛い女の子と一緒だったね。……なんて』
嫉妬、されてる？　演技？　……え、どうすればいいんだ。
――『心春は幼なじみです』

『ああ、だから親しげだったんだ』

『最初に店へいったとき話した子ですよ。ぼくがゲイってことも知っている』

『性別まで想像してなかったな。幼なじみの子って女性だったのか……。男女の友情はないって、よく言うよね』

『いえ、ありますよ』

『彼女には恋人がいるの？』

変に胸がざわついて言葉選びに躓《つまず》く。えーと……。

『ともかく、ぼくらはもっとべつの絆で結ばれているので、そういうんじゃないです』

『ヨル君は嫉妬心を煽《あお》るのがうまいな』

動揺しすぎて額《ひたい》に汗がにじんできた。混乱してスマホを持つ手まで熱していく。

『ちょっとストップ願います。晴夜さんは恋人設定に、真面目すぎですよ』

『設定だろうと、恋人だと思えば独占欲も湧くものだよ。きみはこちらを見むきもしないから、男としてプライドも疼《うず》くな』

『疼かせないでください』

『ほら、また拒絶した』

はは、と水色のライオンが笑った。

『もちろんいいんだけどね。焦《あせ》らせるつもりはない。ゆっくりいきましょう』

『焦ったし、困りました』

『恋人同士のじゃれあいみたいなものだよ』

じゃれあい……たしかに聖也さんとは、嫉妬してじゃれあったりなんてしたことなかった。晴夜さんはぼくに容赦なく恋のイベントを与えてきて埋め尽くそうとする。

――『あの、晴夜さんは恋人いないいんですか』

――『いまはいないね』

――『でもゲイではないですよね』

――『バイだと思うよ。最近は性別をあまり気にしなくなったな』

この人は予想不可能な思考の塊だ。

――『性別は、気にならなく、なるものなんでしょうか』

――『いろいろな指向の人の恋愛を見聞きしているうちに、ぼく自身見方が変わった。幸い、会社員ほど世間体を意識しなければいけない場に身をおいてもいないし、いまは好きになれれば同性でもかまわないな』

ブログを読んでいれば、彼が人と接しながら刺激を受けているのも見てとれるが、他人の感情に寄り添ったからといって、自分の性指向まで変えられるとは思えない……。

――『たぶん、晴夜さんはもともと寛容なんです』

――『うーん。とはいえ、男とつきあった経験はまだないからね。好みにはうるさいのかもしれない』

はあ。好み……。

――『晴夜さんは接客業をしてるから、鷹揚《おうよう》で癒やし系の、知的な相手がよさそうですね』

また水色のライオンが、はは、と笑った。

──『まいったな。恋人に他人をすすめられるのはなかなかにこたえるよ』
あ、と我に返る。
──『すみません、そんなつもりじゃなかったんですが』
──『ようやくこちらに興味を持って質問を投げてくれたと思ったらこれだもの』
──『晴夜さんの恋人のことは幼なじみに訊かれて、ぼくも気になったから訊いただけで』
──『そこも他人の入れ知恵だったわけか』
……怒らせたかもしれない。
──『すみません。でも心春は他人ではありません』
──『本当にきみは煽るのがうまいな。本気にさせたいの?』
スマホから顔をあげた。左手の甲で額を拭って息をつく。聖也さん。……聖也さん。ぼくはあなた以外の男と、こんな話をしてしまっている。心臓の鼓動がはやくて苦しい。なんで心臓がここまではやるのかも判然としなくて気分が悪い。もやもや胸が閊《つか》えるのに、でも晴夜さんと会話することもやめられない。なんだ……なんだ、この気持ち。独占欲で男に責められるのが初めてで、なんだか、ぼくは……。
──『あの、その石ころはなんですか。さっきからずっと気になっていて』
だめだ、話題を変える以外に手立てがない。
──『ああ、この子? 可愛いでしょう。期間限定のコラボ企画で、「ライフ」っていうゲームにでてくるモンスターを配布してるんだって。モンスターはランダムで、ぼくのところにきてくれたのはこのいしし君。ヨル君もお知らせ画面が表示されなかった?』

お知らせ画面……そういうの全部ぱっぱと消してしまうから気づかなかった。ニュース欄をひらいてみると、たしかに記事がある。

【新作アプリゲーム『ライフ』とのコラボが決定！

この春、モンスター育成ゲーム『ライフ』がリリースされました。それにともない、『アニマルパーク』でコラボ企画が始動！　みなさまに期間限定で卵を配布いたします。

孵《かえ》ったモンスターにご飯をあげたり撫でたりして可愛がりながら、『アニマルパーク』でも『ライフ』の世界をお楽しみください。

『ライフ』には『アニマルパーク』の卵からは孵らないモンスターもたくさんいて、みなさまの愛情で自由に育てることができます。『ライフ』でもぜひ遊んでみてくださいね！】

……ふむふむ。『アニパー』の会社がつくってるべつゲームを宣伝……ってわけでもなく、他社のゲームみたいだ。ソシャゲは飽きてやめていくものが多いから、会社同士も助けあいの精神で支えあってるってことかな？

——『ぼくもやってみたいです』

ともあれ、孵るモンスターがランダムっていうのは気になる。

——『卵は一瞬で孵ったよ。ヨル君はどんなモンスターが生まれるだろうね』

うん……ちょっとわくわくする。クエスト開始のボタンを押したら、ぽん、とヨルの手もとに緑色の水玉模様をした大きな卵がでてきた。

クエストの指示に従って、ヨルが卵を撫でて、ぎゅうっと温めていたら、ぱっかり割れた。ぱぱーんと画面に星が散り、〝モンスターが生まれました！〟とでてくる。

頭に大きな蕾《つぼみ》のある、草っぽいワンピースを着た顔のまるい女の子……が、両手をあげて、腰を揺らして踊っている。

――『おめでとう。ヨル君の子はおくさちゃんだ』

――『おくさちゃん？』

――『生まれるモンスターの一覧がお知らせ画面にあったでしょ。踊り続けていると、頭の蕾がひらいて綺麗な花が咲くらしい』

――『そうなんですね』

可愛らしく微笑んで、くね、くね、と踊るおくさを眺める。疲れないいんだろうか。続けてクエストをすすめて、ご飯も食べさせてあげた。茶色くてまるい大きな実を食べる。

――『草なのに、木の実みたいなの食べましたよ』

――『「アニパー」の餌《えさ》は共通なんだよ。「ライフ」ではモンスターの生活もリアリティがあるって聞いたな。たとえばおくさちゃんならお水を飲んだり、踊り疲れたりするのかも』

――『あ、うん、ですよね。こんなにずっと踊ってたら疲れるだろっていま思ってました。そうか、本家ならもっと深く楽しめるのかな』

――『かもしれないね。それぞれのモンスターには細かい設定もあるらしいよ』

――『設定？』

――『うちのいしし君はね、これ、ぼくらを楽しませるために笑ってるんだって。辛いときも哀しいときも、隠して笑って、他人を癒やそうと努《つと》めてくれるんだそうだよ』

――『淋しいモンスターなんですね』

水色のライオンがすこし沈黙した。

――『そうだね』

そしてそう言う。ん……？

――『じゃあ、ぼくもあとでおくさの設定を読んでみます。ありがとうございます』

――『いえいえ』

撫でる指示をしたら、ヨルがソファからおりて小さなおくさをひき寄せ、顔の横のところを撫でてあげた。嬉しそうにおくさも笑う。あ……すごく可愛い。

――『いしし君も撫でてみていいですか？』

――『どうぞ』

おなじようにヨルに指示をして、いしし君も撫でたら、頬を赤くさせて笑ってくれた。さっきまでの笑顔と若干違うように感じるのは欲目だろうか。ぼくも嬉しい。

――『ヨル君、そろそろ眠るよ。ぼくともおやすみのキスをお願いできる？』

あ、ぅ……。

――『すみません、抱擁だけじゃ駄目ですか。やっぱりまだ、キスははやすぎて』

水色ライオンが、今度はぽろぽろ水色の涙をこぼして泣きだした。

――『もちろん、いいよ』

でも吹きだしで浮かんでくる返事は優しい。

ソファをおりたライオンが、ぼろぼろハムスターのヨルを抱きしめてくれる。ヨルは気をつけの姿勢で、なすがままに身を委ねている。

――『おやすみヨル君、いい夢を』
――『はい。セイヤさんも一日お疲れさまです。ゆっくり休んでください』
セイヤさんはヨルから手を離すと、ぱっと消えていった。
部屋には下をむいてぼんやり立つハムスターと、にこにこ踊っている草のモンスターだけがいる。
おくさの頭の上にある蕾は、とんでもなくくさいそうだ。
くさい、とみんなに非難されて、嫌われたり逃げられたりしてもにこにこ笑顔で踊っている。
成長する方法が、踊ることだから。それで踊り続けて大人になって、やがて咲く頭のお花は、
世界でもっとも美しいとされる伝説のお花だという。
「――おまえ、結局卒業後はどうするんだ」
友だちと遊んで帰宅し、夕飯を食べていると、風呂からでて隣のリビングでくつろいでいた
父さんが声をかけてきた。
「院にいくよ」
「そうか。決めたのか」
できれば大学院にすすみたい、というのは、去年からすでに相談していた。就職するより、
もうすこし勉強したい気持ちのほうが強かったからだ。
「ならいい機会だから、ひとり暮らしでも始めたらどうだ」

ぼくが聖也さんを慕う気持ちが恋心だったと、父さんは気づいている。くさいものには蓋《ふた》という態度で、おたがい核心に触れないようにしていたが、ぼくがゲイであることも薄々勘づいているんだろう。これは無言の、ゆるい〝勘当〟と捉えていい提案なのだと思う。

「ひとり暮らしは淋しいけど、院なんて、すごいねあっくん」

ぼくの正面でお茶を飲んでいる母さんが目をまるめる。

「働いて家にお金入れるほうがすごいし、偉いと思うよ」

「そんなことないよ。母さん、院は優秀な人がいくイメージだな」

社会にでたくないから院を選択する学生もいるし、博士号をとっても現在では就職に有利とはいえない。喜べる選択なのかどうか、判断が難しい。

ぼくが口を噤んで母さんお手製のハンバーグを箸で割いて食べていると、父さんもバスタオルで顔を隠して頭を拭き始め、しれっと沈黙がただよった。

「頑張れよ」

無感情な声でそれだけ言って、父さんが部屋へ去っていく。

食事を終えると、ぼくも自分の部屋へ戻った。

ベッドに転がってスマホのボタンを押し、昨日始めた『ライフ』にログインする。たくさんの可愛らしいモンスターがわいわいしているローディング画面がやがて切りかわり、小さな家の内装と、ぼくの育てているおくさが現れる。

『アニパー』でおくさを迎えてから、早速『ライフ』もインストールしてみた。

『ライフ』では卵を温める必要はなく、育てるモンスターを自由に選択できたので、やっぱりすでに愛着を持ってしまっていたおくさを迎えた。

『ライフ』を開始するとまず初めにお金をもらえて、家をつくることができる。それで好きな内装で飾った部屋へ、自分のモンスターを住まわせてあげるんだ。

モンスターは基本的に自由に動いて生活している。こっちはモンスターの観察をしながら、画面横にある空腹メーターやスキルメーターに従って、ご飯をあげたり、特技の練習をさせてあげたりして、成長させていく。

時間も現実とおなじ設定になっているので、現在『ライフ』の世界も夜。ぼくと同様に部屋にいるおくさは、ソファに座って本を読んでいた。空腹メーターが赤くなっているから、〝ご飯を食べる〟という指示ボタンを押してあげたら、キッチンの冷蔵庫へ移動して野菜ジュースをだし、ごくごく飲んだ。ひとつひとつのしぐさがすごく可愛い。

『ライフ』を起動したまま、晴夜さんのブログをひらいて読んだ。

【6月24日(日)　真夜中の魔女

彼女は時折、土曜の夜の日づけが変わるころにやってくる占い師だった。

季節の風に誘われてふんわり迷いこんだかのように店へ訪れ、カウンターの片隅でひっそり酒と食事を楽しんで帰っていく。

占いを、ぼくはあまり信じない。

それは単なる拒絶反応の一種で、いいことだろうと悪いことだろうと、言われた事柄を信じてしまうから、ひっぱられないぞ、と心にかたく壁をはっているというだけのことだ。

「タダで占ってあげるよ、おいしい料理のお礼に」と、

彼女はいつも言うのだけれど、じゃあぜひに、とお願いしたことは一度もなかった。

しかし今夜は、先日店へきてくれた、亡くなった叔父さんに恋している男の子のことを教えてほしいと頼んでみたら、

「誕生日は？」

「知りません」

「星座は？」

「訊いてません」

「血液型は？」

「わかりません」

「なんの情報もなしに占えるわけないじゃない」と、

呆れられて、ふたりで笑う結果になった。

星を頼る前に本人とむきあえ、というごく単純で当然な事実が浮き彫りになったわけだ。

「でもね、占いって結局そういうものなのよ。本人が傍にいるのに、ほんのすこしの勇気がだせなくて、他人のわたしを頼ってくるの。〝あの人は自分を好きになってくれますか〟って、

わたしに縋《すが》ってどうするのよ、本人に訊くのがなにより正確に決まってるじゃない？　みんな自信のない自分を肯定されたいだけなのよね。あなたならうまくいくわよ、頑張って、って。店長さんも、相手のことが知りたいなら自分で直接ぶつからなくちゃ駄目よ」

　彼が幸せになれるかどうか、星の意見を聞きたかったんですよ、とこたえたら、

「それも、傍にいるあなた次第でもあるんじゃない？」と、彼女は言って妖艶に微笑んだ。

しなやかなしぐさで会計をすませて、彼女は店を去っていった。

不思議な空気をまとう彼女と話したあとは、まるで魔法にかけられたような気分になる。】

　……話題にされている。ゲイのぼくを遠ざけようとする父親もいれば、幸せになれるだろうかと心配してくれる赤の他人の晴夜さんもいる。……この世は不思議だらけだ。

自分が登場するのは照れるものの、晴夜さんのブログはやっぱり癖になる。文章に飢《う》えて、もっと読みたくなる。布団の上で寝返りをうって気分を切りかえ、再び『ライフ』を見た。

おくさは家をでて、森のパーティ会場へきていた。ここでは夜に活動するモンスターたちが集まって、ご飯を食べたりうたったり踊ったりして楽しんでいる、と昨日知った。

　周囲の木々に電飾が施されたきらめく夜の会場内は、舞台と屋台とテーブルがあり、いろんなモンスターが食事やショーを楽しんでいる。うちのおくさみたいに可愛い妖精の女の子っぽいのも、ご飯をがつがつ食べているネコみたいなのも、歌を聴いて気分よさげにしているもじゃもじゃ毛のおじいさんみたいのもいる。セイヤさんが育てているいしもいた。みんなそ

れぞれに個性があって、作画の愛らしさも相まってとっても可愛い。

おくさもテーブルについて、手品のショーを観始めた。ところが、隣に座っていたべつのモンスターが、席を立って、すすっといなくなってしまった。あれ、と思っていると、前に座っていた子も、うしろに座っていた子も、次々といなくなってしまう。

あ、これもしかして、おくさがくさいから……？

一瞬で、おくさのまわりだけモンスターがぽっかりいなくなった。暗い穴の中心に、おくさだけぽつんと座っているようなさまを見ていると苛立ちが湧いてきて、悔しくて、なんの効果もないけれど画面の上からおくさの頭を指で撫でた。

ちくしょう、なんだよ、しかたないだろそういう個性のモンスターなんだから。いいじゃないか、すこしのあいだぐらい我慢してやれよ、冷たい奴らだな。

おくさ泣いてないか？　と顔を見たら、にこにこ微笑んでいる。え、なんで笑顔……？

とん、と椅子からおりておくさが歩きだした。どこにいくんだろう？　と目で追っていたら、空いている舞台のひとつに立った。両手をあげて踊りだす。

離れていくモンスター、手を叩いて笑っているモンスター、あめ玉の包みを投げてくるモンスター……こんなの、全部ヤジだ。でもおくさはゆさゆさ身体をふって笑顔で踊り続けた。

みんなどこかへいって、誰もいなくなってから、おくさは舞台をおりて再び暗い森のなかを歩き、にこにこしたまま家へ帰った。水を浴びて身体を洗ったあと、ベッドへ入って眠る。

視界がぼやけて、気づいたらぼくは涙ぐんでいた。

……泣いたっていいんだよ、おくさ。

おくさにどこまで感情があるのかはわからない。でもぼくだったら絶対耐えられないような状況でもかまわず笑顔で踊って、ひとりでてくてく家へ帰って、ひとりで眠るおくさが、ぼくにはたまらなく健気《けなげ》で強くて、淋しく見えた。

泣いていいのに。しかたのない体質なんだもの、くさくて悪いか、って怒ったっていいのに。こんな小さな身体で非難を全部受けとめて、許しているみたいで切ないよ。おくさができないならぼくが怒ってやりたい。守ってやりたい。でもぼくは……そっちにいけないな。

寝顔まで可愛らしいおくさの頭を、また画面の上から撫でた。

『ライフ』ではモンスターが恋をしたり結婚をしたり、子どもをつくったりもできるらしい。世の中には自分を受け容れてくれる人だけが存在しているわけじゃない。むしろそんな人に会えることのほうが、僥倖《ぎょうこう》で、幸運で、奇跡だ。生きるって辛いね、おくさ。……辛いね。

おくさに幸せな出会いがあったらいいのに。

おくさを好いてくれる友だちや恋人が、いつかどうか、できますように――。

「こんばんは」

「お、いらっしゃいませ、ヨル君」

翌日の夜『あずま』へお邪魔した。最初ここへ訪れたときとおなじ、月曜の開店直後だからお客さんもいないだろうと踏んでいたが、晴夜さんの正面のカウンター席にひとりの男性客がいた。清潔感のある左分けの焦げ茶髪、お洒落《しゃれ》な眼鏡、爽やかな白シャツに灰色カーディガン。

「隣に座ってもいいですか」

訊ねたら、彼はすこし目をまるめてから微笑んで「どうぞ」と許可をくれた。

「ヨル君、この男はナンパしても無駄だからね」

晴夜さんの不躾なつっこみに動揺して、椅子につま先をぶつけた。

「しません」

かろうじて腰かけて、呼吸しながら平静を保つ。

「ん？　もしかしてこの子ゲイ？」

右隣にいる彼まで軽い口調できわどい質問をし、晴夜さんも「そう」とこたえてしまう。

「うちの店で出会いを探したいって言ってたから、先に忠告をね」

「ちょっと……晴夜さん、プライバシーの侵害ですよ」

「だっていま氷山《ひやま》にロックオンしたでしょ。傷つけないように、きみを想って教えたんだよ」

「ろっ、……ぼくは、晴夜さんと話すためにきたから、カウンター席がいいなと思って、距離をおくのもおかしいしって、それで声をかけさせてもらっただけで、ナンパする気なんて、」

「ほんとかなあ」

晴夜さんが小さく笑っておしぼりとお通しをくれる。

「痴話喧嘩か？」

氷山、と呼ばれた彼も横で笑った。

「ヨル君だっけ。まあ、そう焦らずに。俺もゲイなんだよ。恋人がいるからナンパには乗れないけどよろしくね」

ハンサムな笑顔で軽く会釈をくれる。容姿端麗な人だけが放てる輝くオーラが眩しくて、

「……いえ、こちらこそ」と返答する声が小さくなった。この人も、ゲイ。

「おなじ指向の男《ひと》に、初めて会いました」

「へえ、じゃあ童貞《どうてい》だ。処女かな？」

「っ……いきなり、そんな話、」

「きみが言うからさ」

くっく、くっく、と笑われる。なんだか、大人たちにからかわれている。

「出会いを探してるって、なら初めての恋人をつくるために頑張ってるってことか」

「……はい。そうなります」

「あ、もしかしてこのあいだ東《あずま》のブログに書かれてた子？」

「そうです」

「ああ。でも、だったらここで探してもしかたないだろ。本気で恋人欲しがってるんなら、ゲイが集まる店紹介しようか？」

急な展開に当惑した。……どうしよう。ありがたい申し出ではあるが、氷山さんとは知りあったばかりだし、セイヤさんにキスをするのすら待ってもらっている自分には結局のところ、恋はまだ、たぶんはやい。

「……ちょっと、検討させてください」

「もちろんいいよ。必要になったらこのおじさん経由で声かけて」

にまりと微笑む氷山さんが、視線で晴夜さんをしめす。

「わかりました」

　ぼくも軽く頭をさげる。

「ヨル君、今日はなにを召しあがりますか」

「あ、はい。じゃあ……とりあえずレモンサワーと、トマトのまるごと煮と、肉じゃがと、味噌お粥を」

「かしこまりました。このメニュー気に入ってくれたんだね」

「はい」とこたえながら、おしぼりで手を拭いてお通しを見る。今夜は小さなごま豆腐だ。

「ごま豆腐好きです」

　早速食べてみる。お餅《もち》みたいにもっちりしている好みのごま豆腐で、とてもおいしい。

「お口にもあうといいな」

「うん、おいしいです」

「よかった」と微笑んでレモンサワーもくれる。今度はきちんと搾るぞ、とレモンを搾り器の突起にあわせて押しこみ、まわし終えて満足したら、「はは」と氷山さんに笑われた。

「もっと搾れるだろ。貸してみ」

　箸をおいてレモン搾り器をひき寄せ、氷山さんがさらにぎゅっとレモンを握りしめて力強く搾ってくれる。手が晴夜さんとおなじぐらい綺麗で、甲の筋と指の長さに魅了される。ただ、親指の先がそるかたちなのは、なんとなく痛そうだ。

　見惚《みほ》れている間に、搾り器の縁までなみなみになるぐらい果汁があふれてきた。

「……ほんとだ、こんなに」

先日心春ときたときはうまくできたと納得していたけど、あの日も中途半端に果実を残していたのかもしれない……。

「力が弱すぎるんだよ。この手のサワーに慣れてないんだな？」

晴夜さんにも似たようなことを言われた。

「ここにきて初めて呑んだんです」

「はやく彼氏つくって搾ってもらうようにしないと」

「たしかに、助けてくれた氷山さん格好よかったです。でも、これぐらい自分でできるようになりたい」

「ははは。それもそうだな」

楽しげに笑って、氷山さんは自分のお酒を呑む。ビール、かな。

彼の手もとに真っ茶色に染まった大根の料理がある。「それおいしそうですね、なんですか」と訊いたら、「牛すじ大根だよ。このしっかり出汁の染みた大根と牛すじがうまいんだよ」とすすめてくれたから、晴夜さんに「これ、ぼくもお願いします」と追加した。

そういえばこの人、とても話しやすい人だな……。

「氷山さんも、ここの常連なんですか」

「東と知りあいなだけだよ」

「知りあい。学生のころの友だちとか？」

「んー……大学生のころゲイバーで知りあった友だち、かね」

ゲイバー。

「晴夜さんがどうしてゲイバーに」

訊きながら晴夜さんを見たら、お粥を器にそそぎつつばつが悪そうに苦笑している。

「こいつはゲイっていうかバイだから。男も女も見境ないよ～……ヨル君も気をつけて」

「え、でも、」

男とつきあった経験はないって、このあいだ『アニパー』で……。

「どうぞ、味噌お粥です」

会話を遮るように、晴夜さんがお粥をくれた。……え。嘘をつかれていた？

「ヨル君は、ぼくと話すためにきてくれたんだっけ。どんな話？」

巧みに話題も変えてくる。……と、ええと。

「その……ブログを、昨日、見て。ぼくも晴夜さんのことを、あまり知らないと思ったから」

「ああ、誕生日とか星座とかね。占いに必要な情報って、タイミングがないと訊かないものだなってておかしくなったよ。ヨル君は冬生まれっぽいとは思ったんだけど」

「冬っぽいですか」

「夏みたいに太陽が燦々《さんさん》騒がしい季節のイメージはないかな」

「……ぼく、七月二十一日生まれです」

「あら、夏真っ盛りだったね」

氷山さんが隣で「なんだこの会話は……」とお刺身を食べてくっくと笑っている。

「となると、ヨル君の星座はー……」

「かに座です」

「待って、血液型はあてるよ。うーん……A型だ！」

「B型です」

「意外と明るい印象のプロフィールだな、ヨル君……」

「名前もヨルなのにな」と氷山さんが会話に加わった。

「ぼくの本名は明るいって書いて明なんです。ヨルは、ネットの名前で」

「ってことは東とネットで知りあったのか」

「はい。ぼくが検索で晴夜さんのブログを見つけて、それで『アニパー』から声をかけて」

「『アニパー』からねえ」

にかり、と氷山さんが不気味な笑いかたをする。怖い。

「晴夜さんは誕生日とかは」

「ぼくは十一月二十日生まれのさそり座で、O型です」

「そうなんですね。晴夜さんのほうが寒い季節の人でした。O型は大らかだっていうから……それも、そのとおりだと思います」

〝見境がない〟というのは、氷山さん的に〝男女共にすぐ興味を持つ、惚れっぽい〟ってことなのか、それとも〝性別も恋愛も関係なくセックスしまくっている〟ということなのか。

晴夜さんを信じるなら前者、疑うなら後者。ぼくが氷山さんの言葉から感じたのは後者だ。

レンゲを手にしてお粥を掬《すく》い、ひとくち食べた。お味噌の味とやわらかいご飯の優しさが心まで温めてくれる。なのに。

「たしかに大らかだな。とはいえ、東はちょっと屈折してる困った男だよ」

嘘をついていたんですか、と晴夜さんにつっこみたくても勇気がでない。晴夜さんが隠したがっている空気も感じるから言いだせない。

「屈折って……なんだか、怖いですね」

探るような言葉だけ言ってしまった。

「優しいんだけどね。怖いとこもあるかもなあ、こいつは」

氷山さんがまた晴夜さんを揶揄《やゆ》する。

「やめてくれないか氷山」

今度は晴夜さんもややきつめに、笑顔で制した。

「お。ロックオンされてるのは明君か……？」

くく、と氷山さんはまた眉をゆがめて苦笑する。


「――おまえ、最近よく外食するな」

日づけが変わるころ帰宅すると、残業で遅くなったらしい父さんとリビングで鉢あわせした。

「ああ、うん……知りあいの居酒屋にいってる」

「母さんが淋しがるからなるべく家で食事しろよ」

目も見ずに言い置いて、リビングをでていく。

三人で食事をしていても母さんと会話するのはほとんどぼくで、父さんは素っ気ない。

自分がしないことをこっちに押しつけながら、家からはでていけと厄介払いしたがる父親は、勝手すぎやしないだろうか。

風呂へ入って、髪も乾かして部屋着に着がえると、もやもやした気分をひきずったまま『ライフ』をひらいた。

空腹メーターがゼロになって、おくさがしんどそうにソファに寝転がっている。慌てて野菜ジュースを飲むよう指示したら、よろよろ冷蔵庫へ歩いていってジュースをとりだし、ごくごく飲んだ。ぱあっと笑顔になって元気をとり戻したおくさの姿にほっとする。よかった……。

スキルアップのために、料理と踊りの本も買って本棚においてあげたら、おくさが早速それを手にとってソファで読み始めた。うなずきながら真剣な面持ちで勉強している。やがて料理と踊りのスキルメーターもすこしあがった。料理リストをひらくと、作れる料理がふたつ増えている。果物スムージーと野菜サラダ。ずっと水分だけだったからサラダはいいな。

作るよう指示したら、キッチンへいって料理を始めた。レタスを千切って、きゅうりとトマトを切って盛りつけてコーンを散らし、ドレッシングをかける。ひとつひとつのしぐさが相変わらず可愛い。完成すると、それを冷蔵庫へしまった。あとでまた空腹になったらあげよう。

踊りもさせてあげる。若干キレがよくなって、前より腰がしゃっしゃ動いている。可愛い。

気持ちが癒やされたところで、晴夜さんのブログをひらいてみた。まだ更新されていない。そりゃそうか。時間的にお店が閉まったばかりだ。疲れて、彼も風呂へ入ったりしつつくつろいでいるころに違いない。と、思ってベッドの上で寝返りをうったら、ぽんとスマホが鳴った。セイヤさんから届いた『アニパー』のお手紙通知だ。ログインして読んでみた。

『ヨル君、こんばんは。今日は店にきてくれてありがとう。いろいろと説明したいこともあるんだけど、まずは謝らせてほしい。時間があるとき、また会ってください』

……謝る、っていうのはやっぱり〝ゲイバー〟で〝見境のない〟行動をしてる件についてか。
——（こんばんはヨル君）
プライベートチャットで声をかけられた。
——（いま手紙送ったんだけど、時間をもらえるかな）
なんで晴夜さんはぼくに対してここまで丁寧に接して、関係を繋ごうとしてくれるんだろう。嬉しくはあるものの、逆におっかないというか……訝《いぶか》しさも増していく。
——（はい。なら、今日はぼくがセイヤさんの部屋へいきますね）
返事を送ったあと、彼の部屋へ移動した。セイヤさんの部屋の内装と、ヨルとセイヤさんが現れる。いしとおくさも。
——『こんばんはセイヤさん』
——『こんばんは。お茶をどうぞ』
今夜もエプロン姿の水色ライオンがテーブルに紅茶をおいてくれた。ヨルを椅子に座らせたらセイヤさんも腰かけて、むかいあって落ちつく。
——『お手紙読みましたけど、晴夜さんはいつも謝ってばかりですね』
セイヤさんががっくりうな垂れた。
——『そうだね……申しわけなくて、情けない』
——『いえ、全然。責めてるわけじゃないけど』
——『氷山は悪友というか……そんな奴なので、あいつの言葉はあまり信じないでほしい』
不信感しか湧かない言いかたをする。

——『どちらかというと氷山さんの言葉が真実で、晴夜さんの態度のほうが怪しく感じます。氷山さんはぼくに嘘を教える必要がありませんから』

水色ライオンが沈黙する。

——『晴夜さん。どうしていい人でいたがろうとしてくれるんですか。ぼくが愛想を尽かしてもあなたが困ることはなにもないじゃないですか。ブログのネタも、これ以上提供できるかわかりませんし。利用価値もないのに、知りあったばかりで優しくされると逆に怖いです』

沈黙がしばし続いたあと、やがてセイヤさんの頭上に吹きだしが浮かんだ。

——『きみと愛しあえれば、幸せになれそうだから』

え……。

——『無知で純粋で、一度懐に入れた相手のことは果てまで一途に信じ抜く。心を許した人たちを心《しん》から嫌うこともない。仲違いして別れても〝嫌いになった相手〟ではなく〝愛した人〟として記憶に残す。きみはそういう子だろう？　きみみたいな子に会えるのを、ぼくはずっと待ってた』

吹きだしが次から次へと浮かんでくる。

——『きみは一生叔父さんを愛して逝くだろうね。叔父さんだけじゃなく、これから愛する恋人も友だちも家族も、きみが嫌って裏切ったりすることはきっとない。自分が裏切られても、最期まで想い抜くんだろうな。最初に「アニパー」で会話をしたときからそう確信してたよ。ぼくもそのひとりになりたい。愛しあいたい』

愛しあいたい、の文字がひときわくっきり、凛々《りり》しく見える。

──『昔は女とも男ともつきあった。一夜だけの関係も含めたら大勢いすぎて顔も憶えてないぐらいだ。ぼくはきみが思うような穏和で大らかな人間じゃない。必要ないと判断した相手には嘘もつくし、捨ててもきた。人間なんて所詮《しょせん》、自分のための幸福な王国をつくってぬくぬく生きようとする生き物だろ。ぼくも正しく、そういう人間のひとりなんだよ』

眼球が痛くなってきて、まばたきしていなかったことに気づいた。腕で瞼《まぶた》をこすり、チャット履歴を読み返しながら晴夜さんの言葉の意味を理解しようと努める。……これって、つまり。なんていうか。

──『ぼくもしかして、いま晴夜さんに口説かれてますか』

──『そうだね。嫌われてもしかたない過去をさらして口説くなんて矛盾してるけど』

……いや、矛盾じゃない。さらしてくれるのは信頼の証だ。嘘偽りなく、なんにも着飾ったりせずにぶちまけて〝愛しあいたい〟って、そんなの……心臓が、破裂する。

──『なんで暴露してくれたんですか』

──『氷山のせいで計画が台なしになった。いや、おかげって言うべきかな。隠しておくのが面倒くさくなったんだよ』

──『計画ですか』

──『きみがすぐに恋愛できるとは思っていなかったからね。叔父さんへの恋心が落ちつくまで段階を踏んで、すすめていくつもりでいたんだ』

……要約すると、強引にせずぼくの気持ちにあわせてくれていた、ってことじゃないのか。

──『氷山さんの言ってた〝屈折〟ってこのことだったんでしょうか』

――『ああ』

屈折どころか、充分大事にされている気がしてしまう……。

――『晴夜さんの言う、幸福な王国の話、そのとおりだと思いますよ。ぼくも好きじゃない相手のことはわりとどうでもいいです。男とつきあった経験がないって、嘘をつかれていたのはショックでしたけど、晴夜さんが屈折してるっていうなら世の中はぼきぼきにねじくれまがって、ちゃんと歩けないいんじゃないかっていう人たちだらけになってしまう』

――『ぼきぼき』

――『氷山さんにも信頼して正直に接してるじゃないですか。で、〝優しい〟って言われてた。悪い人じゃないです。むしろ善人すぎたいままでより人間味を感じて安心しました』

水色のライオンがまた沈黙したので、ぼろぼろハムスターのヨルに紅茶を飲ませてあげた。

氷山さんや、ほかの晴夜さんの友人たちだけが知っている非道な面もあるのかもしれないが、聞かせてもらった内容に嫌う要素はなかった。過剰に親切にされて怯《おび》えていた気持ちが晴れ、やっと本物の晴夜さんに会えてほっとしてさえいる。

――『隠す必要はないです。お店で人あたりよくするのも、接客業とはいえ大変ですよね。ぼくだったら晴夜さんみたいに上手にはできない。心のなかで毒を吐いて疲れてる。自分より晴夜さんのほうがいい人だろうなって、そんなふうにも思いますよ』

――『たしかに、この仕事をするようになって人間に対する不信感が増したのは否めない。でも好いてくれる相手を手ひどくふったりもしていたよ』

――『いい人を、わざと傷つけたんですか?』

――『いや、あまりにしつこくて鬱陶《うっとう》しいから、それで』

――『それは相手にも原因がありますよね。というか、晴夜さんが〝傷つけた〟と思ってるのって罪悪感があるからで、心の底で反省してるってことじゃないですか？　そんなのただの若気の至りです。叔父に鬱陶しく迫ってたぼくからしたらふられて当然って、納得しかない』

……あれ、なんだかぼくは、晴夜さんを必死に肯定して、庇《かば》おうとしてないか……？

――『やっぱりきみが欲しいな』

彼の上に浮かんだ文字を凝視しすぎて、視界でふくらんでにじんでぼやけた。

――『こういう内面は、隠す必要がなくても話す相手は選ばないといけない。きみが性指向をうち明ける相手を選ぶようにね。きみはぼくに話して〝正しかった〟って言ってくれたけど、ぼくもおなじことを思うよ。好きになった相手は正しかった』

好きに。

――『きみの叔父さんは、きみに悪い虫がついたと知ったら怒るだろうな。でもきみの最初で最後の恋人は俺にしてほしい』

文字を見つめていたら、やがて吹きだしがすっと消えて、我に返った。

――『晴夜さん、俺って言いましあの』

あ、間違えた。

――『俺って言いましたね、って言いたかったんです。五時です』

あっ。

――『すみません、五時じゃなくて誤字です』

指が震えて文字がうまく打てない。顔が熱い。

――『チャットでも動揺ってわかるんだね。可愛すぎるよヨル君』

――『そういうこと言うの、やめてください』

――『迷惑かな。ばれちゃったから今後は堂々と口説いていくけど、きみの心の速度にはあわせるよ』

心の速度って……聖也さんに囚われてるからってこと？

――『いえ、そういうことではなくて、それもあるけど、単純に慣れてないんです。恋愛感情で大事にされたり甘い言葉を言われたりって、どう反応していいかわからない』

――『迷惑ではないの？』

――『二、八の割合で迷惑です』

――『迷惑が八？』

――『二です』

――『それって喜んでくれてるよね。迷惑が上じゃないならこっちは押すのみだよ』

あ……あ。

――『じゃあ、四、六で』

――『六が迷惑だって言いたいわけ？』

――『はい』

――『半分程度ならどうでもいいな』

どうしよう……どうしたら……。

——『こうやってヨル君に可愛いとこばかり見せられてると、こっちの理性が保たなくなる。怯えさせるのも不本意だし、適度な距離はとっていくべきかな』

え。

——『会いたいです。お店にはうかがわせてください』

こんなかたちで縁が切れていくのは嫌だ。

——『ヨル君……すこしは警戒してね。いまきみが目の前にいたらキスしてたよ』

頭に血がのぼって、指が『かた』と意味のない文字を打って送信してしまった。

——『かた？』

——『すみません、なんでもないです』

——『また動揺してくれた？』

水色のライオンがあははと笑う。笑い事じゃない。

——『いま急に関係が悪いほうへ変わるのは嫌なんです』

——『うん。距離っていうのはこちらの口説きかたの話だよ。きみをこうしてどきどき動揺させ続けていたら嫌われかねないから。押しすぎないように紳士的でいきますってこと』

紳士って……脳ミソまで熱くなって、思考がままならなくなってくる。

——『そもそも晴夜さんは、ぼくなんかにキスしたいと思うんですか』

——『最初に会った夜からずっと思ってるよ』

っ。

——『ずっと？』

——『そう、ずっといやらしい目で見てる』

スマホをベッドにおいて、はあと息を吐きだした。手汗が……額と背中の冷や汗もすごい。

——『ヨル君、ひとつ言おうと思ってたんだ。氷山のあの誘い。あいつとゲイバーにはいかせないから、そのつもりでね』

束縛？　独占欲……？　もう判断能力も働かない。

——『はい』

ともかくうなずいておく。

——『しばらくはおとなしくきみが店にきてくれるのを待つだけにするよ。好きだよヨル君。そろそろ眠ろうか』

——『はい』

ヨルを押して椅子からおろしたら、セイヤさんがきてふいにヨルを抱きしめ、キスをした。

——『いまはこれだけで我慢しよう。おやすみ明』

頭が真っ白になった。名前を……初めて呼び捨てで呼ばれた。ただの文字なのに声で聞こえた。心臓が激しく鼓動していて、テニスボールが胸のなかでばんばん弾んでるんじゃないかと錯覚する。顔が熱い、脳天が痺《しび》れる。

告白をされた。好きだ、と言ってくれた。同性の……大人の、男が。

初めて、自分の全部を、恋心で受け容れてくれる人に会った——。

晴夜さん以上にぼくのほうが占いを信じていない、と思う。誕生日とか星座とか血液型が、なぜ人生に関係してくると思うのか理解できない。しかし不思議で運命的な出来事、はある。

「……あき兄、なにかあったでしょ」

ぼくの生活や感情がすこしでも変化するとき、なぜか心春は必ず食事に誘ってくれる。

「心春はどうなの」

でも誘ってきたってことは、心春のほうに相談があるんだろうから、質問で返す。

「わたしに話せないようなこと、あの人にされたんだ」

睨まれた。……まいった。心春には敵《かな》わないし、争いたくもない。

「されたってわけじゃないけどさ……話すには、まだ気持ちの整理がつかなくて」

昼間、誘いのメールをもらったときに、心春が『あの人の店でいいよ。料理おいしかったから』と指定してくれたのに、ぼくがやや不自然に『べつの店でいいよ、心春ほかに気に入ってる店なかったっけ』と返したのがそもそもの原因だ。

『あき兄怪しい。あの人の店にする、もう決めた』と言われてしまって、結局あの告白の夜から二日後の今夜、晴夜さんのお店の小あがり席でまた心春と食事して質問攻めに遭《あ》っている。

「気持ちの整理が必要なほどのなにをされたの」

心春は声を張りあげて責めたり、怒ったりはしない。常に一定のしずけさで、激昂したり、悄然《しょうぜん》としたりするから、どんなときも一緒にいて居心地はいい。けど晴夜さんがおなじ空間にいるのにうち明けるにはどうにもいたたまれない内容の話で……観念して抵抗を諦めたぼくは、極力小声でぽつぽつ話し始めた。

幸い、今夜も時間帯のせいか店内は混んでにぎやかな空気に包まれており、女性店員さんも忙しそうにテーブルを往き来しているし、晴夜さんもカウンター席のお客さんと談笑しつつ慌ただしく料理を用意している。そのうえ、ぼくはふりむかないと晴夜さんを見られない位置に座ってもいた。しかしどういうわけか、晴夜さんが熱い炎になったみたいに、背中や、左腕のあたりをじりじり炙《あぶ》られているような感覚がある。彼の気配や、あの夜もらった好意が、強烈な存在感と熱で迫ってきて落ちつかない。

「なにそれ」

話し終えると、心春が目をむいた。

「あき兄、それ自己愛の塊だよ。あき兄と愛しあえれば幸せになれそうって、自分のことしか考えてない。あき兄が幸せになれると思えない。あき兄を幸せにしてくれると思えない」

「自己愛か……でも過去のことまで正直に暴露してくれたのは、ぼくを信頼してくれてるからじゃないかな」

「信頼と愛情はべつ。あき兄、もうほだされてるの？」

「晴夜さんは、聖也さんに片想いしてたぼくのことを知って、ぼくの恋のしかたとか……性格、性質を、好んでくれた。適当にそと見を気に入ってナンパしたとかじゃないんだよ。それって真剣さを感じるし……なんていうか、ありがたい。嬉しい」

レモンサワーを呑んだ。今夜はたぶん、うまく搾れたと思う。氷山さんがレモンを搾ってくれた手や、晴夜さんの綺麗な手、笑顔、チャットでもらった告白を、写真をめくるみたいに、映像で思い出す。

「信じない。都合いい部分だけ見せて、隠してる素がきっとある。あき兄への愛じゃない」

心春はカシスレモンを呑みながら晴夜さんを責め続ける。怒りが、いまは心春の愛情だ。

「ぼくらは、他人にあまり素を隠さないね。嫌われてもいいいと思ってる節がある」

「八方美人は疲れるから」

「ン。晴夜さんは、八方美人とまではいかないけど……なんだろな。いい人を演じてくれたのは、人と愛しあいたくて、ひとりが嫌で、やっぱりこう、淋しかったからなんじゃないかな」

「それで好きでもない相手に好かれて鬱陶しくなってふって罪悪感抱えてたって、ばかすぎ」

「他人と接していくなかで、社交性は必要だよ。ぼくは自分が内向的だから反省したりもする。それこそ幸福な王国をつくりがちだ。好んだ相手としかつきあわない」

「それのなにが悪いの」

「世界も視野も狭《せま》くなる」

「人間にはそれぞれ適した世界のひろさがある。ひろい世界でいきいき悠々《ゆうゆう》と生きられる人もいれば、狭い世界でしか呼吸できない人もいる。世界や視野をひろげることが、必ずしも人を幸せにするわけじゃない、大事なわけじゃない」

「うん……まあ、そうだね」

「それにあき兄は内向的じゃない。初対面の人にも話しかけるし、偏見もない。自分の話ばかりしないで、相手の話を聞いて思いやりながらの会話もできる。友だちもたくさんいる。ものすごく社交的」

「そうかな」

「そう。あき兄にあの人は必要ない。あの人が勝手に自分に必要な世界のひろさを見誤って、困って、一方的に、あき兄に助けを求めてるだけ。それはあき兄を幸せにする欲求じゃない。満足したら絶対にいなくなる。騙《だま》されないで」

……満足したらいなくなる。たしかにそれが本当なら非道な人だ。

レモンサワーの下にレモン果汁の粒が沈んで揺れている。「ははは」と晴夜さんの笑い声が聞こえてくる。心春が、ぼくのすすめた味噌お粥をすすった。店内に充満する煮物や人の匂い。話し声。グラスや器のこすれる音。

「ぼくが孤独になるのを怖がらずに、自分を飾らないで他人と接せられるのは、心春がいてくれてるおかげだよ」

父さんや母さん、聖也さん、友だち、晴夜さん、心春……自分の周囲にいる人たちの表情や、かわした会話が脳裏を過った。ぼくを厄介だと思っている人も、無償の愛をそそいでくれる人も、ゲイだと知らずに仲よくしてくれている人も、全部知って傍にいてくれる人も、さまざまいる。この世から去ってしまった大好きな人も。そして心春は、唯一無二の特別な子だ。

「小さいときから、自分のすべてを許してくれる心春っていう親友がいたから……絶対的な、安心できる家みたいな心春がいたから、外では怯えずにふるまえたんだ」

「わたしもあき兄がいるから怖くない」

心春が手をとめて、ぼくをまっすぐ見て断言する。

「……うん。晴夜さんが欲しいのは、きっとそういう相手なんだよ」

ちっ、と心春に舌うちされて、ぎょっとした。

「下品だからやめな」

注意しても視線だけそっぽにながして唇を突きだしている。

「……傷つけられたら言って。わたしがあいつを傷つけ返すから」

「怖いよ。でもありがとう」

ぼくも春雨サラダを食べてから、自分の味噌お粥を手前にひき寄せて食べた。おいしい。

「……あいつ、あき兄のこと〝亡霊〟って言ったでしょ」

ああ、心春、晴夜さんのブログ読んだんだな。

「わたしもそう思ってた。聖也がいなくなってからあき兄はずっとぼうっとしてるから」

「……うん」

「だからあき兄がもとに戻れるなら……いいって願ってる」

うん、ともう一度うなずいた。ありがとう、とも言った。

ぼくが聖也さんへの気持ちを自覚したのは、聖也さんの家へ遊びにいって、彼のセックスを目撃してしまった瞬間だった。

――子どもにはまだはえーぞ明。いい子だから、外で待ってな。

ああいう場面でどういう態度をとるのが子どもじゃないのか、大人なのか、ぼくはいまだにわからない。とはいえ、中学生だったぼくがぼろぼろ涙をこぼして、聖也さんのうちをでて、歩いて、心春のところへ助けを求めにいったのは、我ながら情けなかったと反省している。

心春は激昂した。しずかに冷静に『大人の態度じゃない、最低だ』と、聖也さんを責めて、ぼくを庇って、慰《なぐさ》めてくれた。

心春は、二度とあんな傷つきかたをするな、と心配してくれているんだろうが、ぼくには、あれは後悔でも悪夢でもなく、ただの始まりだった。

「……あき兄は、あの人のこと好きなの」

心春の視線がカウンターのなかにいる晴夜さんにむいている。その無表情の強い澄んだ瞳で、なにを思っているのかは判然としない。

「……晴夜さんのことは自分が好きになっていい相手だと思ってなかったのもあって、気持ちが追いつかない。ただ正直言うと、あんなに格好よくて大人な人に好きって言ってもらって、嬉しい。こんな幸せなこと滅多にないとも思う。だからつきあってみたい。もう二十二だから、セックスとかも経験したいし」

ぺんっ、と心春に額を叩かれて、つい笑ってしまった。

「ごめん。晴夜さんよりぼくのほうが汚いんだよ。恋人ができるチャンス逃したくないって、そういうふうにも思っちゃってるから。でももちろん誰でもいいわけじゃなくて、晴夜さんだから浮かれてるのもわかってる。晴夜さんといれば変わっていけるんじゃないかって思う」

聖也さんへの宙ぶらりんの片想いが燻《くすぶ》っているせいで、ほかの男を好きになるのは聖也さんに対する裏切りのような感覚が、どうしても消えずにここにある。

好きだった。好きで好きでどうしようもなかった。死にましたって突然言われたって恋心まで一緒に葬れはしなかった。

「……聖也さんがぼくをふってくれていたなら、心おきなく晴夜さんの恋人になれたのにな。あんな約束だけ遺して逝ってひどいよね。……まあ、ふられてたも同然だけど」

「……あき兄、笑ってる」

「え？」

心春が視線を落として、それからゆっくりお粥をすする。待ってみても続く返事はなかったので、ぼくもおなじようにお粥を食べた。

「心春の話は……？　なにかあったんじゃないの」

「忘れた」


お会計は女性店員さんがしてくれた。どういうシフトできているのかわからないけど、心春と来店するときにいつもいる店員さんで、長い髪をうしろでひとつに括《くく》り、元気に潑剌《はつらつ》と接客してくれる笑顔の印象的な店員さんだ。忙しそうな晴夜さんとは目もあわなかった。

しかたないな、と諦めて心春と一緒に店をでる。今夜も霧雨《きりさめ》が降っている。

おなじ店のなかにいたのに、『いらっしゃい』『こんばんは』と最初に会釈しあって挨拶をかわしたあとはなにも接触がなかった。届かない、遠くの人、って感じながら帰るこの感覚は、心春が〝聖也に似てる〟と言っていたように、聖也さんへ感じていた遠さと重なる。

「――ヨル君っ」

え。

足をとめてふりむいたら、晴夜さんが傘もささずに走ってくるところだった。右手で雨を遮って、でもウエーブのかかった髪に雨粒をつけて、それが外灯の光に白くまたたいていて、Yシャツもエプロンも、水たまりを弾く靴も濡《ぬ》れている。ぼくも焦って近づいて、傘に入れた。

「どうしたんですか。仕事は」

「すぐ戻るよ。ばいばいって、ひとことぐらい言いたくて」

笑って前髪を掻きあげながら晴夜さんが言う。心臓がぎうとちぢんだ。こんな息せき切って、雨に濡れて急いできて笑ってくれて……わけがわからない、また顔が熱くなってくる。

聖也さんにも、誰にも、こんなことしてもらった経験なかった。

「ばいばいヨル君。きてくれてありがとう、会えて嬉しかったよ」

『アニパー』と違って、目の前にある表情がころころ変わる。眉をさげて笑っていた目がすうと細くにじんで微笑になった。こういう優しい目で、スマホの前でぼくに〝好き〟って文字を打って、届けてくれていたんだろうか。……信じられない。

口から声がだせなくて、茫然《ぼうぜん》としていたら、ふっと微笑んで小首を傾げた彼が近づいてきた。左肩を摑まれた。正面に彼の身体が迫ってくる。え、なに、と思った刹那、額に唇がついた。額に、キスされた。

「ヨル君はキスしたくなるおでこをしてる」

意識が飛んだ。

「前髪が、あると……邪魔なので、だしてるのが、楽で、子どものころからこ、」

「むきだしだよね、会うたび可愛いと思ってた」

前髪、つくっておけばよかった。顔を隠したいのに隠す術《すべ》がない。まる見えだ。

「ありがとう、ございました……ご飯、おいしかったです、また、きます。どうぞ、お店、戻ってください。お疲れさまです」

せめてもの抵抗でうつむいて、精いっぱい声をだした。いまこの状況で正しい言葉を言ったのかまでは判断できない。とにかくなにか言えた。

「……可愛いな。チャットでもこんなふうに動揺してくれてたのか」

初めて見るちょっと悪い顔で口端をひいて笑った。これが穏和でも大らかでもない、ぼくの知らない晴夜さん……？

ぱち、と、次の瞬間、口に……今度は口に、晴夜さんの唇がついた。

「ごめんね、我慢できなかったよ。ヨル君のせいだ」

晴夜さんが格好よく、いたずらっぽく笑っている。唇の先が冷えて、唾液《だえき》で濡れたのを知る。

外灯の下で白く細かく降りそそぐ霧雨が、晴夜さんの髪と笑顔にも落ちて、ひどく幻想的で、傘を、晴夜さんの上にちゃんと傾けられていないことに、時間をかけてゆっくり気づいた。

「……ヨル君って呼ぶのやめたら」

斜め右うしろあたりから、心春の声がした。

「この子はまだヨル君だから」

晴夜さんが心春のほうへ視線をむけて、にこりとこたえる。

「……ぼくが、聖也さんの名前からもじってつけたって、教えたんだよ」

ぼくもこたえた。心春の声を聞いたらすこし現実へ戻ってこられた。ちっ、と、心春がまた舌うちしたのが聞こえたけど、でもそれを注意する余裕はない。

「あき兄のこと傷つけたら、あなたのこと殺すから」

晴夜さんはどことなく挑戦的で楽しげな微笑をひろげた。

「幼なじみの心春ちゃんだよね。これからどうぞよろしくお願いします」

そっぽをむいた心春は、そのまま身を翻《ひるがえ》してバス停のほうへ歩いていってしまう。

「心春っ」

呼んでも無視された。

「すみません晴夜さん。じゃあ今夜はこれで」

彼を見あげると、「うん」ともう一度微笑んでくれる。

「気をつけて帰ってねヨル君。昼間だともっと話す時間もあるから、いつかおいで」

「はい。……あと、これ、どうぞ」

自分が持っていた傘を、晴夜さんに押しつけた。「え、いいよ、店すぐそこだから」と言われたが、頭をふって手渡して一礼し、心春を追いかけた。

「心春」

追いつくと、ぼくを一瞥した心春が、すぐさま傘に入れてくれた。それを受けとって、背の高いぼくのほうが心春を傘に入れ、寄り添ってふたりで夜道を歩く。

雨が降っている。水たまりに波紋をつくって。アスファルトと草木を濡らして。夜の匂いをただよわせて。風にふんわり乗って揺らされて。

淡くけぶる細かい雨粒は、傘に落ちてもぽつりとも音をたてはしない。

濡れて冷えた身体を風呂で温めて部屋へ戻ると、スマホ片手にベッドへ転がった。

『ライフ』をひらく。

いつものようにおくさがお腹を空かせてソファに寝そべっているから、急いでご飯をあげた。冷蔵庫へ移動して野菜サラダをとり、テーブルについてもしゃもしゃ食べる姿を見守る。

元気になったおくさは頭上に雲のかたちの〝このことを考えていますよマーク〟を浮かべてべつのモンスターの姿を想像し、思いを馳せた。昼間大学で『ライフ』をしたとき、おくさが町の公園で出会ったモンスターだった。

そのモンスターは嗅覚《きゅうかく》がないロボットのモンスターで、おくさから逃げずに、傍にいておしゃべりしてくれたロボロンという子だ。モンスター紹介の物語を読むに、ロボロンは人間に捨てられて壊れたおもちゃらしい。モンスターたちに嫌われがちなおくさと、主人に捨てられたロボロンは、孤独を癒やしあえる者同士なのかもしれない。

おくさの行動はこちらでも指示できるから〝友だちの家へいく〟というボタンを押して、リストに現れたたったひとりの友だち、ロボロンを選択し、外出させてあげた。

嬉しそうににこにこして歩いていくおくさが、やがて到着したロボロンの家のドアをノックして、でてきたロボロンと部屋でおしゃべりを始めた。……おくさ、嬉しそう。

おくさが踊ってあげると、ロボロンはCのかたちをした手をまわして喜んでくれる。喜んでもらったおくさは、もっと元気に踊ってあげる。ふたりで笑いあって仲よくしているように、ぼくまで癒やされた。やっと友だちができてよかったね、おくさ。

ロボロンはロボットだから成長しないのだそうだ。壊れたり錆《さ》びたりはするものの、ずっとこの姿のまま身体のかたちが変わることはない。みんなが成長して変化していくのをロボロンだけはおいてけぼりで見守ることになる。

結婚はできても子どもをつくることはできない。パートナーとふたりで寄り添って生きて、やがて故障して停止する運命にあるという。

……おくさはロボロンと恋をするのかな。恋愛についてもぼくが行動を指示して背中を押してあげることはできるのだが、ロボロンが相手では、どうにも踏み切れなかった。

これが親心ってものなのか。家族を増やせないロボロンと恋していくおくさを想像すると、どうしても、可哀相に思ってしまう。くさいって非難されてひとりぼっちでいるおくさだから、温かい家庭をつくって、子どもたちとにぎやかに幸せに暮らす未来をあげたくて焦《じ》れる。

父さんもぼくに淋しい人生を送らせたくなくて厳しく冷たくするんだろうか。そんなふうに期待するのは、都合がよすぎるのか、どうか。

唇を軽く嚙みしめる。晴夜さんとキスをした唇……ぼくは今日、今夜から、男とキスした男になった。キスをした、キスをしてもらえた人間、になれた。

聖也さんともしたかったな。聖也さんとも、キスやセックスをしたかった。

——ヨル君のペースでいい。隣で叔父さんが見ていても、心配させたり、哀しませたりしない生活を送れたらいいよね。叔父さんだけじゃなくて、ヨル君を大事に想っている人たちも心配だろうから。

——【忘却こそ本当の死だ。亡くなった相手が、彼のなかに遺した想い出ごと、労り包むように愛してくれる恋人ができたらいいのにと、不躾ながら、ぼくは無意識に祈っていた。】

晴夜さんは、忘れる必要はないと言ってくれる。それに、恋人になる男には聖也さんの記憶ごと愛してもらいなさい、とも。本当はあれもいい人を演じるための嘘だったのかな。

――この子はまだヨル君だから。

いいや、嘘じゃない。晴夜さんは待ってくれている。聖也さんへの哀惜《あいせき》や片想いが和らぐのを待ってくれている。

「キス……もっかいしたいな」

声にしたら欲望がふくらんできた。やわらかくて気持ちよくて、どきどきした。口先を押しつけあうだけのキスだったから、もうすこし長く、ちゃんとしたキスもしてみたい。

おくさたちが仲よくはしゃいでいる『ライフ』をひらいたまま、『アニパー』も起動して、晴夜さんにお手紙を送った。

『お疲れさまです。またキスを教えてください。おやすみなさい』

新しい人が心に住み始めると、無邪気な笑顔をひろげてぼくを見てくれていた聖也さんが、遠く、遠く、霞んで、うすれて、消えて逝ってしまう気がする。

聖也さん。あなただけを好きでいたい。……あなただけを、好きでいたかった。あなたに恋して死んで逝く人生を生きたかったよ。

三年経ったいま出会えた晴夜さんはとてもいい人で、ぼくは晴夜さんといる未来なら温かく幸せな時間を想像することができる。

あなたを忘れることはしない。忘れられるわけがない。だけど、好きだ好きだって迫って、迷惑をかけていたあの自分から、ほんのすこし成長するときが、やっときたんだと思うよ。

初めてのキスも、セックスも、心のなかではあなたに全部捧げてた。さよならは言わない。でもぼくは晴夜さんと、二度目の恋をしていきたいと思う。

大好きだよ聖也さん。……大好きだ。

翌朝起きると、晴夜さんから『アニパー』のお手紙の返事が届いていた。

『どういうつもりだい？　きみのせいで眠れなくなった』

……怒らせている。

『すみません。忘れてくれてかまいません』

返信してベッドの上でぼんやりと眠気が覚めるのを待つ。横の窓から入る日ざしが明るい。

雨はやんでいるっぽい。ぽん、とすぐさまスマホが鳴った。

『電話させてくれないかな。番号を教えてほしい』

時刻を確認すると、まだ朝の七時半。こんなはやくから電話……？　と困惑しつつもひとまず番号を送って返したら、着信音が鳴りだした。

「あ……はい」

『あはいじゃないだろ、まったく……。おはよう、ヨル君』

「おはようございます……なんだか、すみません」

電話で聞く晴夜さんの声は、普段とすこし違っていた。こもって、若干高めに感じられる。

まだ寝起きでかさついている喉を整えるために咳払《せきばら》いした。ぼくの声は低くなっている予感がする。理由もわからないまま、なぜかとても緊張する。声が近すぎて、顔を寄せて会話しているような錯覚がするからだろうか。ちょうど、キスのときみたいに。

『キスを教えてって、俺にどんなふうに聞こえるかきみは絶対わかってないよね』

また〝俺〟。

「まずかったですか」

『会いにいきたくなった。はなから誘惑するつもりで言ってくれたのなら許すよ』

全身が一瞬で熱くなって、額に汗がにじみでてきた。晴夜さんと話すと、いつもこんなだ。

「誘惑っていうつもりでは……なくて、ただ単純に、勉強させてほしいと思っ、」

『なるほど、ぼくはきみの恋愛の先生なわけだ』

先生……。

「一応……おつきあいする相手の、候補だと認識してます」

『候補。候補？　いったい何人立候補可能で、ぼくはきみのなかの何番目なんだろうか』

余計不機嫌にさせている。

「晴夜さんひとりだけだし、唯一の、いちばんです」

『……ほんとに。罪深い男だねきみは』

優しい声色になった。怒ったり嫉妬してくれたり、電話のむこうの彼がころころ変わる。

「経験も、知識も足りなくて。……すみません」

『や、こちらこそごめん。そこまで深刻に謝らなくていいよ。浮かれてるだけだから』

「浮かれる……っていうより、情緒不安定です」

『はは。概《おおむ》ねきみのせいだよ』

晴夜さんが喉でくすくす笑う。その楽しげな声を聞きながら、ベッドの上で身体を起こした。

……ぼくなんかを相手に感情を乱してくれるんだ、この人は。本当に恋をしてくれているみたいで、喜びで心まで熱くなってくる。

『キスをしたいって言ってもらったのに、情緒不安定になるのはおかしいね。申しわけない。きみはぼくにとって高嶺《たかね》の花《はな》というか……すこし遠い存在だから、独占欲が湧くんだよ』

遠い？　え。

「ぼくのどこが遠いんですか？」

『なにもかも遠いでしょう。心も身体も年齢も』

「わかりません」

『叔父さんに囚われているきみに新しい恋心を芽生えさせるのは、おなじ歳ごろの子なんじゃないかと、三十五歳のおじさんは淋しく想ったりするんです』

……ぼくが遠い。そんなこと言ってくれる大人は知らない。聖也さんもぼくをいつも子ども扱いして、飄々と、ふらふらと、好き勝手にどこかへいってしまうだけだった。

「お店にいっても声すらかけられない晴夜さんのほうが、ぼくには遠いですよ」

『ヨル君も淋しく思ってくれたりするの？』

「ヨル君も、じゃなくて、遠く思うのはぼくのはずです。大人はそんなこと思わない」

晴夜さんがまた笑った。

『どういう理屈？　大人だって思うよ、若い子には敵わないもの。勉強や将来について、おなじことで悩んだり支えあえたりする人のほうがいいでしょう？　たとえば心春ちゃんとかね。強引に口説いてはいても、自信満々なわけじゃない。だから情けなくひとり占めしたくなる』

心春……？　パジャマの袖で額の汗を拭いながら混乱した。

「ぼくは、ゲイです」

ふは、と晴夜さんが吹いた。

『うん……知ってる。たとえばの話だよ。きみは心春ちゃんになんでも話しちゃうしねえ……しかもぼくの店で』

「すみません、たまたまそうなってしまいました。心春とはどんなことも話しあってきたので、晴夜さんの店じゃないにしろ、それは今後も変わらないと思います。けど、恋とはべつの感情なんです、おたがいに」

『そうか』

「キスやセックスを教えてほしいと思うのは、晴夜さんです。ゆっくり、お願いします」

沈黙がながれた。

渇《かわ》いた喉を押さえて、ごくと唾《つば》を呑む。水色のかけ布団に白い朝日がさして眩しい。外で、通学途中の小学生の笑い声が響いている。スズメの鳴き声も。

『ヨル君は、俺とセックスもしたいの』

しずかで低い、蠱惑的《こわくてき》な声だった。きん、と心臓が痛んだ。

「いま、この世の中に……そういうことをしたい人は、晴夜さん以外いません」

いない。聖也さんがいないこの世に、ぼくには、晴夜さんしか好意を抱いている男がいない。

『今度、デートしよう。借りた傘も返したいから』

デート……。

「なにをするんですか？」

『もうセックスを期待してくれてるの？』

背中にまで汗がにじんだ。

「いえ、じゃなくて、どういうことをするのが晴夜さんにとってのデートなのか、知りたかったんです。映画とか……遊園地とか、動物園とか、水族館とか、食事だけとか……いろいろ、バリエーションがあるのは知ってるけど、大人の人が言うデートがなにか、わからなくて」

『なんでもいいよ。ヨル君がいきたいところで、したいことをしよう』

ぼくのいきたいところで、したいこと——二十歳になって聖也さんと恋人になれたら、と夢見ていたころ、ぼくは心のなかで聖也さんといろんなところへいって、恋人同士がする幸せな行為をたくさんした。心のなかで叶う夢は、でも結局、ただの妄想でしかなかった。

「映画も、遊園地も動物園も水族館も、いきたい。食事も、したいです。……したかった」

したかった、と口が勝手にくり返して、涙が突然あふれだした。ぼろ、と左目からこぼれて、かけ布団の上に濃い青い染みになる。……泣いてる。ひさびさにあの片想いに泣いた。

「……すみません」

謝ったら涙声で、焦って涙を拭って洟《はな》をすすった。

『まだデートははやかった？』

温かい声で訊いてくれる。

「……いえ。晴夜さんとデートするのが、嫌なわけじゃ、ないんです。ただ……聖也さんとも……叔父とも、したかったなと思ってしまって」

『うん』

「叔父とできなかったことを、しようって言ってくれる晴夜さんに会えたのも、嬉しいし……ぼくは、いま、哀しかったぶんの幸せを、いっぺんにもらってる気がします。……哀しかったのも、ぼくが一方的に片想いして、哀しんでただけのことだから、贅沢《ぜいたく》な話ですけど……」

『いいんだよ、ヨル君はめいっぱい贅沢になっていい。というか、きみが甘えてくれるんならぼくのほうが贅沢な幸福者《しあわせもの》だよ。涙を見せてもらえるのも嬉しいな。あ、電話だから聞いてるだけか』

　最後のほうはおどけたふうに言って、晴夜さんは笑ってくれた。ぼくもすこし笑って、残りの涙を拭う。

『じゃあ、ひとつずつヨル君の夢を叶えながら、セックスにむけて一緒にすすんでいきましょうか』

「はい。お願いします」

『デートの日時はまたあとで決めよう。連絡する』

　もう一度「はい」とこたえてうなずく。電話が終わる。

「晴夜さん」

『ん？』

「晴夜さんの、どこが悪い人なんですか……？」

　晴夜さんがおかしそうに『ははは』と笑った。

『そうだね。目下のところ、きみにはいやらしいいたずら以外で悪いことをする予定はないね』

窓の外に、真っ青な空がひろがっている。

いやらしい行為もべつに悪いことではないけどな……と、上空を飛ぶ鳥を視線で追いながら、ぼくは濡れた頬を拭いて考える。

【6月30日(土) 幸福な獣《けもの》

草食系、肉食系、なんて言葉が流行りだした時期があった。

彼女は清々《すがすが》しいほどの肉食系で、男性に対してがつがつと体あたりしていく。文字どおり、身体をぶつけていく。

「わたしセックスが好きなの」と、素面《しらふ》でもさらっと言ってしまうほどに。

そんなオオカミである彼女が、ひさびさに来店してくれたと思ったら、

「彼氏ができたよ」と嬉々として、
いかにも草食系の、おとなしくて無口で、のんびりともっしゃもっしゃ草を食べて寝ているような、ヤギっぽい彼氏を紹介してくれた。

オオカミがヤギを連れてきた。ぼくの目には、捕らわれた獲物にしか見えない。

飲み物の注文をうながすと、

「……あ、酒は無理なので、ウーロン茶をお願いします」と、これまた、失礼ながら見た目どおりの返答をする。

「とても不躾なんだけど、きみ仕事は？」と訊ねたら、「まだ学生です」とヤギ君は言う。

「じつはとても床上手《とこじょうず》？」と続けて問うと、「や……つい先日まで童貞でした」とも言う。

マニュアルどおりの草食系の彼に興味が湧いてきて、さらにいろいろと追及しようとしたら、

「店長、どういう目でわたしのこと見てんのよ」と、
オオカミ彼女に叱られた。

彼女曰《いわ》く、

「身体じゃなくて、心で落ちた恋なの」

とのこと。


つまらないヤギ男だと、最初は見下していたけれど、ヤギ君は趣味の幅がひろくて博識で、一緒にいると飽きることもなくとても楽しい、のだそうだ。

趣味の幅がひろいというのはつまり、どんな事柄にも興味を持つということで、彼女がしたいこと、いきたいところにも、〝面倒くさい〟とか〝つまらなそう〟とか言わず、ふたつ返事でつきあってくれる。そこも魅力らしい。

「なんでも許してくれるし、なーんでも一緒に楽しんでくれるの。わたしいままで、とにかく否定から入る男とばっかりとつきあってたから、ヤギ君は神さまみたい」

そう話すオオカミ彼女は、初めて見る、恋の顔をしていた。

たしかに、どんな事柄も最初に否定してかかる人間はよろしくない。

人間は多面体で、自分自身もそう。行動を起こしてみれば、自分でも知らなかった己の喜び、幸福、に出会えたりする可能性は、いくつ歳をとってもきっとある。

「今度わたしたちバンジージャンプするの！」とオオカミ彼女が笑うと、ヤギ君も笑った。

バンジーができる遊園地があってねー、と教えてくれるふたりは、らぶらぶな、ただのばかっぷるだった。いまこの世界でいちばん幸福者だ、というオーラを放っている、ただの幸福な恋人たちだった。

「では三十五歳のぼくがデートをするとしたら、どこがいいでしょうか」と、ふたりにご教示願ったら、一緒にでかけた場所と想い出を、長い時間かけて教えてくれた挙げ句に、

「ふたりでいれば、どこだって楽しいものだよね」

「楽しめなかったら、恋人じゃないよね」

と、のろけで締められた。

数時間後、酔っ払って眠ってしまったオオカミ彼女を尻目《しりめ》に、お会計をしたヤギ君が、「彼女いつもこうなんで、ぼくは酒をやめてるんです」と苦笑し、王子さまのように、彼女を抱きかかえて帰っていった。

ヤギ君はぼくの目に、いつの間にか男らしくたくましい、立派な雄《おす》にうつっていた。】

……オオカミ彼女とヤギ彼氏の話を楽しく読んでいたのに、一瞬晴夜さんの言葉に自分の影がちらついて狼狽《うろた》えた。晴夜さんのブログに、最近ちょいちょい自分がいる気がする。でもそれもたぶんぼくだけがわかる、ぼくらだけの内緒の隠し言葉。

ブログのファンだったころからは考えられないぐらい、傍に存在をおいてもらっている。

――【人間は多面体で、自分自身もそう。行動を起こしてみれば、自分でも知らなかった己の喜び、幸福、に出会えたりする可能性は、いくつ歳をとってもきっとある】

ぼくはこの人が無意識にこぼす人間観、人生観、恋愛観、価値観……そういうものが、好きだなと思う。自分はひどい人間だ、と晴夜さんは言ったけれど、素敵な面がたくさんあることをきっと本人は自覚していない。

初めてのデートはショッピングになった。『あずま』が定休日の来週の火曜に、アウトレットパークへでかけて洋服や雑貨を見たり、食事をしたりする予定でいる。

――買い物って、じつは親密な仲にならないと、できないものだと思うんだよ。

晴夜さんはそんなふうに言っていた。

——たとえば服って、ふたりで選ぶと相手の好みに染まっていったりするでしょ。それに、選んでいるあいだの時間を嫌がらずに待っていてくれるかもわかる。随所に、相性を試される場面がひそんでいる。

彼があんまりに必死に話すものだから、ぼくはちょっと笑ってしまった。

——相手の好みに染まれるか、相手の時間のつかいかたを許せるか……って、わかってくるから？

——そう。

——ぼくは心春の買い物によくつきあうので、晴夜さんとも普通に楽しめると思いますよ。心春は服が好きだから好みにうるさいし、ものすごく時間もかけるんで、慣れてるというか。

——きみは本当に嫉妬させるのがうまいよ。

むしろ、晴夜さんがナチュラルに恋人同士のような会話をしてくれることのほうが慣れなくて困る。一日まともに過ごせるだろうか。

晴夜さんのブログをとじて、『ライフ』をひらいた。

またぐったりお腹を空かせていたおくさに野菜サラダを食べさせてあげると、元気になったとたん家をでて、おくさはロボロンの家へ遊びにいってしまった。

知りあってから数日、おくさはずっとロボロンと一緒にいる。知らないあいだに恋愛メーターというのも現れて、おくさがどんどんロボロンを好きになっていっているのもわかる。

やめさせたいのが本音だけど、でも、おくさが再びひとりぼっちの生活へ戻って哀しむのもわかるからできずじまいだった。

ロボロンの家で、おくさは野菜ジュース、ロボロンはオイルを飲みながら、ソファに座ってなにやらおしゃべりしている。ゲームらしくおくさが本を読んで、ロボロンが花に水をやって、とばらばらの行動をしていることもあるけど、それはそれで熟年夫婦みたいに見えてくる。

そのうち、ふたりで夜の森のパーティ会場へやってきた。

おくさの匂いを感じてほかのモンスターが離れていく。けれど、ロボロンはずっと隣にいて、おくさと屋台のお菓子を食べたり、舞台のショーを観たりして、デートをしてくれている。

おくさは終始笑顔だった。ひとりでパーティ会場にきて、みんなにさけられても笑っていたあの夜の笑顔とは、まったく違って感じられる。温かくて照れくさそうで幸せそうな、そんなたまらない至福に満ちた笑顔。ロボロンが初めてくれた笑顔。

だけどねおくさ、ロボロンは匂いを感じないだけなんだよ。もし嗅覚のあるモンスターだったなら、もしかしたら、こうやって逃げていく奴らとおなじように、おくさを嫌っていたかもしれない。たまたま、偶然、匂いがわからないだけ。たまたま、おくさの知られたくない部分を知らずにいてくれる相手だっただけだ。

それは運命なのかな。奇跡なのかな。真実の愛なのかな……？

くさくても我慢して、匂いなんかよりおくさ自身を心から、どうしようもなく愛してくれる相手がいたなら、それこそ本当の奇跡で、幸福な、出会いなんじゃないのかな。……そんな、せこくて狭い反感まで、親のぼくは抱いてしまうよ。

おくさ、どうか……ロボロンに恋をしないでほしい。幸せな家族をつくってにぎやかに幸福に生き続けてほしい。

頼むから、ひとりぼっちになる人生を選ばないで――。

晴夜さんは、ぼくの恋のしかたや性格、性質、を好んでくれた。適当にそと見を気に入ってナンパしたとかじゃない――と、心春に恥ずかしげもなく言ったものの、実際のところ自分はそんな魅力的な人間なんだろうか。

――無知で純粋で、一度懐に入れた相手のことは果てまで一途に信じ抜く。心を許した人たちを心から嫌うこともない。仲違いして別れても〝嫌いになった相手〟ではなく〝愛した人〟として記憶に残す。きみはそういう子だろう？　きみみたいな子に会えるのを、ぼくはずっと待ってた。

晴夜さんが恋人に対する明確な理想像を持っているぶん、おたがい深く知りあっていったら、幻滅させるのは自分のほうじゃないか、と不安に思う。

「ヨル君はおとなしめな服が好きだね」

アウトレットパークは平日の日中ということもあってか、空いていてまわりやすかった。

「そうですかね。色で派手な冒険をしたりはしないけど……わりと普通じゃないですか？」

ぼくは白、黒、茶などの暗い色のシックなデザインを好む。夏前のいまの時期だと、長袖Tシャツか T シャツを下に着て、上にカーディガンかジャケットを羽織ったり。下はジーンズかパンツだ。

「ぼくはヨル君の歳のころはこういうの着てたよ」

晴夜さんがシャツの列からひょいっとひっぱりあげたのは、アロハシャツみたいな、青くてでかい花の絵が描かれたYシャツだった。

「……このシャツに、なにをあわせるんですか？」

「うーん……こういうの？」

彼が続けてひき抜いたのが黄色いTシャツ。

「目がちかちかしますね」

「若いころはこれぐらいでもよくない？」

「正門から入ってくる姿が、校舎の三階からでもわかりそう」

「それ褒め言葉だよね？」

晴夜さんがにっこりひきつった笑いをする。

「こういう服装するのは、パリピかチンピラだけですよ。それかハワイの旅行帰り」

「浮かれてるってことっ？」

「晴夜さんは大学生のころ氷山さんと知りあってるんですよね……？　こういう服着てる晴夜さんを、氷山さんは見てたんですよね？」

「見てたね」

「なんて言われてましたか？」

「ダサいって」

「氷山さんがぼくの気持ちを代弁してくれました」

「えぇっ」と晴夜さんが驚いてから吹きだして、ぼくも笑った。

「ぼくは好きだけどなあ派手なの～……ヨル君は名前もプロフィールも明るいのに、服はしずかで大人びてるよね」

晴夜さんがハンガーを横にずらしながらシャツを一枚ずつ物色して、今度はでっかな金魚柄の白いYシャツをとり、ぼくの胸の横にあわせる。ぼくが、ううん、と頭をふったら、下唇を突きだして「ちぇ」と拗《す》ねた。

「晴夜さんも、いまはしずかな服じゃないですか。店でもYシャツにエプロンだし」

今日も白いヘンリーネックTシャツに紺色のジャケットをあわせて大人っぽくきめている。

「本当は歳をとるほどに派手になっていくものなんだろうけどね……ぼくはつまらない大人になっちゃったな」

「素敵ですよ、つまらないんじゃなくて」

ふふ、と晴夜さんが薄い桃色のハイビスカスがでかでか描かれている白いTシャツをとり、ぼくの胸にあわせる。

「じゃあ素敵なぼく色に染まってみなさいよ」

薄い桃色とはいえ派手だ。着るのは勇気がいる。

「……。これを着たら、晴夜さんはぼくを好きになってくれるんですか」

「なるよ。いまよりもっとね」

「……じゃあ、これなら」

さっきのよりはましだから、と受けとったら、晴夜さんはまた吹きだした。

「ヨル君、ほんと可愛いなっ……好きにしかなれやしない」

腹を抱えてくっくくっく笑われて、だんだん恥ずかしくなってくる。

「晴夜さんもぼく色に染まってくださいよ」

「え」

手をひっぱって、もっと大人っぽくてシックなデザインの服がある場所へ誘導する。それでぼくは襟《えり》にブルーのラインが入った白いポロシャツを選んだ。

「これ、晴夜さん着て。絶対似合う」

「えー地味」

「爽やかでしょっ」

肩の横にあわせると、夏っぽくすずしげでお洒落で素敵だった。

「ぼくがこれを着たら、ヨル君はぼくを好きになってくれるの？」

こういう質問をするときは、大人らしい色気たっぷりに微苦笑したりするから狡い。

「……服は、べつに関係ありません」

目を見られなくてうつむいてこたえたら、突然腰に右手をまわして抱き寄せられた。

「それもそうだ。……脱いじゃえばおなじだしね」

耳に囁《ささや》かれて硬直すると、すんと晴夜さんが鼻を鳴らして「ヨル君いい匂い」と笑う。

腰にある晴夜さんの手と、胴体をこする腕と、口に触れそうなほど間近にある鎖骨《さこつ》、喉仏……昔よく観察していた聖也さんのものではない、初めて目のあたりにする晴夜さんの身体。

「晴夜さん、……変態」

自分は汗くさい気がして、羞恥心《しゅうちしん》が爆発した反動で彼を押し退けて罵《ののし》っていた。

「はは。ほんと可愛いな」

笑っている晴夜さんは愉快そうだ。

「いこう。まだまだ店はたくさんあるよ」

ぼくの後頭部を撫でてから、晴夜さんが手を繋いで歩き始める。

「体力落ちてきてるから、自転車とか始めてみたくはあるんだけどねえ」と言う晴夜さんと、スポーツ系の衣料品店や、靴屋さんなども冷やかしたあと、お洒落な雑貨も一緒に眺めた。

ぼくが五十センチぐらいある木彫りのネコの置物を見ていたら、「ヨル君そういうの好き?」「うん、可愛い」「ぼくの家、わりとシンプルにまとめてるからどこにおいてもあうと思うよ」と言われて、頭に疑問符が飛んだ。頰をつついて笑われる。

「鈍感」

ショッピングはとくに価値観の不一致を感じることもなく楽しめた。むしろ、晴夜さんが素《す》っ頓狂《とんきょう》なことを言ってぼくをからかったりするから、こちらも丁寧語が崩れて、より親しくなれているのを実感できて嬉しかった。ひとつ問題が起きたとしたら、それは昼ご飯。

「……くそまずいな、ここのカレー。すっぱいってどういうことだろうか」

パーク内にあったエスニックふうの内装のお洒落なカレー店で、突然晴夜さんがあからさまな毒を吐いたものだから、ぼくは噎《む》せて笑ってしまった。

「くそまずいってほどでもなくないですか」

「ヨル君、そんな味覚でうちの料理食べてるの？　困るな」

睨まれつつ、おしぼりで口を拭う。

「え、……と、もちろん晴夜さんの料理は、ものすごくおいしいですよ。けど、このカレーもこだわりの味っていう意味はわかるかなって」

店の外の看板に〝店主アレンジのこだわりカレー〟とあったから選んだ店だ。

「いや、ない。こだわりすぎて味の暴力になってる。なに混ぜたんだこれ……ていうか、そもそも白飯からしてくそまずい。ライスじゃなくてナンにしたほうがまだましだったかもしれないな、ああ……予想できたのに無茶したな」

さすが料理人なだけに、晴夜さんは食べ物に厳しかったのだった。笑っちゃいけないのに、おかしくってしかたない。

「晴夜さんは普段、外食ってどういうところでするんですか」

「どこでもいくよ。まずいところはまずいって覚悟して入るだけ」

他人にあわせることはできる、でも心のなかでは不満を抱えている……ってことか。

「今日はアウトレット内のレストランしか選べなかったからしかたないけど、今後は晴夜さんが好きなお店に連れていってください。味覚が鍛えられるほど、ぼくは外食経験がないから」

「なら、帰りはいつもぼくの家になるかもな」

「？　晴夜さんのお店で食事してデートを終えるってこと？」

「それでもいいし、部屋でふたりで手料理を食べてもいいよ。朝食も作ってあげる」

一晩一緒に過ごそう、と誘ってくれている。……こんなに甘く恋人扱いしてもらってるけど、ぼくは本当に、この人に愛想を尽かされることなく本物の恋人になっていけるんだろうか。

晴夜さんにぼくの中辛カレーをあげたら、「ぼくの辛口とだいぶ違う。どっちも駄目だな」と苦言を呈《てい》するから、その正直さにまた笑えた。

おなじ店のカレーをまずいと言う晴夜さんと、悪くないと思う自分。このささやかなズレ。

「……そういえば、ぼく『ライフ』を始めたんです」

「『ライフ』って、あの『アニパー』とコラボしてるゲーム？」

「はい。『アニパー』とおなじおくさを選んで始めたら、おくさに好きなモンスターができて……おたがい食べるものも、生態も違うのに、仲よくなってしまって」

おくさがロボロンと出会って恋をして、楽しそうに過ごしているここ数日のことを晴夜さんに教えた。家へ毎日のように遊びにいくこと、プログラムが及ばない部分でそれぞればらばらな行動をしていても、長年連れ添った夫婦みたいに見えるほどなじんでいること、パーティに出向くと周囲の冷たさなど気にもせずふたりの世界に浸って幸せそうにしていること。

「でもロボロンはロボだから成長しないんです。家族もつくれない。ぼくは、おくさの将来を考えると胸が苦しくなる。……ゲイのぼくが、こんなこと思うのも勝手な話なんですが」

黙って聞いてくれていた晴夜さんは、口端をひいて笑んでからカレーをひとくち食べた。

「……きみはほんとに、いちいちぼくを恋に落とすね」

「え」

「ゲームにさえ真剣に心を寄せるヨル君が愛しい」

しずかに告白されて、動揺しながらひとまずぼくもカレーを食べた。……おくさが可愛いから、知らずに感情移入していただけのことだ。愛しいなんて言われると焦る。

「おくさちゃんのこと見守ろうヨル君。常識や正論で厳しく導いてくれる相手も大事だけど、隣にいて見守って、喜びや哀しみを一緒に味わいながら許してくれる相手も、みんな必要だよ。そしておそらく、正しさをふりかざして叱るより、そうやって感情に寄り添ってあげることのほうが難しくて、困難で苦しい。だけどね、それを簡単にこなす方法もある」

「……簡単に、こなす方法」

「信じてあげればいい。それだけだ」

信じて。

晴夜さんはひどく温かで穏やかかな、昼の日ざしみたいに微笑んでいる。

「おくさを……おくさの気持ちや、おくさが選ぶ幸せを、信じてあげる……？」

「うん。ロボロンのこともね。ヨル君もおくさちゃんと一緒にロボロンを好きになって、幸せになれるって、信じてあげればいいんだよ」

たしかにぼくはロボロンを否定していた。ロボロンの素敵なところを知ろうともせず、悪だと決めつけていたんじゃないか……？

中学になって聖也さんへの恋心を自覚したあと、ぼくは父さんが聖也さんを『あいつは奔放だ、昔から好き勝手やりたい放題、自分のことしか考えてない』と責めるたびに、牙《きば》をむいて『父さんは聖也さんのいいところをなんにもわかってない、見ようともしない！』と反論し、庇っていた。いまのぼくは、きっとおくさにもそうやって責められるような感情を抱いてる。

「……そうですね。ロボロンのことも、もっと見てみます」

うなずいてこたえたら、晴夜さんもうなずき返してくれてからふっと笑った。

「ほんと、ヨル君が一瞬、偏屈な頑固親父に見えたな。うちのおくさをおまえにやれるかー、って。ははは」

「恥ずかしいです……なんだか、ゲームだってわかってても、おくさにも愛着が湧いていくし、その……すごく、心を持っていかれちゃって」

「恥ずかしがることじゃないよ。ぼくはヨル君をどんどん好きになっちゃうな」

晴夜さんがマンゴーラッシーを飲んで「うん、これはまあうまい」と褒める。

「ラッシーだけならいくらでも飲めるよ」

ストローでまぜて氷を鳴らす晴夜さんが、お茶目に笑いかけてくれる。ぼくも飲んでみた。ヨーグルトと牛乳とマンゴーのまろやかな味がする。……ほんとだ、おいしい。晴夜さんは、優しい。

聖也さんとはふたりで外食をしたことがなかったな。遊びにいっても『夕飯は家で食いな』と帰されるか、聖也さん手作りの親子丼を一緒に食べるかだった。

——卵は栄養があるんだよ。卵だけ食ってりゃひとまず健康だ。

卵がかちかちに焦げるまで温められた不器用な親子丼が、おいしいとかまずいとか関係なく〝聖也さんの親子丼〟という大事な、恋しい一品だった。いま思えば、金持ちだったんだからもっとうまい料理が食べられるお店に連れてってくれたってよかったろ、という気分にもなるけれど、あの聖也さんの部屋で、ふたりきりでもくもく食べる親子丼は、場所も、作った人も、ふたりきり、ということも、どの条件が欠けても味わえない温かい味で——。

あの親子丼は、もう二度と食べられないんだな。

晴夜さん言うところの〝くそまずいカレー〟を食べ終えて店をでると、空は曇天で雨が降り始めていた。

「あらら……梅雨《つゆ》の名残《なごり》かな」

店を離れて、晴夜さんについて歩いて屋根のある通路をすすむ。背後になんだか気配を感じてふりむいた。誰もいない。……なんだろう、聖也さんの存在感に似たものを感じる。ちょっと想い出に浸りすぎたかな。

「雨宿りしよう」

中央広場の前で晴夜さんが立ちどまったので、ぼくも足をとめた。ざっ、と雨が強くなってきてそろって上空を仰ぎ、ふたりして途方に暮れる。

「困りましたね……店はひととおりまわったけど、まだ帰るにははやいし」

「うん、まだ別れるのはもの足りないな」

晴夜さんの横顔を見た。唇をすこしへの字にまげて肩でため息をついている。

「〝別れる〟って言葉はやめませんか」

「ん？」

見返されて目があったら、あ、ぼくなに言ってるんだ、と急に恥ずかしくなってうつむいた。

「いや、きついっていうか……鋭利っていうか。〝またね〟とかがいいなって」

「〝またねしたくないね〟って？　はは。ヨル君可愛いな」

……やばい、頬が熱くなってきた。

「でもヨル君の言うとおりだね。鋭利って感覚ぼくもわかるよ。〝別れよう〟とか〝さようなら〟って、いまだけのことでもぐさっとくる」

「……はい」

「なんて。じつはヨル君が淋しがってくれるのを期待してわざと言ってみたんだったりして」

なっ⁉　と顔をあげたら、晴夜さんがべっと舌をだしたから腕を叩いてやった。「ははは」と彼は楽しそうに笑う。笑われて羞恥心が増して、もう一度叩いてやる。

そうだよな、週刊誌の記者ばりにブログを熱心に書いている晴夜さんが、言葉に鈍感なわけないんだ。

「いたた。怒れば怒るほど逆効果だよヨル君、こっちは調子に乗るだけ」

「べつに怒ってはいないけどっ」

「じゃあお詫《わ》びにホテルでも誘おうかな」

……ホテル。

「ラブホテルですか」

「そう」

「ぼくいったことないんです。すごく立派だって噂《うわさ》ばかり聞いてて、興味はあるんですが」

晴夜さんが顔をそむけて吹きだす。

「まさかそんな真面目に〝興味がある〟って言われるとは思わなかった」

「……変ですか」

好きな男を亡くして三年ひきずっていた成人男子が、ラブホテルに興味を持っているのは。

「んー……？」と微笑む晴夜さんがぼくの顔を覗《のぞ》きこむ。

「……いいよ、ならいってみようか」

誘ったのは、これは、ぼくのほうだったのかもしれない。


パークからでているバスに乗って駅へむかうあいだ、晴夜さんが「ぼくらが利用できるラブホは限られてるんだよ」とスマホで検索してくれた。

「それはやっぱり、差別的な……？」

「それもあるし、びしょびしょに汚しちゃうし？」

瞼を細めて、艶っぽくにやと見つめられる。

「ロ、ションを、つかうからですか」

言ってすぐ、ぼくはばかか、と熱くなったのと同時に、晴夜さんも吹きだした。

「なんだろうかこの子は……ほんとたまらない」

いちばんうしろの隅の席で、ほかの乗客に迷惑にならないよう口を押さえてくすくす笑う。

「ヨル君って緊張するとなんでも声にだしちゃうタイプ？」

うつむいて顔を隠したいのにでこっぱちだから隠しきれない。つらい。

「それは……あるかもしれません。車内で、すみません」

「可愛いよ。でも安心して、怖がらせるつもりはないから」

怖がる……。

「ああ、ひと駅先にいいところがあるね。休んでるあいだに雨がやむといいけどねえ……」

　窓側にいるぼくのほうへ晴夜さんが顔をむけて、外の景色を見やる。雨にすこし濡れた髪はいつもよりうねっていて、瞳も色っぽく濡れているように感じる。アンニュイな表情が格好いい。喉仏。シャツから覗く鎖骨。……こっちを見ている彼を凝視していたら変に思われる、とぼくも窓の外へ視線を投げた。

　怖い……と、いうのとは違う気がする。セックスには興味もある。晴夜さんに嫌悪もない。ただなにか、背後のほうに……自分の過去のほうに、忘れものをしてきてしまったような心許ない感覚が燻っている。聖也さんが〝おまえと寝る気なんかねえよ〟と〝男の身体に興味はねえよ〟とふって、想いを断ち切っておいてくれればこんな気持ちにはならなかっただろうに。ぼくの人生の、一生消えない忘れもの。

「駅に着いたら、そこからすこし歩くから傘を買おう」

　顔のすぐ左横で、晴夜さんが微笑んで囁いた。

「ヨル君に借りた傘、今日持ってくればよかったね。晴れてたから次でいいやと思っちゃったんだよ。返すどころか新しい傘を増やしてしまって申しわけない」

　……新しい傘、か。

「古いのは返さなくてもいいですよ。今日買う、新しいのつかうから」

「そうなの」

　うん、とうなずいた。

　バスが走っていく。雫《しずく》のしたたる街路樹、濡れた壁が灰色に染まっているビル、傘をさす人、寒そうな電信柱をよけて。アスファルトの水たまりを弾いて。ぼくと晴夜さんを乗せて。

数分後、駅に着いて電車へ乗りかえ、ひと駅だけ移動した。幸い、駅のなかに雑貨屋さんがあって立派な傘も買えた。そのときも、晴夜さんは「十六本も骨がある傘って、無骨だね？」とひろげて笑いだし、ぼくが「二十四本っていうのもありますよ」ともうひとつひろげたら、もっと爆笑して、楽しませてくれた。「こんなにえげつなく骨がならんでるの面白い……」と晴夜さんがお腹を抱えてからから笑うと、ぼくもそんな気がしてきてつられて笑ってしまう。

「強い風に負けないための傘らしいですよ」「そうか……じゃあこれヨル君にプレゼントしようか」「え、悪いですよ、値段もえげつないもの」「いいから」と、結局彼はぼくに空色の二十四本骨の傘を買ってくれた。自分は桃色のベーシックな傘。

「桃色の傘をつかう男って……おちゃめですね」

外見が格好いいせいで、どんな傘も似合ってしまうのが狡くも感じる。

「いまの気持ちにあわせて決めたよ。今日の想い出にね」

ウインクされた。……桃色な気持ちって、そんなふうに言われるとどきとする。

それからアウトレットパークで購入した服の買い物袋を手に、傘をさしてふたりでラブホへむかった。こうしてると最初からラブホへいくつもりで洋服を買ってきたような気にもなる。

「ヨル君の好きな部屋、選んでいいよ」

ラブホへ入ると、まずは入り口で、室内写真つきのパネルの前へ立った。青いライトで染まるムーディな大人っぽい部屋、カラオケもあるポップな部屋、ベッドの横にガラス張りのシャワールームがあるエロい部屋、シンプルなホテルふうの部屋。

「ええと……じゃあ、ここで」

円形のベッドが中央にある、薄暗いシックな部屋のパネルを指さした。

「いいよ」と晴夜さんはボタンを押してなにやら紙片をとり、「いこう」と誘導してくれる。

「鍵はいらないんですか？」

「もうあいてるんだよ」

ふうん……。

「晴夜さん、やっぱり慣れてるんですね」

「はは……それなりに利用したこともあるかな」

エレベーターに乗って上階へいき、おりてから廊下をすすんで部屋に入る。室内は写真パネルで見たとおり、ベッドが堂々とした態度で中央にふんぞり返っており、存在感がすごかった。ぼんやり暗いのは夜更けみたいで落ちつく。清潔な匂い、ひろくてしずかな空間。

ベッドの横にはふたりがけのやわらかそうなソファがあって、その正面に大きな液晶テレビもある。Blu-ray デッキまで。隅のデスクにはパソコンもおかれていた。ネットもできるのか……自宅より快適だな。

「どうですか、初めてのラブホは」

晴夜さんがソファに荷物をおいてぼくをふりむく。ぼくも隣に近づいて買い物袋とショルダーバッグをおいた。

「噂どおり立派でした。なんか……回転ベッドとか、鏡張りとか、そういうあからさまにいやらしい感じじゃないんですね」

「いつの時代のラブホ情報っ？　ヨル君がそんな古いラブホを知ってることに驚きだよ」

「ほかは、設備がいいから女子会にもつかわれるとか、そういう……」

「どうしたって叔父さん一筋だったんだね……セクシャルな接触というか、してみたいと思ったり、できそうになったりした機会は本当に一度もなかったの？」

「叔父しか見てませんでしたね」

女の子に告白の言葉をもらったり、男友だちに合コンへ誘われたりしたことならあったが、ゲイだったのでセクシャルな接触とは言いがたい。男に対してはもちろんいやらしい興味もあった。でも、聖也さんとつきあいたい、聖也さんとシたい、としか思えなかった。

「……やっぱり、ここで迷いなく即答する子なんだよな、きみは」

感慨を嚥下《えんげ》するような深くしずかな声音で言い、晴夜さんが左手をのばしてきた。指をぼくの右耳のうしろから後頭部へながして髪を梳《す》く。大きな掌《てのひら》に頭を包まれていく。晴夜さんの手、あったかい。ぶ厚い。

「……髪が濡れてるね。せっかくだから浴室も観察がてら、シャワーを浴びてきたら」

「はい……」

ただ、困るのは――、

「ヨル君のヌードを、ぼくもここで堪能するよ」

この部屋の浴室もガラス張りで、ベッドのむかいにあることだった。写真パネルにはベッドしかうつっていなかったから気づかなかった。晴夜さんはにっこり微笑んでいる。

「……。どうぞ」

言いおいて身を翻し、そそくさソファから離れて浴室へ移動した。

手前に洗面台と、洋服を入れるかごがあるから、湿った服を脱いでそこに入れた。裸になって、身体の真んなかを右手で押さえ、いざガラス戸をあけて浴室へ入る。入ってすぐに浴槽があり、奥にシャワーと洗い場があるから、ひとまず桶《おけ》で浴槽のお湯を掬い、身体に数回かけてから浸かった。

……視線を感じる。晴夜さんのほうをむくと彼もベッドに座って微笑し、ぼくを見ている。

「色っぽい」

口の動きでもわかるように、唇を大きくひろげて室内のぼくに言う。瞳をにじませて、晴夜さんのほうが色っぽい表情をしているのに。

ぼくは浴槽のなかで晴夜さんのほうへ寄り、右手を曇ったガラスにのばして返事を書いた。

『よかった』

それで、背中をむけて脚を抱えて身をちぢめた。

聖也さんとシたいと切望していたころは、切望しながら諦めていた。彼にとって自分の、男の身体が魅力的に見えないことは重々承知していたから。あたりまえだ。だって女性を抱いて昂奮する彼をこの目で見ていたんだから。

反して晴夜さんは男を知っている。知っているってことは、たくさんの身体を細部まで見て触っているぶん、どういう体型が好みとか、どんな反応が苦手とか、こう……料理とおなじで厳しくなっているんじゃないかとも思う。

自分の身体にはまるで自信がないうえに、ひとつコンプレックスもあるのだけれど、わざわざラブホまで連れてきてくれた彼に、色っぽいと感じてもらえたのなら安心だ。よかった。

コンコン、と背後のガラスを叩く音がした。ふり返ると、晴夜さんがいる。

「〝よかった〟は反則でしょう」

　ぼくの文字越しに薄く苦笑している。これだけ傍にいると声も届く。

「……ぼくも男なので。ふたりきりでラブホへきて、おしゃべりしておしまいなんて、失礼だってわかるから」

　海のなかのように薄暗い室内で、浴室の照明に淡く照らされて笑う晴夜さんがいる。

「嬉しいな。でもどっちにしろ見るだけじゃ辛いのは変わらないよ」

「……辛がってくれますか」

「そりゃあもちろん」

「ぼくの身体、晴夜さんの目に魅力的にうつってるんですか」

「誘惑ばかりして悪い子だね」

　どき、と心臓が跳ねた。

「……じゃあ、晴夜さんも一緒に、風呂入りますか」

　小声になってしまった。彼は顔に笑みをはりつけたまま黙っている。……聞こえなかったか、と思って視線を右にやって、困って、もう一度言うべきか迷って、うつむいたら、ふいに彼がその場を離れて浴室のドアの前へむかった。全面ガラス張りだから行動もなにもかも見える。ぼくとおなじように服を脱いで、かごに入れている。そしてドアをあけて、入ってきた。

　綺麗な、ひきしまった身体だった。直視できないのはぼくのほうで、視線を落として透明の湯を見つめるしかなくなる。

桶が浴槽に入って、晴夜さんがお湯を身体にかけているのが視界の隅に入る。それからとうとう彼の脚と、身体が湯に浸かり、息を呑む間もなく近づいてきた。腰に彼の右手がまわる。抱きしめられる。

「晴《せい》、」

唇を塞《ふさ》がれた。ひろい浴槽のなかで、横から抱きしめられる格好で膝の上にひき寄せられて、口を、口でひらかれる。舌を掬われて、吸われる。腹にも彼の腕がまわってくる。あったかい。心臓がどくどく鼓動している。こめかみの血管が張って頭がキンキン鳴る。

「晴……、さん、」

上顎《うわあご》と舌を執拗《しつよう》に、烈《はげ》しく嬲《なぶ》られたあと、上唇と下唇を優しく舐めたり、ちゅと音を立てて吸ったりして弄《もてあそ》ばれ、だんだんと甘い戯《たわむ》れのキスに変わっていった。

「いや……？」

やがて唇を離して、至近距離で目を見つめて訊かれた。いやだ、と拒絶されたら泣いてしまいそうな淋しげな表情をしている。

「……誘ったのは、ぼくです」

ラブホにも、ここにも。ぼくが誘った。この人と触りあうのは嫌じゃない。聖也さんの次にこういうことをしたいと切望するのは、何度考えたって、晴夜さんしかいない。

「俺を喜ばせていいの……？」

意識が溶けそうなほど色気のある妖艶な笑みを浮かべて、晴夜さんがぼくの鼻先に自分の鼻をつけ、こすりあわせて嬉しそうに笑った。また口にキスをする。食《は》む。甘噛みしてくる。

「いっ、」

テンパって、ひきつった声がでた。「い？」と彼の動きもとまり、顔を覗きこまれる。

「い……いちゃいちゃ、してる、と、思って」

「はは。してるよ、ラブホらしくね」

「世の、恋人たちは……こういうこと、ここで、するんですね」

「どうだろう。こんなに楽しいのは初めてだからわからないな」

「はじめて」

「本気で愛した恋人なんていままでいなかったって、明といると思うんだよ」

な、まえ。

「ぼくは、晴夜さんが……二度目の恋です。二度目で……最後が、いい」

心臓が胸から飛びだしてきそうなぐらい弾けて、むず痒《がゆ》く疼いている。額にも、彼がキスをくれた。ぼくを見て眉をさげて、幸せそうに笑ってくれている。

「晴れ、って感じ」と晴夜さんの笑顔の頬を右手で包んだ。

「ん？」

「晴夜さんの、笑顔が。晴れって感じ」

名前に晴れと入っている晴夜さんは、ぼくの傘だ。冷たい雨をよけて笑ってくれる傘。暗い夜にも明るい笑顔をくれる晴れの人。

「〝夜〟でも明の傍にいて差し支えないかな」

「ヨルは、晴夜さんがいるから、明るくなれるんです」

晴夜さんが口をひらいてぼくの唇を包みこみ、甘く吸いながら離した。

「……詩的な告白だね。ぼくも、暗い夜をきみに明るく照らしてもらってるよ。最後にしよう。これをぼくたちの最後にしよう、明」

闇を皓々《こうこう》と照らす月のような、真摯《しんし》で熱く、でもどこか孤独そうな瞳だった。……うん、とうなずいて、たまらずに彼のその右頬に自分の右頬をこすりつけながらすり寄り、両腕を首にまわして抱きしめた。

力強い腕で、彼もぼくを抱きしめてくれる。嬉しくて、温かくて、離れたくない、と思う。離れたくない。お湯と、彼の体温のまざる、この気持ちいいぬくもりに包まれたまま、ずっといつまでもこうしていたい。もう、今度は失いたくない。あんなふうには亡くしたくない。

右耳にかすかに届く晴夜さんの息づかいを聴きながら目をとじた。彼の左掌が背中で大きくひろがって、ぼくの背の全部をあますところなく撫でながら、背骨をたどってさがっていく。ぞく、と緊張と昂奮が走って肩を竦《すく》めたすぐあとに、尻に彼の手が触れた。やわやわ揉《も》まれて両腕に力が入る。力んで、強張ってしまう。

唐突に、きつく抱きしめられた。晴夜さんがぼくの首筋に唇を埋めて舐めてくれる。動物が甘えているような、慰めてくれているような愛らしい熱量で、頬まで舌でくすぐる。

じゃれついてくるイヌみたいで、そのうちだんだん肩の力が抜けて、つい笑ってしまったら、彼も喉ですこし笑った。

「……怯えなくていいよ」

囁いてくれる低い声にまで、優しい温度を感じた。

「明の身体を触りたいだけだから」

「……触るだけ」

「そう。じゃないと、昂奮しすぎて鼻血がでると思う」

「え」

「大人なのにおかしいよね……抱きしめるだけでこんなになるのは初めてだよ。中学生の初体験みたいだ」

　腕をゆるめて胸をそっと離し、晴夜さんの顔を覗き見ると、頬を赤く染めて苦笑していた。

両手でほっぺたに触ってみると熱い。

「……単に、風呂で、のぼせてるんじゃないですか」

「そういうことにしてくれる？」

　尻をさわりと揉まれて、ん、と首をすぼめたら「可愛くて困る」と再び口にキスをされた。

　顔を見つめあっていると恥ずかしいから下をむいた。晴夜さんの胸板がある。健康的な色の肌、ゆるやかな美しいかたちの鎖骨、胸。初めて間近で見る大人の男の裸。晴夜さんの身体。無防備な、ありのままの晴夜さん。

「……ぼくも触ってみていいですか」

「きみのものだから、許しを請う必要はないんだよ」

　晴夜さんが柔和《にゅうわ》な眼ざしで言う。

　彼の頬からそっと両手の指をさげて、顎、首、と撫でていった。掌を通して、彼の首の太さ、皮膚の厚さまで感じられた。とくとく、と鼓動する脈まで。……生きている。

さらにゆっくりとおろしていって、肩と、それから鎖骨を指先でたどった。左右とも、両手で内側から外側、外側から内側、とくり返しなぞってそのラインの綺麗さ、骨の感触を味わう。濡れた肌の湿り気、空気に触れて冷えた感覚と、体内から湧く体温の温かさ。

……他人の身体を触っている。晴夜さんの身体を。聖也さんではない男の身体を。

「この、晴夜さんの身体は……ぼくのなんですか」

形容しがたい感情に押されて問うていた。

晴夜さんは一瞬だけ視線をそっぽにながし、再度ぼくを見てから口をひらく。

「ちゃんとそうするには、ひとつ呪文を唱える必要があるね」

「呪文……？」

ぼくの背中をひき寄せて、耳に唇を寄せる彼がこそりと教えてくれる。

はっとした。たしかにそうだ。その言葉を言う必要があった。

「——……すみません晴夜さん。好きです。ぼくは晴夜さんが、好きです」

声にしたら、感情に色がついたのを感じた。さっき晴夜さんが買っていた傘に似た桃色の。

恋なんだ。これは、恋なんだ。聖也さんじゃない男にぼくは恋をした。また、恋をした。

「明」

……なんで恋した。なんで恋することができた。聖也さんがいないから……？

死んだから。二十歳すぎたぼくを聖也さんは知らないから。いまのぼくのところへ彼はきてくれないから。逝ってしまったから。二度と会えないから。キスもセックスもできないから。触れあうことはできないから。残されたぼくは、生きていかなくちゃいけないから……？

「──ヨル君」

呼ばれて、我に返ったら視界がぼやけて涙でいっぱいになっていた。咄嗟《とっさ》にまばたきすると、お湯にぱたぱた落ちて波紋がひろがった。

「ごめんなさい……」

謝ったら、また強く抱きしめられた。

「いいよ」

泣いていいんだよ、と続けて晴夜さんが背中を撫でてくれる。しっかりきちんと捕まえて、慰めてくれる。


風呂をでると、ふたりでまるいベッドの上に横になって、身を寄せあって落ちついた。むかいあう格好で片手を繋いで、風呂あがりの火照《ほて》った身体と、心が鎮まるのを待つ。

「……晴夜さん、本当にすみませんでした」

好きだと告白をした直後に泣きだすなんて言語道断。ひどすぎて、申しわけなかった。

「晴夜さんに対する気持ちは恋愛だと思ってます。言った言葉にも嘘はありません。なのに、なんていうか……叔父を、捨てていくような……そんな気分になって」

新しい恋をしたのは聖也さんの死を認めて、あの片想いを彼とともに葬ったから。どこにもいくあてのない忘れものの恋心は殺すしかなくて、こうして自分は生きていかなければいけないから──そう考えたら、自分の変化が突然苦しくなった。辛くなった。ひどい奴だと思った。聖也さんと晴夜さんへの裏切りのような気さえした。

「ほんとに……なんでふっておいてくれなかったんだろう……全然相手にしてくれなかったんだから、こっちは恋愛だって自由にしていいはずなのに……変な罪悪感が拭えない」

——ばーか、おまえをふらなかったのは俺なりの優しさだろうが。

そんなふうに嫌そうな顔で苦笑する聖也さんが見える。……うるさいばか。ンなの優しさじゃないんだよ。いっつもそう。あなたは仕事以外じゃ突き放す優しさを知らない、できない。人を傷つけないように努めて、結果傷つける。それで孤独になっていく。……不器用なんだよ。本当は人づきあいが下手なんだよ。愛されたがろうとするからひとりになるんだよ。だから、ぼくが一緒にいるって誓ったのに、おいて逝くから。……おいて、逝ったりするから。まだ、どこかでひとりぼっちなんじゃないかって想えてならなくて……ぼくは。

「……すみません」

謝っている最中だというのにまた涙があふれてきて謝罪を重ねた。

ずっとしずかな瞳でぼくを見守ってくれていた晴夜さんが、小さく息をついて苦笑し、ぼくの背中に手をまわして身体を寄せ、たん、たん、と叩いてなだめてくれる。

「大丈夫だよヨル君。捨てさせたりしないから」

「……でも、」

「たしかにぼくとつきあうのはヨル君の変化でもあるよね。だけど、それをヨル君が〝幸福〟じゃなくて、〝捨てること〟だと感じるあいだはゆっくりすすめていこう。恋だとか恋人だとか決める必要もない。会いたいな、一緒にいたいな、ふたりでいると幸せだな、ってだんだん想ってくれるようになれば充分で、ぼくもそれが嬉しい」

晴夜さんのバスローブの胸もとを摑んで顔をあげた。

「一緒にはいたいですよ。会えるのも嬉しいし、今日も楽しかった」

「ならまたデートしよう」

薄闇のなかで微笑んでくれる彼はやっぱり晴れた夜空みたいだった。

「……優しすぎませんか。自分の幸せが大事な人間だって言うのにどうしてこういうときは〝くそだ〟って口汚く責めないんですか」

「はは。まずいカレーとヨル君は違うでしょ」

「でもラッシーでもない。……あんな、甘くて優しい味じゃない」

「……。まあそうだね。味で言うなら概して塩っぱいものだね」

「っ、し、下ネタ……？」

びっくりしたら晴夜さんが吹きだして、「そんな顔しなくてもっ……」と大笑いし始めた。

「え……ぼくどんな顔しましたか」

「目まんまるくさせて仰天してたよ。こんぐらいくわっとひらいて」

晴夜さんは両掌を大きくひらいて、おどけて笑う。恥ずかしくなった。

「や、だって……晴夜さんも下ネタ言うんだなと思って」

「言うよ多少は。店でもそっちのノリのお客さんがくれば下品にならない程度に軽くね」

「話術、ですね」

一瞬で空気が明るくなったから。この人の下ネタは、人を愉快にするもの、だと思う。

「そういうことにしておいて」

晴夜さんがまたくすくす苦笑する。ぼくも笑ったら、すこし気が軽くなった。自分のバスローブの袖で涙を拭って、改めて晴夜さんを見つめる。間近で見ると瞳や鼻や唇の整ったかたちがよくわかった。髪がながれて頬にかかっている。おなじシャンプーやボディソープをつかったのに、晴夜さんは、晴夜さんの香りがする。

ふと彼の左手がぼくの頬を覆って、親指で目尻を拭ってくれた。まだ涙がついていたのか。

「自分の幸せが大事な人間なのにって話だけど、」

「……はい」

「ぼくは考えるんだよヨル君。もし自分が死んだら、ぼくもヨル君に泣いてもらいたいって。おいていく子にこうして憶えててほしいって。新しい男にも、強引にしないでちょっと待ってやってくれよって。だからそうしてるだけ。ね、欲望に忠実に動いてるでしょう?」

優しいわけでもないんだよ、と苦笑しながら額にキスをされた。

「叔父さんに嫉妬しないって言ったらもちろん嘘になるよ。でも叔父さんはぼくたちのところへこられないし、ぼくも叔父さんのいるところへはまだ逝けない。残酷なほどフェアだ。嫉妬を焦がすのは子どもすぎる。愚かすぎるでしょう」

晴夜さんの瞳に自分がいる。見つめあっていると彼の深い慈しみが胸に刺さるように伝わってきて、痛くて、聖也さんはいなくて、晴夜さんがいてくれて、甚《いた》く幸せで涙がこぼれた。

「……泣き、ます」と声を絞りだした。

「泣きます……晴夜さんが死ぬ、なんて、いま……考えたく、ない」

また亡くすことなど、せめて、すくなくともいまは、どうか考えさせないでほしい。

「いてください」

「ヨル君、」

「逝かないで、いてくださいよ」

「ン……」

「悪い人だって言うなら、自分は一生死なない、不死身の人間だって、嘘ついてくださいよ」

そういう不器用な優しさをくれる男に、ぼくはどうしたって惹かれてしまうから。

「……わかった。約束する。死なないよ」

ぼくを抱き竦めて額に唇をつけたまま、彼がぼくの身体を仰むけに傾けて上へやってくる。キスをくれる。その黒い瞳に、濃い優しさがひそんで見える。小さな下睫毛《したまつげ》の綺麗な連なり、ふっくりした涙袋、甘い半円を描いて笑んでいる唇……心が和らいで、閑《しず》かになって、呼吸しやすくなっていく。本当に、この人は穏やかな晴れた夜の人だ。哀しみをよけてくれる傘だ。

「……晴夜さんに『アニパー』で初めて声をかけたとき、叔父のつもりで文字を打ちました」

――セイヤさんですか。

店のブログを書いている店主の男性だ、とちゃんとわかっていたのに、一縷《いちる》の望みを託して、聖也さん、と呼んだつもりだった。でも無論、返ってきた文字は聖也さんとは似てもにつかない丁寧な言葉だった。

――そうです、セイヤですよ。

あの人は思いやりすらぶっきらぼうな、雑な物言いで口にする人だったから、この人は違う。そう理解した。

「晴夜さんみたいに紳士でもないし……むちゃくちゃで、子どもっぽくて、スケベで……全然違うから、すぐにそんな幻想なくなったけど、でも……知れば知るほど、好きになる人は似るんだなって感じます」

「ぼくはむちゃくちゃで子どもっぽくてスケベ？　……そうか。ああ、そうだな」

訊きながら納得する晴夜さんがおかしくて、小さく笑ってしまった。

「むちゃくちゃっていうか……晴夜さんは強引かな。それでおちゃめで、触るのが巧《うま》い」

「褒めてもらえるほど、まだ満足に触ってあげられてないと思うけどな？」

「いまもしれっと真上にいるでしょ。こういう巧みさですよ」

「あー……」

また苦笑した晴夜さんがぼくの両頬を左右の指で軽くつねって揉んできて、ぼくも笑う。それから何度目かのキスをくれた。今度は口の先だけを触れあわせて撫でるキスで、ぼくも不慣れながら晴夜さんの唇の動きを邪魔しないタイミングであむと食んでこたえてみた。

彼の舌がぼくの口を分け入ってくる。その強引さが、ぼくのキスを喜んでくれた証拠のようで胸が熱くなる。どきどきする。

「『アニパー』で最初にキスしたとき、アバターなのに……本当は、嫌だったんです」

「え」

晴夜さんも目をまんまるくまるめて驚いたものだから、失礼ながら吹いてしまった。

「すみません……違うんです。や、違うくないけど、今日、こんなにキスしてるのに、嬉しさしかないのが、不思議だなって……言いたくて」

「〝嫌だった〟って結構なパワーワードだよ」

「ええと……抵抗が、あのころはまだあって、」

「待った。いいや、いろんな言いかたで拒絶されるほうが辛い。今日の喜びだけ聞いておく」

「うん」とこたえたものの、自分の声にまだ笑いの余韻がある。

「……嬉しいし、このどきどきする感覚も気持ちよくて、いつまでもしていたくなります」

晴夜さんも笑っている。

「そうだね、離れたくなくなる」

うなずいて、ぼくも晴夜さんの腰にそうっと両手をまわしてみた。絡めあっている脚と重なっている腹に羞恥心も湧いてくるけれど、他人と身体をぴったりあわせてくっつくことがこんなに心地いいなんて知らなかった。……人肌と体温は安心する。ひとりじゃないんだ、と感じる。自分が好いている人に、自分も身体ごと好いて許してもらっている嬉しさが甘痒い面映《おもはゆ》さになって、息苦しいぐらいの安堵感《あんどかん》をもたらして、満ち足りた至福感になっていく。

「……ラブホ、きてよかった」

素直な気持ちを吐露したら、晴夜さんが笑った。

「大胆な発言だ。ヨル君もスケベだね」

「スケベです。けど、これはスケベとはちょっと違いますよ」

「どんなふうに？」

「快感に満足ってことじゃなくて、晴夜さんともっと親しくなれた嬉しさだから」

にいと笑った晴夜さんがぼくの右耳たぶを食んで顔を埋めながら、腰をくすぐってきた。

「あぁっ」

「こうやってべたべたできる仲になれたのが嬉しいってこと？」

「そう、だけ、どっ、や、やめ、晴夜さ、くすぐったっ……あははっ」

身を捩《よじ》って抵抗しつつ、自分の笑い声を聞いて、あ、ひさしぶりにこんなにばか笑いしてる、と思った。心春も、ぼくが笑ってるって言ってたな。晴夜さんのおかげなんだな。

「……今度うちにおいで。朝までこうしてよう」

手をゆるめてぼくを抱き竦めてくれた晴夜さんが、耳もとに優しく囁く。

「……うん」

時間がくるまで、そのままくっついて他愛ない会話を続けた。ずっと読んでいた晴夜さんのブログに登場したお客さんたちのこと、『アニパー』で会話したときの気持ち、『ライフ』のおくさとロボロンの恋の行方、聖也さんとの想い出、晴夜さんと自分の過去と、未来のこと。

「そろそろ着がえて〝またね〟しようか」

いつぶりだろう。人を恋しく想って、ひとときの別れを哀しく感じたりするのは。


ラブホのお金は晴夜さんが払ってくれた。

「すみません、ぼくがいきたいって言ったのに」

「え？　いこうってふたりで決めたよね。幸せな気持ちをいっぱいもらったし、いいんだよ」

真っ白い無垢な笑顔をもらって嬉しいぶん、自分にこの人はもったいないとも思えてくる。

それに、離れがたい、とも。

「ぼくも幸せでした」

照れくさく笑いあって、名残惜しさを持てあましながらエレベーターへ乗る。

「また電話か『アニパー』で、次のデート場所の相談もしよう。ぼくのほうが日中も夜も仕事でなかなか時間をとれないのが申しわけないけど」

「いえ、ぼくは夏休みに入るし、晴夜さんの定休日にあわせます。店にも会いにいきますね」

「大学生はもうお休みか。あれ、ヨル君、就活とかは？」

「ぼくは院にいこうと思っているので」

「そうか、すごいな。でもじゃあ、時間あるときには、かまってもらおうかな」

はい、とこたえると、晴夜さんが上半身をすこし屈めて額にキスをくれた。

「……いまの自分がヨル君に出会えたのは、ラッキーだったのかもしれないな。服装のセンスについても」

ふたりして、さっき買ったばかりの新しい服を着ていた。晴夜さんは爽やかにお洒落なポロシャツで、ぼくは薄桃色したハイビスカスの派手なTシャツの上にYシャツ。

「……晴夜さんが横にいるあいだはいいけど、これでひとりで歩くのは勇気いる」

「ははは っ」

笑う晴夜さんの腕を叩いて、ふたりでエレベーターからおりた。廊下を歩いて室内写真パネルの前を横切り、外へ。

「雨はやんだかな」

「ああそうだ、やんでるといいですね」

身体がどことなく軽い。風呂に入ったせい……？　ていうより、高揚感、かな。ラブホをでる、恥ずかしいような、うしろめたいような緊張がある反面、心と身体が浮ついている。ぼくはちょっと、大人になった気分、なのかもしれない。

「あー残念、まだすこしぱらついてるな」

出入り口へきて晴夜さんが外に手をかざし、小雨に触れる。

「そうですね……」

とっくに日も暮れて、暗くなっている空だけは憂鬱《ゆううつ》模様だ。晴夜さんに続いて傘をひろげ、一緒にラブホから離れた。駅へむかって繁華街に続く通りをすすみ始める。と、すぐに、あれ、と意識が躓いた。

前方に、見知ったスーツ姿の背中……父さんだ。隣に、知らない女性がいる。髪の長い若くて綺麗な、とうてい会社の同僚とか、仕事相手とは思えない、露出度の高いワンピースを着て父さんの左腕に胸を押しつけている女の人——……え、浮気？　うちの父さんが……？

「ヨル君？」

拒否反応で、無意識に足をとめていた。

「あ……すみません、」

「どうした？」

父さんも駅のほうへ、見たこともない笑顔を女性にむけて歩いていく。こんな、身内の恥をわざわざ話したくない。

「なんでも……ないです」

「そんな顔じゃないよ。なに、知りあいでもいた？」

ぼくの視線の跡を探って晴夜さんが周囲を見まわす。

「や、その……」

うつむいて傘で姿を隠した。この場から離れたい。こっちまで父さんに見つかりたくない。

「ヨル君」

黒いアスファルトの水たまりに雨粒が落ちて、無数の波紋をひろげている。店や街灯の光が反射して水面がきらめいている。……絶望、失望、恥じ、そして怒りが湧きあがってくる。

いま家で、ひとりで夕飯を食べているであろう母さんの哀しげな表情が見えた。

「ヨル君、大丈夫？」

――母さんが淋しがるからなるべく家で食事しろよ。

――いい機会だから、ひとり暮らしでも始めたらどうだ。

「……父が、」

ようやくそう言葉にしたとき、自分の声は憤怒《ふんぬ》に震えていた。


おくさの恋愛メーターが、ほんの数ミリの空白を残して赤く染まった。

お腹を空かせてぐったりしている身体を押してご飯をあげると、野菜サラダを食べて元気をとり戻したとたん、ロボロンのことを想い始めて幸せそうに踊りだす。

『ライフ』の画面をそのままに、メールソフトをひらいた。

『父さん、今夜も残業なんだね。明日の夜六時、駅で待ちあわせて食事しよう。ぼくが最近通ってるお店紹介するから』

――怒りに支配されちゃ駄目だよ、ヨル君。

昨夜見た晴夜さんの厳しく真摯な瞳と、言葉を想い出す。

――まだ本当にお父さんがヨル君の疑っているようなことをしてるとは限らない。早合点して感情で動いちゃ駄目だ。まずは知ろうとすること。視野を狭めないように冷静になること。いいね？　お父さんを誘って、ぼくの店にでもおいで。腹を割ってふたりで話すといい。

晴夜さんの言葉を反芻《はんすう》して、深呼吸をくり返す。自分のメール送信画面も確認した。冷静に、言葉を選べたと思う。大丈夫だ、落ちつけ。落ちつけ。憤懣《ふんまん》に殺されるな。

目をとじていると黒い憶測と妄想に沈んでいきそうになるから、あけたままベッドに仰むけに転がって天井を眺めた。

晴夜さんはぼくを諭したあと、自分のスマホカメラで前方の人ごみを適当に素早く撮影し、『一応、ここに証拠は残しておく。必要になったら教えて、ヨル君のスマホに送るから』とも言った。父さんの姿も知らないのに、容姿を細かく問うたり、ぼくに撮らせたりはしなかった。そして『この画像は、必要に迫られない限りヨル君は持たなくていい』と微笑んだ。

――……晴夜さん、探偵みたい。

抜けた感想が口からこぼれるぐらい、気が楽になっていた。

本当にさっと撮ったから、証拠品として実際使用できるかどうかもあやしい。でもだから、この人は単にぼくの憤《いきどお》りに寄り添おうとしてくれているだけなんだ、とわかった。

正義をふりかざす中立派の偽善者になるのではなく、きみの味方でいる、と伝えてくれた。そう思ったら怒りが削《そ》がれて、彼の指示通りまずは父さんを知ろうと思える冷静さがぼくのなかに芽生えた。他人である晴夜さんが、ここまでぼくの家族の問題に真剣になってくれている、とり乱して我を忘れるのはやめよう、落ちつこう、しっかり考えよう、この現状を――と。

にしても、あれは浮気だったんだろうか。もし浮気で、父さんが本気で、母さんやぼくに、すでになんの感情もなくなっているのだとしたら、うちはどうなっていくんだろう。二十一にして家族の崩壊を経験することになるのか……？

父親が母親以外の女性に恋をして抱いている、なんて、穢《けが》らわしくて吐き気がする。母さんへの愛情も失くして、ゲイの息子は厄介で、だから浮気してるっていうのか。悔しくて腹が立つ、現実だと思いたくない。見たこと全部幻にしてしまいたい。嘘だと言ってほしい。

晴夜さんの店に誘ってみたものの問いただすのも勇気がいる。逆ギレされたら？　適当にながされてうやむやに終わったら？　今後どう接していく……？　疑念を消せないまま時間の経過と同時に溝だけ深まっていって、どうにか家族の輪郭を保った冷戦状態で生活し、父さんが死んだあとも不信感を抱き続けるのか？　聖也さんを事故で亡くして後悔に苛《さいな》まれているのに、父親までこんなやるせない猜疑心《さいぎしん》と一緒に送ることになるのは嫌だ、あんまりだ。

父さんはもともと寡黙《かもく》で、家族から一歩ひいて佇《たたず》んでいるようなところがある。ぼくが子どものころから、母さんやぼくに愛情をしめしてべたべた馴れあったりはしなかった。格好よく表現するならば一匹狼で硬派。そんな父さんに、母さんのほうが惚れこんで、黙ってついていっているような夫婦だ。

家族旅行にいっても、父さんはぼくと母さんがいくところへついてきて見守っている。べたべたの家族愛だとかそんなもの、ぼくはドラマなどの創りものの世界でしか見たことも感じたこともない。息子とキャッチボールしたがる父親とか、現実にいるのか？　と謎に思う。もしかしたら他人にはうちの家族関係はいびつに見えるのかもしれないが、ぼくには普通だ。この普通のバランスが、いま自分のなかでぐらついている。

晴夜さんと話がしたい。スマホでブログをひらいてみたが、更新はされていない。『アニパー』のブログパーツもオフライン表示。あたりまえか、まだ仕事をしている時間だ。『ライフ』のおくさをもう一度見てみたら、ロボロンの家でふたりでテレビを観ておしゃべりしていた。幸せそうで、おくさの笑顔が羨ましくなる。スマホが鳴った。

『六時に駅だな、わかった』

父さんからの返事はいつもどおり一行のみで端的に終わる。

家の玄関の鍵がガチャガチャとひらいて、父さんが帰宅したのは真夜中だった。

目をとじられずに、灯りの消えた暗い部屋の天井を見続けていた。窓から外灯の光が入って、天井にうすぼやけた淡く白い帯ができている。

枕もとにおいていたスマホをとると、ぱっと眩しく発光して目が痛い。瞼を半分とじて、メール画面をだしメッセージを送る。

『父と明日の夜、お店へうかがいます』

ひとりでいたくなくて晴夜さんに声をかけた。

は、とため息をついてスマホを胸の上に伏せる。と、ぴぴと鳴りだした。

『待ってるよ。一日おいてまた会えるのが嬉しいな』

小さなスマホのむこうには、ちゃんといま、たしかに、晴夜さんがいた。

『晴夜さんがこの世界に生まれてきてくれてよかった』

ぼくのためにありがとう、というふうな、いささか自己中っぽい感謝に響いたかもしれない。出会えてよかった、生きて一緒にいられて嬉しい、と言いたかっただけなんだけど。不快にさせてないといいな。

『落ちこんでるの？　いまからそっちにいこうか』

え。いくって、ぼくの家へ……？　スマホの時計には夜中の二時半と表示されている。仕事終わりのこんな遅い時間にわざわざ？　場所も知らないのに？

なんでこんなに簡単に、優しさをぽんとさしだせるんだろう、この人は。

『平気です。明日ぼくがいきます』

『そう？』

『うん。びっくりする優しさをもらったら憂鬱な気分がすっ飛びました』

『笑　優しさじゃないよ、失礼だな。愛でしょう』

愛。

『意図してあげた慰めじゃない。ヨル君が好きだから無意識に守りたい衝動に駆られるんだよ。何度も言うけどぼくはいい人じゃないからね。特別なものにしかこんな気持ちにならない』

何度も思うけど、ぼくだってどうでもいい人間には心を砕かないし、晴夜さんはいい人だ。

『納得いかない部分もありますけど、すみませんでした。ありがとうございます』

『それ謝罪になってないね？笑　べつに謝ってほしいわけじゃないけども』

『だって、晴夜さんはいい人ですって言ったら、「違う」とか「苦笑」とか返ってきそうで』

『まあ、そのとおりだよ』

『うん。だから』

ふっ、と笑ってしまった。ひとりでスマホを眺めて笑っているのを気持ち悪く思いつつも、晴夜さんも笑ってくれている予感がして心は和んだ。

ぴぴ、とまた晴夜さんからメッセージがきた。

『会いたくなっちゃったな』

心がひとつって、こういう瞬間のことかもしれない。〝ぼくも会いたいです〟と打ったところで、文字にして伝えたらこっちの愛しさの衝動もふくらんで困るなと思い、消して書きなおした。

『明日会いにいきます。楽しみにしてます』

あれ、楽しみってなんだ。父さんを糾弾しにいくっていうのに。

『そうだね、ぼくも楽しみにしてる。気をつけておいで』

すっかり感情を塗りかえられてしまった。真っ暗な夜の部屋の片隅で、鬱々としていたのも遠い昔みたいに、晴れ渡った気持ちの自分がいる。

『いますごく晴夜さんを好きだと想いました。ありがとう、おやすみなさい』

すっきりして深呼吸し、スマホを枕もとに戻す。そうしたらまたぴぴと鳴った。

『おやすみ。可愛いこと言われすぎて、ぼくは眠れそうにないけどね』

追送で『もんもんする』ときて、吹きだしてしまった。『それむらむらって意味ですか』と返したら『想像におまかせする』とくる。『今度、セックスしましょう』とぼくは返した。

会話をやめられず、他愛ない話をだらだら続けてしまう。笑いながらも名残惜しくて、続いて届く返事を期待する高揚感もこそばゆくて、胸がくすぐったくてそわそわする。

『むらむらする』

きっぱりと晴夜さんから欲望が返ってきたら、また吹いてしまった。

『すみません。今夜のところはひとりでしてください』

物理的な距離があるからしかたない。

『ひどいな。笑いすぎてお腹が痛い』

ぼくも笑い続けていた。家はしずまり返っているのに、ぼくの部屋だけ騒がしい。

『じゃあ性欲を処理しながら眠るよ。ちゃんと明のことを想像するね』

『格好よく想像してください』

『色っぽさ倍増しで妄想する』

『どんなシチュエーションですか』

『どんな。最初はうちにきてもらおうかな。この部屋で明が服を脱いでくれるのを見てたい』

『ぼくだけ脱がせてどうするの』

『おでこと、次に口にキスしてからゆっくり触っていくよ。乳首を撫でて、吸ってあげる』

どきどきしてきた。

『メールが官能小説みたいになってます』

『笑』

『ぼくもむらむらする』

両脚を胸もとにひき寄せてまるくなった。下っ腹が熱く疼く。

『まだ胸しか触ってないのに』

『晴夜さんは文字でもエッチなんですね』

『エッチな気分にさせたのは明でしょうが』

『メールの文字で乳首なんて初めて見た』

黒い字が淡泊《たんぱく》ながら猛烈な存在感で居座っている。乳首。ちくび。……すごくいやらしい。

『言わせたのも明だから』

『実際にするのより昂奮するかもしれない』

『待って。それはしてから判断して。男として自信を失う』

『せっかくすっきりしたのにむらむらして眠れない。晴夜さんのせいですよ』

『明のせいだってば』

『キスだけでもしたい』

欲しいって思ってる。聖也さんを追いかけていたころ以来初めて、男が欲しい。この人が。

『ぼくもひとりでしてから寝ます』

『うん明君、いまの報告はとくにいらなかったね？』

『言わずにおれなくて』

『どんな顔で言ってるんだか。明が昂奮したところを見てみたいよ』

『醜いから嫌だ』

『いや、絶対に可愛いね。じゃあ明がひとりでしてるところを想像して楽しもうかな』

『晴夜さんのスケベ』

『ひとりでしろとか自分で妄想しろとか要求したのは明だってば』

『ぼくもスケベだから、晴夜さんを妄想してしますね』

『おじさんをどれだけ翻弄《ほんろう》するの？　悪い子だよ』

昂奮と喜びが綯《な》いまぜに襲ってきて忙しい。身をちぢめて笑いながら最後の挨拶を届けた。

『おやすみなさいエッチな晴夜さん』

『おやすみ、スケベな明』

それからもうひとこと、返事がきた。

『またね明』


見たんだ。父さんが若い女の人と一緒に歩いてるところ——小声でうつむいてそう告げると、父さんはしばらく黙っていてから日本酒の入ったグラスをおいて、「彼女は若くはないよ」と、落ちついた低い声でこたえて苦笑いした。

「……おまえに見られるとはな」

「笑えることなの」

父さんは唇に薄く笑みを浮かべたまま、あぐらをかいていた脚を崩して掘りごたつのなかへおろした。はあ、と息をつく。

「一緒に呑もうなんて誘ってくるから予感はしてたけど、息子に見られたい姿じゃなかった」

「……不倫してるの」

「身体の関係はないよ」

父親の口から、身体の関係はない、なんて言葉を聞く日がくるとは思わなかった。

「〝身体は〟？」

「彼女は人生相談に乗ってくれてる友人だ」

大人は、こういう言いわけをするのか。

箸を持っている自分の指先が緊張で冷えていた。無意識にとまっていた手を動かして、自分はいま冷静だ、冷静だ、と自身をごまかすために厚焼き卵を箸で割いて食べる。

「その相手はどうして母さんじゃないの。父さんが人生を一緒に生きてるのは母さんでしょ」

鼻で笑った父さんも肉じゃがのニンジンを口に入れる。

「おまえは家族に人生相談をしてるのか？　おまえが昔から懐いてたのは聖也だっただろう。父さんたちに話せないことも、聖也には話して相談してたんじゃないのか」

「……それは」

「家族だけが心の拠りどころじゃない。おまえもわかるだろ」

……わかる。むしろ家族には隠す事柄のほうが多い。歳をとるほどに、なんでもうち明ける無邪気さはなくなっていった。でもいまの父さんにこうして威張られるのは癪《しゃく》に障《さわ》る。

「おまえは母さんをどう思ってるんだ」

「どうって……母さんは、母さんだろ」

「家にこもりきりで、外の世界と繫がろうともしない。夕飯時に家族そろう日だけが喜びで、ほかにはなんの楽しみも趣味も持ってない、箱入り娘のお嬢さまな母さんを、どう思ってる」

怒りと、失望感が背筋を這《は》いあがってきた。

「……なにその言いぐさ」

「事実だろ」

父さんはぼくの目を見ずに刺身を食べる。

「浮気相手の女性を崇《あが》めて、母さんを蔑《さげす》むのはどうかと思う」

「浮気じゃない」

「だいたい、母さんを好きになって結婚したのは父さんだろ。箱入り娘だのなんだの、父さんは最初から知ってたじゃないか、そこも好きだったんじゃないのかよ」

父親にこんなことを追及しているのが信じられなくて、しゃべりながら心が拉《ひしゃ》げていく。父さんに感情的になるのもひさびさで、気恥ずかしさまで湧いてめちゃくちゃだ。けどいまさらひき返せない。とはいえぼくも父さんの目は見られなかった。ふたりしてうつむいて、頭をつきあわせて、食事しながら話している。

「……世間では母親が父親をばかにするのは許されるのにな。父親はちょっと不満を言うだけで軽蔑される」

父さんがひとりごとのように言ってため息をついた。

「ネットじゃ〝旦那〟とか〝夫〟って検索しようとすると関連ワードに〝嫌い〟〝むかつく〟〝殺しかた〟ってでてくるそうだ。おまえ知ってたか」

「え、知らない、殺す……?」

「〝嫁〟〝妻〟だと〝誕生日プレゼント〟とか〝愛してる〟ってでてくるんだとさ」

「それは……うちの家族に関係ないだろ。母さんは父さんを殺したりしない。ぼくらが夕飯を一緒に食べてると嬉しそうにしてる」

「疲れるんだよ。妻孝行だのイクメンだの、最近は男のほうが奴隷みたいに立場がない。家族のために会社で上司や部下の機嫌とりながら働いて疲れて帰ってくるのに、また妻に気をつかって褒めろって……? じゃあ誰が俺を褒めて孝行してくれるんだ。いないだろ。友だちをつくってストレス発散することのなにが悪い。おまえも大人になれ。親だって人間だ」

崩壊していく。

うちの家族には、家族愛や絆だとかいうものが、どうやらないらしい。ぼくが漠然と感じていた家族の輪のようなものは独りよがりな理想で、幻だったらしい。

「家族は……ただの、個人の集まりなんだね」

父さんは父さんだけどただのひとりの人間で、男で、母さんもひとりの女の人で、ぼくも、ふたりのあいだに偶然生まれただけの人間。血縁などに力はなく、絆や信頼を築きたいなら、〝外の人間〟と交流するのと同様に、慎重に育んでいく努力をしなければいけなかった。

喉と目の奥が急激に痛んで、涙があふれそうになったから奥歯を噛んで耐えた。

父さんが苦笑を洩《も》らす。

「極端だなおまえは……どうあれ、父さんが最期に帰る場所は母さんのいるところだよ」

「え」

光がさした感覚を抱いて顔をあげた。苦笑ではあったが、父さんの笑顔が目の前にある。

「一応、父さんにも母さんに対する愛情はまだあるってこと……？」

「愛なんてのは言葉にしなくなってから始まるんだよ」

日本酒を呑む喉仏が上下する。ふいに、その喉仏を間近で見たときの光景が脳裏を過った。霞がかった記憶。たしか家族で熱海《あたみ》旅行へいって、抱かれて歩いていたときの……。

「……なにそれ。格好いいこと言ったつもり？」

つい突《つ》っ慳貪《けんどん》な物言いになった。

「おまえも誰かと二十年連れ添ってみればわかる」

「全然わからないよ」

「いつか自分か母さんか、どちらかが病気になって逝くのを看取る。そんな未来しか想像したことはない。それが父さんの人生だよ」

わかれ道がいくつもある人生。右へ左へ寄り道をしても、たどり着く場所はまっすぐ歩いた先にあるぼくら家族のところだ、と言いたいのか。

「勝手すぎる。浮気男の言いわけだね」

「違うって言ってるだろう。……でもおまえにばれたんだ、もう潮時かもな。彼女に会うのは金輪際《こんりんざい》やめておくかな」

耳に、店内の喧噪が響く。女性店員さんや、晴夜さんの潑剌とした声も。

父さんはグラスをおき、湿った唇をひいてもの憂げな苦笑を浮かべている。疲弊《ひへい》してまるくゆがむ背、やや乱れた髪……家族のために働いて、孝行してくれる人はいない、友だちをつくってなにが悪い、と、父さんの声が頭のなかを巡っている。……この罪悪感は、なんだろう。

「おまえはどうなんだ」

「……。どうって」

父さんがぼくを鋭く一瞥して、角煮に入っている煮卵へ箸を入れた。

「昔から、聖也のまわりには人がいた」

それだけ言って言葉を切った父さんが、一瞬兄《あに》の顔をしていた。ぼくの片想いについて言及したいんだろうか。いや、それもそうだろうけど、これは、亡くなった弟への嫉妬……？

「母さんは、父さんが好きだよ」

世界でたったひとりの父さんには、世界の誰より父さんを愛している母さんがいる。

「……そうだな」

こたえると、父さんは口を噤んだ。


食事を終えてレジへむかうと、晴夜さんが料理の手をとめてきて、お会計をしてくれた。「いつもありがとう、明君」と微笑んで声をかけてくれたので、それに乗じてぼくも「あ、こちら東晴夜さん、親しくさせてもらってる」と父さんに晴夜さんを紹介した。

父さんは〝せいや〟という響きにひっかかったような表情をしたが、「ああ、息子がお世話になっているとかで」と会釈してこたえた。

「お世話になっているのはこっちです。ぜひ今後も父子《おやこ》でいらしてください」

「ええ、料理とてもおいしかったです、またうかがいます」

そして、晴夜さんと目で〝また〟と言葉を送りあってから店をあとにした。

帰宅するまで父さんとぼくはほとんど無言だった。仲が悪いのではなく、いつからかふたりでいるとこれが普通になった。しかし晴夜さんについてなにも質問がないのは明らかに違和感があって、彼とぼくがどんな関係なのかは、ある程度察しているんだろうなと予感した。頭に、おくさの笑顔が浮かぶ。……親心、と心のなかで呟く。

家では、母さんがあからさまな〝哀しいですオーラ〟をだして、「おかえりなさい……」と力ない笑顔で迎えてくれた。

「ふたりで外食なんて珍しいから……なにかあったのかなって心配しちゃった」

どうしてわたしを誘ってくれなかったの、ひとりで食事して淋しかったのよ、とゆるい無言の圧力を感じる。

「たまには男同士で呑みたいんだよ。――な、明」

父さんに親しげに声を投げかけられて動揺しつつ、「うん、ごめん母さん。今度は三人で外食しよう」と誘った。母さんも一応「うん」と機嫌よくなり、場がおさまる。

「明、父さん先に風呂入るからな」

「ああ、うん。いいよ」

……なんだろう、父さんも声が弾んでいる。おたがいのあいだにあった距離が、若干ちぢんだような気がする。息子と本音で話しあえたことを、父さんは喜んでくれている……？

考えていたら面映さと、遅れてきた反抗期みたいな反発心が湧いてきて持てあまし、リビングをあとにして二階の自室へひっこんだ。

『どうだった?』

深夜二時過ぎに、晴夜さんからメールが届いた。まだ起きていたぼくはすぐに電話をした。

「お疲れさまです。すみません、今日はありがとうございました」

それで、父さんと話した内容を晴夜さんに教えた。

『不倫じゃなくてよかったね』

晴夜さんもスマホのむこうで微笑んでくれているのがわかる。

「……どうだろう。息子に〝浮気だ〟〝不倫だ〟って親は正直に言わないでしょう。……でも父があの女性と会うのをやめるって言ったときは、悪いことしたって気分になりました」

『悪いこと』

「ぼくが父に〝同性愛は非常識だ、二度と会うな〟って晴夜さんと別れさせられるのと、すこし似てるような。……違うかな」

『はは。同性愛は性指向だからなあ……でもそうだね。〝家族以外の癒やしとひき離す〟って部分は似ているのかもしれないね』

「うん。黙って、見なかったふりをして、放っておいてあげるのも、大人の対応だったのかもしれない」

『大人か』

「よくよく考えると、ぼくも母に気をつかっているんです。夕飯を家で食べるかどうか、毎日連絡しないといけないのも煩わしいときがある。母は父の言うようにお嬢さまで、怒鳴ることをしません。もちろん、叱ってくれることはありましたけど、たとえば〝わたしも外食に誘ってよ〟とか責めてこないかわりに、笑顔で〝心配したのよ〟って圧力をかけてくるんです。だからそれが、言葉は悪いけど、疎ましいって思う父の気持ちはぼくもわかるんですよね」

『家族のなかで自分以外が男っていうのもあるかもよ。同性より、理解が難しいのかも』

「あー……母親でもそういうのあるのかな。ンー……でもそうですね、なんにせよ母もきっと悩んでる。家族全員、生活が近すぎるせいで不満もある。その捌《は》け口《ぐち》や癒やしは、外にあってもいいっていうか……しかたないのかもって、感じたりで」

父さんのストレスや孤独は、あの女の人と別れたらどうなるんだろう。身体の関係はない、という言葉を信じて、ならよかったよ、と笑ってながしてあげるべきだったのかもしれない。ぼくは間違えたのかもしれない。

『でもお父さんと仲よくなれたんでしょう？』

「……うん、そんな気がします。父は寡黙で、ふたりで会話したこともあんまりないんです。父子だけでどこかへでかけるって経験もなかった。居酒屋で一緒に酒を呑んだのも初めてです。だから親しげにされると照れくさいし、やめろよって反発したくもなるんだけど……嬉しい、かな。嫌ではないです」

『はは。うちにきてくれるお父さんたちもね、息子と酒を呑むのは夢だ、って語ってくれたりするよ。これからは明がお父さんの癒やしになってあげればいいんじゃない？』

「ぼくがですか」

『明とお父さんがほんのちょっとお母さんへの愚痴をこぼして共感しあえたら、今度はふたりともお母さんに優しくできるかもしれないよね』

「ああ……そうですね。でもやっぱ照れくさいな。大人の人生の相談には乗れないだろうし」

『ははは。そう？』

「勇気だせたら、そのときはまた『あずま』にいきます。晴夜さんがいると安心するから」

ふふ、と晴夜さんが笑って、それが嬉しそうに聞こえて、ぼくも照れながら笑った。

「それにしても、愛って難しいですね。ぼくは肉体的なものより、精神的な支えを外につくられるほうが辛いかもしれない」

『セックスされるのは許せるけど、心を他人に奪われるのは嫌って……？』

「うん。いっそ肉欲はいい。ぼくの身体だけずっと抱けってのも酷で、飽きがくるのもおなじ男としてわかるから」

『わかっちゃうんだ』

「だけど心は嫌ですよ。心は、他人にとられたくない。父が〝帰る場所を決めてる〟って言ったのは、母に心があるからだと思うんですよね。ぼくもそうあってもらえればいいかな」

結婚したときにかわした誓いは容易く忘れられたり、破られたりする。現に、憎しみあって嫌いあって別れる夫婦はたくさんいる。同性同士だって、永遠を誓いあって、本当に永遠に、死ぬ瞬間まで愛しあっているふたりはどれぐらいいるんだろう。

「ぼくも死ぬときに、愛してるって想いあえる恋がしたいです。……とか言うと、重いけど」

晴夜さんが小さく笑んで相づちをくれる。

『うちの親父は浮気性だったよ』

「え、そうなんですか」

『いろんな女性に手をだしてた。身体の関係もあった。けど母親のことが大好きで、最期は母親に「愛してる」って言ってから逝ったね。明の理想どおり』

「理想、っていうのもあれですけど……。晴夜さんのお父さんは、もう……」

『そう。四十代で逝ったんだよ、ぼくが明の歳のころだな。父方はみんな早死になんだ』

……あ、そういえば晴夜さんはお父さんのことをブログに過去形で書いていた。【パン屋を経営していた】と。この人は祖父母以外にも、近しい身内を亡くす経験をしていたんだ。

「お父さんのこと、どう想っていましたか？」

『大嫌いだったよ？』

しれっと言った。

『生前はね。だって、気に入ったお客さんを片っ端から口説くんだもの。トラブルも絶えなくて恥ずかしかったしねえ……。母親の肝《きも》が据わってて、ずっと許してたのも不満だったな』

「許すお母さんに甘えてお父さんが好き放題するから、余計に腹立たしい、みたいな……？」

『そうそう。なのに母親も結局、いまだに父を想ってる。再婚もしようとしない。奇妙なんだけど、これがうちの両親の愛のかたちなんだよね。母親がそんなだから、ぼくもほだされたんだろうな……いまは無邪気な人だったなあって、受け容れてるよ』

奇妙な愛のかたちか……。

『明』

「はい？」

『ぼくは肉欲も、外に求められたら嫌だよ？』

は。

「あ、……すみません」

『その謝罪は〝肉欲のみの浮気は許して〟って意味？』

「違います。しません。……とりあえず、いまのところはしたいと思いません」

『いまのところはって』

「未来はわからないから。絶対しない、とは言わないでおきます」

『怖いな……』

ふたりで笑いあった。晴夜さんの笑い声が耳に心地よく響く。壁に寄りかかって、ベッドの上で膝を抱えた。足もとのかけ布団の青色が、暗闇に染まってぼんやり群青色に見える。

「……この前心春が、晴夜さんのは自己愛だって言ってました」

『自己愛か』と、晴夜さんは笑みを含んだ声で復唱する。

『たしかに昔、自分の価値を証明したがるだけの、そんなつきあいをした。でも、だから明に対する想いが本物の愛情だ、ってわかるよ』

「自分の価値、ですか」

『その人に愛されれば、自分はこの世に生きている意味のある人間だ、って感じてたんだよ。そんな優越感を愛だって勘違いしてた。当時はまるで自覚もしてなかったけどね』

「その相手は、どんな人だったんですか？」

『恋や愛を嗤って、ばかにしてる人』

……そうか。嗤う人の真剣をもらいたがっただけのエゴ。晴夜さんの失敗。

『ただ、自分を大事にできない人間は、愛してもらう権利もない。ぼくは明に自分自身のことも愛してほしいよ？』

「自分を……？」

『ちゃんと食べて寝て、身体を大事にして長生きしてほしい。仕事でも恋愛でも、自分を犠牲にして、尽くそうとしたりしないでほしい』

晴夜さんの声色が、温かくも真剣で、厳しい。

「〝自分はどうなってもいい〟って想うのは、晴夜さんのためにならないってことですね」

『そうだよ』

「でもぼくは、晴夜さんが事故に遭いそうになったら庇います。絶対に逝かせたくない」

聖也さんのようには。

『それで、ぼくを明とおなじ哀しみに苛むの？』

「大丈夫です。また素敵な人と幸せになってください。ぼくがあなたに会えたように」

光は何度でも得られる、と教えてくれたのは晴夜さんだ。

聖也さんの死を経て晴夜さんに出会うことも、ぼくの運命だったんだといまは思う。

聖也さんを失った瞬間自分の人生は終わったと絶望に暮れていたけれど、その先に晴夜さんが待っていた。ここが到着だった。運命はここにも続いていた。

人生の物語は最期へたどり着くまでどんな完結を迎えるかわからないんだ。なにも決まっていない。途中で結末を決めてはならない。また絶望が巡ってくる可能性もある。でも光が二度とこないとも言えやしない。しないんだ。

二度目の恋なんてありえないと思っていたぼくに、いま晴夜さんがいる。いてくれる。苦しい三年間だった。辛かった。どうして自分はここにいるんだ、聖也さんがいない世界に生きていなくちゃいけないんだと、悔やみ続けた、恨《うら》み続けた。

今日、いま急に、死にました、二度と会えません、もう別れの言葉も言えません、声も聞けません、笑顔を見ることなどできません、体温はありません、身体も焼けて灰になりました、触れられません、この世に存在していません、蘇《よみがえ》ることもありません、これが現実です、事実です、帰ってはきません、奇跡も起きません、来世もありません、終わりです、おしまいです、お別れです——そんなこと受け容れられるわけがなかった。だけどこれも、晴夜さんへたどり着くために必要な経験と苦悩と懊悩《おうのう》だった。聖也さんとの出会いにも、愛しあうことではなかったけどちゃんと意味があって、彼からぼくは苦しみという忘れものではなく、贈りものを、もらっていたのかもしれない。永遠の初恋っていう、眩しいぐらいきらめいていて、ふたつとない尊い、幸福な贈りもの。

『明、怒るよ?』

「なんでですか」

『きみは叔父さんと恋人同士だったわけじゃないでしょう』

「……。そうです」

『ぼくたちは恋人同士だ。ぼくはどうやら母親似だったみたいでね。きみを亡くしたら、それがどんな失いかただろうとずっと想い続けるよ。ここでひとりで、きみを愛してる』

　静寂が満ちる真夜中に、愛してる、という晴夜さんの告白が鐘の音かと錯覚するほど大きく明晰に響き渡った。耳にあてたスマホから頭に、身体に、痺れてひろがって沁《し》みこんでいく。

『……恋人同士ってことで、いいんだよね？』

　ふいに、おずおずと怯えた問いかけが続いて正気に返った。ぷっ、と至福をはらんだ笑いがこみあげる。

「はは。……うん。恋人で、お願いします」

　晴夜さんも苦笑している。

『こちらこそお願いします』

　またふたりでくすくす笑いあう。

　聖也さんにもう一度会いたくて、探して、そこで出会った晴夜さん。ぼくの初めての恋人。

『改めて誓うよ。ぼくは明を最後にする』

　――あのときもらった言葉が本物になることを、当時の自分はどこまで本気で信じてたかな。まだ幼くいとけない愛に、ただ浮かれていただけのような気もする。

「ぼくも晴夜さんを最後にする」

　だけどぼくもそんなふうに、あなたに誓ったんだよね。

野菜ジュースを飲んで満腹になったおくさが、家をでて公園へ遊びにいった。新しいふたりがけの立派なソファベッドを買ってあげたのに、まったくおくさは外にでかけてばかりいる。にこにこ嬉しそうな顔を見ていると、しかたないなって観念してしまうんだけど。

現実とおなじに外は夜で、星空がひろがっている。

『ライフ』の公園は夜でもにぎやか。滑り台からはしゃいでおりてくるトカゲのモンスターや、砂場で城をつくっている水のモンスターと炎のモンスター、ブランコをこいでいるてんとう虫っぽいモンスター、とたくさんのモンスターたちがいる。

おくさは笑顔で滑り台の列にならんだ。あ……、とぼくが危機感を覚えたら、案の定おくさの前にならんでいたほかのモンスターたちが次々と離れていった。あっという間にみんないなくなって、おくさの番になる。おくさのうしろには誰もならばない。それで、おくさが両手をあげて笑顔で滑り台を滑ったら、また列ができ始めた。

次はブランコへいった。ブランコも同様に、さっきまで遊んでいたてんとう虫のモンスターたちがさっといなくなってしまった。おくさは笑顔のままブランコに乗って、しばらくこいで遊んでいた。そのあいだも、おくさの隣のブランコに乗ろうとするモンスターはいなかった。誰ひとり近づかない。

おくさのまわりのモンスターは、磁石のおなじ極が反発しあうみたいに一定の間隔をおいて綺麗に離れていく。

　ブランコをおりると、次は砂場へいった。おくさは城をつくっている水と炎のモンスターの隣に座る。仲間に入れてもらおうとしてるんだ。すると、炎のモンスターが突然火を吹いて、おくさのワンピースに火をつけてしまった。おくさが慌てている。ぼくも焦って助けようとするけど〝踊って解決する〟とかいうふざけた選択肢しかない。水のモンスターが隣にいるのになにもしてくれない。炎のモンスターとふたりで走って帰ってしまう。

　しょうがないから踊らせたら、おくさが両手をあげて笑顔で身体をふっているうちにだんだん火が小さくなっていった。踊るときは笑顔ってプログラミングされてるんだろうが、こんな笑顔ひどすぎる。……哀しすぎる、悔しすぎる。

　火が消えると、おくさはほっぺたとワンピースが黒焦げの格好で、とぼとぼ家まで帰った。汚れたおくさが可哀相で辛くて、腹が立って、ぼくは胸を掻きむしって泣いた。ちくしょう……なんだよ。ちくしょう。

　おくさ、と声をかけて、届かない指で画面の上から頭を撫でていたら、たどり着いた家に、ロボロンが遊びにきていた。

　おくさに本当の笑顔が戻った。ロボロンはぽんと、リボンのついたプレゼントの箱をだしておくさにくれた。おくさの好物の野菜サラダだ。おくさはそれをすぐにもしゃもしゃ食べた。いつも以上に幸せそうな笑顔に見える。

　ふたりで新しいソファベッドに座っておしゃべりを始める。おくさのほっぺたとワンピースも、いつの間にかすっかり治っている。辛いことなんかなんにもなかったみたいに、ふたりで楽しそうに、幸福そうに笑いあっている。

7月9日(月)

彼女のことを、俺は幽霊のように感じていた。

結局最後まで夜にしか会わなかったからかもしれない。

「相変わらず堅実なお父さんだよね。誘えばラブホにだってくるのに、なにもしないなんて」

「……それはもしかすると、厭味《いやみ》なのかな」

「そう、厭味。わたしにだってプライドがあるんですよーだ」

幽霊にしては天真爛漫《てんしんらんまん》で、剽軽《ひょうきん》で明るすぎる、よく笑う女性だった。

からから笑う彼女がベッドに仰むけに、無防備に横たわっている。服は身につけているが、赤いワンピースははだけてブラ紐《ひも》が覗いている。酔った瞳もとろりと色っぽく蕩《とろ》けていた。

「……悪さをする度胸もない男なんだよ、俺は」

聖也なら――弟なら、こんなふうに身を投げだしている女を前にすれば、たとえ不倫でも、抱いていたんじゃないだろうか。あいつは恐れない。なにをするときも躊躇《ちゅうちょ》しない。そして、失敗しても巧みにのし上がることができる。俺とは真逆の冒険心にあふれた、器用で優秀な、誰もが愛する男だった。

「――かーずやさん。ま〜た弟さんと自分のこと比べてるんでしょ〜……？」

ふふふ、とおかしそうに眉をゆがめて彼女が笑っている。

「してみようよ、不倫。それでえ、奥さんにばれてえ、息子さんに軽蔑されてえ、別居したりバツイチになったりしてえ、ぐちゃぐちゃのどろどろの経験したほうがあ、和也《かずや》さんはきっと自分のこと好きになれるよ？」

そんなのは幼いころから何度も考えてきた、と感じる言葉を、この子は言ってくれる。俺が抑えてきた言葉や思いを俺の心のなかからとりだすようにして、声にして、他愛ないことだよとでもいうように笑ってくれる。彼女はそういう人だ。

「……わたしのこと利用していいよ、和也さん」

三年前、聖也を亡くしたあとに出会った彼女は、俺よりみっつしか歳が違わないのにひどく若々しくて勇ましい。水商売をしている女性だから、といったら偏見かもしれないが、一緒にいると自分は臆病者《おくびょうもの》なのだと痛感させられる。

臆病だ、昔から。四つん這いになって地面を叩いて、落とし穴はないと確信してからじゃないと立って前へすすめない。どうしたって、できない。

「据《す》え膳《ぜん》食わぬは男の恥って言うよな……ほんと、俺は恥ばかりの人生だ」

「ばかっ」

背中を叩かれた。

「ばかだよ。きみのことも俺は充分利用してきたと思う。ばかだった」

……ばかだった、とくり返した声が未練がましく小声になった。彼女が起きあがる。

「こっちむいて」と左腕をひかれてむかいあうと、両頬を細い指に包まれた。彼女は、厳しく尖《とが》った目をしている。

「和也さんの頭のなかは弟さんと奥さんと息子さんのことばっかり。駄目だよ、外にいるときぐらい全部忘れなくちゃ駄目。和也さんずっと怖い顔してるもん。……あなたは真面目すぎる。いいの。たまに忘れたっていいの。ほら、深呼吸して？　ひ、ひ、ふ～、ひ、ひ、ふ～」

「……それ、違うだろ」

「ふふふっ、いいから真似してっ」

　ふたりで額をあわせて、ひ、ひ、ふ～、と呼吸しあい、笑いあった。薄暗くてしずかなラブホテルに、自分たちの笑い声がひそやかにひろがる。

　出産する妻のために、生まれてくる子どもをふたりで想って、呼吸法を夫婦で練習しているような錯覚をした。でも彼女は妻ではないし、子どもができる行為もしたことはない。

「きみといると、ひとりの男でいられる」

「……うん」

「でも俺は現実では父親だ」

　桃色をした彼女の唇が微笑んだ。

「じゃー……わたしといるのは夢の世界ってこと？」

「そうだね、夢だよ」

　聖也からも、家族からも、逃げていられた。真面目すぎると彼女は俺を揶揄するが、彼女といるあいだ、俺は間違いなく現実では味わえない、甚く心地のいい解放感に満たされていた。

男として箔《はく》がつくような、悪さと言えるほどの悪さはできなかった。こそこそといたずらめいたつきあいを楽しませてもらったにすぎない。夢の世界だ、とロマンチックに言いながらも、彼女に吐露し続けたのだって会社や家族の愚痴だ。つまらないおやじの、つまらない相談に、嫌な顔ひとつせず乗り続けてくれた。甘えた孤独を、共有していてくれた。

「……いままでありがとう」

たとえば家族を捨ててこの子と再婚しても、俺は満たされないだろう。夢の世界に生きる、天真爛漫で剽軽な幽霊みたいな彼女を都合よく愛しただけだからだ。人間の彼女に用はない。

——……先輩。卒業しても、会ってください。

——ああ、べつにいいよ。またうちにくる？　聖也はいつも友だちと遊んでて、帰りも遅いからいるかわからないけど。

——えっ。

——勉強教えてほしいとか、もう変な理由つけなくていいからさ。まどろっこしいんだよ。聖也が好きなんでしょ？

——違いますっ、信じられない……そんなっ、信じられない……！　気づいてもらえてなかったなんてっ。

——は？

——わたしが好きなのは先輩ですっ。和也先輩がずっと好きだったんですっ。卒業式に告白してこんなこと言われるなんて思わなかったっ……なんで弟さんなんですかっ。

——え、俺？　いや、なんで俺？

自分を愛してくれる妻を、俺は愛した。受動的な愛だった。でもそれは思春期のころの俺がもっとも求めていた愛で、救いで、永遠に恩を返していくと誓った無二の女性だ。義務でも、苦行でもない。理屈でもない。業《ごう》、とは言えるかもしれない。いくら疎ましく思おうとも揺らぐことなく、妻は俺の生涯最後の愛だ。

「さよなら言わなきゃだめなの？」

彼女が囁くように問うてくる。

「……言わせてほしい」

「そっか……うん、わかったよ」

――父さんは、聖也さんのことをなにもわかってない、なにも‼

息子にはとうの昔に軽蔑され、嫌われていた。彼女とのことまで知られたいま、父親としての威厳など皆無だろうな。

聖也、おまえはこんな俺を見てどこかで嗤ってるんだろう……？

ホテルをでると駅まで歩いた。彼女の家がどこにあるのか俺は知らない。だが、いつも利用している電車とむかう方面は、知りあった店がある町へ繋がるものだ。

「和也さんはひとりにしちゃうと心配だなー……ストレスためて壊れちゃわないでね？」

「……うん、ありがとう」

「最後のキスもしないプラトニックな恋なんて、いまどき中学生でもしないよ……」

くすくすと彼女が笑っている。

この子がくれるものは、別れまでこんなにすっきりと清々しく後腐れないものなのか。本当に途方もなく強《したた》かで美しい。

「じゃあね、和也さん」

終電が近いせいか駅は大勢の人間で混んでいる。俺は先に彼女を見送ることにして、改札を通っていく彼女を見つめた。赤いワンピースの上にうすいカーディガンをあわせた細く小さな背中が、人波にまぎれていく。ふとふりむくと、俺の顔を見ておかしそうに笑った。

「好きだよ、和也さんっ」

のびあがって右手をふり、夜中の太陽みたいに明るくほがらかに彼女が笑っている。煙たそうな顔をした人たちが彼女の横を往き交ってながれて、太陽が埋もれていく。

「好きだったよ」

彼女がくり返す。

「好きだったよ、和也さん」

こたえられない。俺は笑顔のようなものを浮かべて、右手をふる。

「さよならね、和也さん！　元気でね！」

たぶん俺たちはもう二度と会わないだろう。

ここで別れて、別々の人生を生きて、おたがいの居場所を教えることもなく、最期に言葉をかわすことさえなく、別々の場所で死んで逝く。

死に顔も見られないのは、ともすると聖也との別れ以上に残酷なことなのかもしれない。

こんな虚しい永遠の別れを、人は、きっと自覚もなく日常的に重ね続けている。

「……さよなら」

せめて忘れずにいよう。きみがくれたひとときの夢。それだけは。

7月10日(火)

――店の常連さんに、山へバーベキューしにいかないかって誘われたんだけど、明もくる？

七月に入ってだいぶ暑くなってきた火曜、晴夜さんの言葉に甘えて車で数時間の山へきた。

「花梨《かりん》さん、ラフな格好もすごく素敵ですね」

「そう？　こんなの近所のコンビニ買い物スタイルだよ」

「いえ、ジーンズだと脚の細さと長さが際立つし、色っぽいですよ」

「スキニーパンツね？　あずちゃんも今日は素敵じゃん。そのポロシャツ似合ってる」

「今日は、って」

「あはは っ。今日は、だよ」

花梨さん、という大人っぽい女性の笑いにつられて、ほかのメンバーも晴夜さんを見て「ずまさんはたまに服装やばいよね」「やばいやばい」と笑い始める。

〝あずちゃん〟に〝ずまさん〟……。紹介してもらった常連さんというのは『あずま』の近所にある美容院の店員さんたちだった。みんな髪型も服装もお洒落できらきらしている。女性四人、男性三人のきらきらメンバーにまざる晴夜さんとぼくは、異分子めいていた。とはいえ、晴夜さんはつきあいの長さもあってか、ちゃんと溶けこんでいる。

「いまはぼくのファッションセンスを監視してくれる人がいるんですよ」

どき、として、うつむいて肉を囓《かじ》る。

「えー、誰それ。あずちゃん、やっといい人できたの？」

「ずまさんもとうとう結婚かー？」

「店長ってモテそうなのに、そっち系謎ですもんね」

「うん、セーちゃんの恋愛って謎～」

みんな川辺においたバーベキューコンロのまわりに立ち、肉や野菜を食べながらぼくの右隣にいる晴夜さんをからかっている。てか、いくつあだ名があるんだ……。

「明ちゃんは知ってるの？」と奥のほうから花梨さんが声を投げてきた。

「ぼ、ぼくですか」

あきらちゃん。初対面でちゃんづけ。

「うん、あずちゃんが友だち連れてくるのも珍しいしね。明ちゃんも常連って言ってたけど、仲がいいんでしょう？　カノジョ知ってる？」

……美容院の店員さんはお客さんと会話するのも仕事なところがあるから、人づきあいに慣れているんだろうか。やたらフランクでどぎまぎする。ぼくも店員さんと会話できるほうではあるものの、内容にもよる。恋愛とか、カノジョとか、晴夜さんの恋人とか……そんなのは、まったく得意じゃない。

「カノジョは知りません」

「カノジョは、か～。じゃあ候補の子ができたのかな。まだあずちゃんの片想いとか？」

花梨さんが片眉をあげて、探るような笑顔になる。花梨さんは目力のある美人だ。ほかの女性は童顔の可愛い系だから、彼女の大人っぽさは際立っている。

「照れちゃうからそのへんにしておいてくださいよ花梨さん」と晴夜さんが割って入った。

「あずちゃんからわざわざ尻尾《しっぽ》だしてきたんでしょーが。聞いてほしいんじゃないの〜？」

「ないですないです、ごめんごめん」

晴夜さんと花梨さんこそ、いままで恋愛絡みの出来事がなかったのかと勘ぐりたくなるほどお似合いだった。美男美女で、ならんでいる姿を想像してもしっくりくる。晴夜さんのどことなく慇懃《いんぎん》な態度から察するに、店主と客、の一線を越えたい相手ではないっぽいが。

「明君はずまさんとどういう関係なの？　常連ってだけ？」

左横にいる男の人が、ぼくの顔をうかがって訊ねてくる。暑く眩しい太陽の光と、さらさらながれる川の水音、木々のまわりを飛んでいる鳥とセミの鳴き声。清涼な空気。

「……人生相談に乗ってもらってる、癒やし、かな」

「人生相談！　お父さんかいっ」

ははっ、と笑われてガーンときた。お、お父さん……。

「お父さんほど歳の差はないですよっ」と晴夜さんがつっこんだ。

「えー、でも明君、大学四年生って言ってなかった？　三十五なんておじいさんだよね？」

「せめて〝おじさん〟にしてくださいよ、〝おじいさん〟は言いすぎでしょー……」

隣で晴夜さんがげんなり苦笑している。聖也さんと二十一の歳の差があったことを考えれば、晴夜さんとの十四の差などよくあるものだと思う。それに実の父親は四十四だ。

「セーちゃん、わたしと結婚してくれるって約束してたじゃん～」

花梨さんの隣にいる女性が、わざとらしくがっかり笑いながら揶揄する。結婚……？

「約束はしてませんよ、なつみさんが勝手に言ってただけでしょう」

「え、ひどくない？　わたしの唇奪っておいてさ～」

晴夜さんとぼく以外のみんなが、「でた」「伝説のキス」と口々に囃《はや》したてて爆笑しだす。

「奪われたのはこっちです。なつみさんはカレシ欲しいならまず酒癖なおさないとね」

「わたし酒癖悪い？　嘘でしょ？」

「おまえは悪いよ」「悪いな」と非難がなつみさんにむいて、「えー」と彼女が不服そうにすると、また笑いがひろがった。

ピーマンを口に入れて、トマトを齧る。人はいろんな物語の人生を生きている、と教えてくれたのは晴夜さんだ。でもひとりの人間が抱えている物語はひとつじゃない。学校での物語、仕事先での物語、友だちとの物語、家族との物語――。

これが晴夜さんの人生の物語のなかで、ぼくが知らなかったひとつの世界、なんだな。


食事が終わると、それぞれが川遊びを始めた。釣りをしたり、膝まで川に浸かって水遊びをしたり、スマホで景色を撮ってＳＮＳに投稿したり、岩に座っておしゃべりしたり。

「明、あっちにいってみよう」

ぼくは晴夜さんに誘われて、人が少ない川辺へ移動した。事前にふたりで計画して用意しておいた短パンへ着がえて、川に近づく。

透きとおって底まで見える美しい川。敷きつめられた石が川面越しに揺らいでるのも綺麗で、見惚れつつ裸足のつま先だけ入れてみた。

「わっ」

「あぁ、結構冷たいな」

氷水みたいにキンと冷たい。尻ごみしていたらふいに左手を掴まれて、奥へすすむ晴夜さんにひっぱられた。

「待って、ゆっくりっ」

「大丈夫、おいで」

川のながれは意外とはやくて力も強い。目ではゆるやかに見えるのに、底のほうは激しくて転びそうだった。どんどん深くなって膝まで埋《うず》まり、腰も沈む。

「晴夜さん、ながされるよ」

「摑んでてあげるから、そこの岩陰までいこう」

正面に大きな岩がある。さほど遠くもなく、晴夜さんと手を繋いで歩き、たどり着いた。草木が垂れこめて、ぼくらの周囲を囲んでいる。水と木々の澄んだいい匂い。セミの声。お腹が冷たい。短パンの全体が川に浸かって、Tシャツの裾《すそ》も濡れている。透明な川の水を掬ってみると、自分の真っ白い掌の上できらめいてこぼれていった。光を乗せた掌とともに、心まで輝きながら透きとおっていく気がする。

「魚もいるね」

晴夜さんの視線の先を探ると小さな魚の鱗《うろこ》がきらと揺れて、数匹泳いでいるのが見えた。

「魚と一緒に川にいる……ぼくら、野性的ですね」

「野性的？」

「ここまで浸かるのは予定外だったけど、気持ちいい」

ははは、と晴夜さんが笑う。腰を抱かれて唇にキスをされた。濡れた冷たい唇。……ちょっとバーベキューのタレの味がする。岩に隠れて、深く、長く、とめられなくなってしまったキスをしばらく味わう。

「……セーちゃんは、お仕事でキスもするんですね」

ぼくもからかったら、苦笑を洩らした彼に強引に抱きしめられた。口が彼の肩につぶれる。

「明に会う前の話だよ」

「……落ちついた声で甘く弁解するところに、〝おじいさん〟の風格を感じる」

耳たぶを軽く噛まれた。

「あだ名もいくつもあったね」

「いろんな顔があるんだよ。明に見せてる真実以外の、嘘の顔が」

「嘘なんですか」

「むちゃくちゃで子どもっぽくてスケベなのが、本当のぼくだから」

言いながら、片手でTシャツの裾をたくしあげて腰を撫でられ、お尻も揉まれた。恥ずかしさもあってぼくが喉で笑うと、晴夜さんも笑った。晴夜さんの腰にぼくも両手をまわす。

「……晴夜さんは、ぼくのところにきてくれるね」

「ん？」

心春が晴夜さんと聖也さんは似ている、と言っていたのをまた思い出していた。大勢の輪の中心にいて、ぼくを見もしないところがそっくりだと。でも晴夜さんはきてくれる。輪から離れると抱きしめにきて、あっちにいたのは嘘の自分だ、とまで言ってくれる。

「過去にもちょっとは嫉妬するけど……帰ってきてくれるから嬉しいです」

「明は肉欲は許すんじゃなかったっけ」

「嫉妬しないとは言わない」

「ふむ。それもそうか」

左腕に、木洩《こも》れ日《び》があたって熱い。晴夜さんから身体を離して、その熱くなった部分に水をかけて冷やしたら、濡れた腕に晴夜さんがキスをしてきた。

「晴夜さん、こんなふうにいちゃいちゃしててばれないかな」

「大丈夫でしょう」

ばれないから大丈夫、じゃなくて、ばれても大丈夫、というふうに聞こえた。

脚に川の水の圧が絡みついてすり抜けていく。透徹した心地よい冷たさ。涼しさ。

「すげーっ、ながれはえーっ」と、突然子どもの声が響いた。岩陰から顔をだして見る。べつの場所でバーベキューしていた家族かな。川の真んなかで、お父さんらしい男性とふたりで手を繋いで両腕をあげ、ながれてくる川と対峙《たいじ》するように立ちはだかっている。

「逆境に負けない！」

「世間の荒波にながされねえぞー！」

叫んで、ぎゃははは、と笑っている。ふたりだけのゲームっぽい。逆境か……。

「晴夜さん」

「うん？」

「おくさには、ロボロンが必要みたいです。ぼくにはもう、ふたりをひき離せない。ふたりが見つける幸せを見守っていきます」

「……うん」

「それで、ぼくには晴夜さんが必要です」

また口にキスをされた。

「それで、って。おくさちゃんからなにか教わったの……？」

晴夜さんの優しい目もとを撫でて、微笑みかけてうなずいた。

「晴夜さんも〝おくさちゃん〟〝いしし君〟って呼ぶよね。ゲームの子でも大事にしてる」

「ああ、そういえばそうだね……可愛いからかな？」

それに、ぼくのことは近ごろ〝ヨル君〟って呼ばない。

「晴夜さんっ」とはしゃいで飛びついて、もう一度抱きしめてみた。

「わ、どした？」

晴夜さんも笑う。木々の傘のあいだからこぼれる陽光に、晴夜さんも顔を照らされている。

「またふたりで山にこよう。晴夜さんの休みの日にでも」

「いいよ、じゃあ次はキャンプもしようか。望遠鏡も用意して夜には星を観よう」

「うん」

「で、いちゃいちゃしよう」

「決まり」

にやにや笑いあって、額へキスされて、ぼくも彼の口にキスを返して、またにやにやした。

結婚の約束ができなくても、家族を増やせなくても、ぼくもおくさもみんな幸せになれる。

絶対、なれる。


夏休み前になって登校日も減ると、昼も『あずま』へ通うようになった。近所の会社の昼休み時に被らないようすこし時間をずらせば、晴夜さんとのんびり会話することもできる。

「――じゃあ、晴夜さんが最近、黒い気持ちになった話を聞かせて」

「黒い気持ち？　そうだなあ……」

今日は生姜《しょうが》焼き定食にした。すった生姜がまぶされた、辛すぎないやわらかい味の生姜焼きがお気に入りでよく食べる。夏場に生姜を食べると健康になれそうで、気分的にもいい。

腕を組んで唸《うな》っていた晴夜さんが、「ああ」と思いあたったように眉を上げた。

「先日の夜、赤ん坊を連れてきたお客さんがいて、おひきとり願ったな」

「夜に？　居酒屋ですよね？」

「日づけがそろそろ変わるかって時間帯だったね。あの親には黒い気分になったよ」

「それはなって当然でしょ。酒を呑む店に、夜中赤ちゃんを連れてくるなんて……我慢するか誰かにあずけるかしろよ、くそ親だ」

「はは。明もなかなか言うね」

「あき兄はもともとこういう人なの」と、ぼくの左で野菜丼を食べている心春がつっこんだ。

「明るくて正義感が強くてまがったことが大嫌い。よく笑うし、叱りもする」

「そうだね……最近は明のいろんな面を知られて嬉しいよ。心春ちゃんとも仲よくなれたら嬉しいな」

心春が晴夜さんを睨んでから目をそらし、野菜丼を口いっぱいに頬張る。おいしいらしい。

「晴夜さんの料理は大好きみたいです」

「それはよかった」

晴夜さんがにっこりすると、心春に肩を叩かれた。余計なこと言うな、と顔が怒っている。

「ほんとに、お兄ちゃんが大好きな妹って感じだね……心春ちゃんは」

今日は心春も一緒だ。心春の買い物につきあった帰りに寄ったから。晴夜さんとは仲が悪いようでいて、親しくなってきているのも感じる。

心春には晴夜さんとのつきあいの近況報告をしているうちに、父さんのことも軽く話した。身内の恥にはかわりないので〝勘違いだった〟とひとことで説明したものの、心春は男の不埒《ふらち》を地の果てまで恨み続けるぐらいのたいそうな潔癖《けっぺき》だから、予想どおりかなり軽蔑した。

ところが、晴夜さんがスマホで証拠画像を残して守ってくれたエピソードにはぴくりと反応して、〝感心した〟みたいな、やや上から目線の評価もくれたのだった。

「わたしは料理しか認めてない」

つんとすましてこんなことを言うけれど、受け容れようとしてくれているのは見てとれる。淡泊な心春が喜怒哀楽を赤裸々に、抑えず見せるのは、心を許した相手だけだからだ。

「ぼくが恋人をつくるには、心春の許可をいただかないと駄目みたいなんです」

自分で言いながら、面映くて笑ってしまう。

「そうらしいねえ……心春先生に受け容れてもらえるように努力していかないとな」

晴夜さんが心春のグラスをとって、残り少なくなっていた麦茶をつぎ足す。フン、と心春は鼻を鳴らす。

「店長ー、じゃあわたしあがります～」

カウンターの奥から女性店員さんがでてきた。鞄を肩にかけ、帰り支度をすませている。

「ああ、お疲れ。ケイちゃんは明日の昼もきてくれるんだっけ」

「はい。ちょっと遅くなっちゃうかもなんですけど、忙しい時間帯には間にあわせますね」

「助かるよ」

ぼくらにも「すみません」と頭をさげてはにかみ「ごゆっくりどうぞ！」と店をでていく。

「あの店員さんはケイちゃんっていうかたなんですね」

初めて名前を聞いた。

「そうだ、明たちには紹介してなかったね。学生のバイト店員で、普段は夜だけきてくれてるケイちゃん。学校が休みに入ってから昼も働いてくれてるんだよ」

「心春とくると、いつも接客してくれてました」

「そうそう。元気でいい子でしょ。デザイン系の専門学校に通ってて、最近うちの店のチラシとかもつくってくれてるんだよ」

話しつつ、晴夜さんがレジ横の棚からチラシをだしてきてぼくらの前においた。

【食事処あずま　夏の新メニューのお知らせ】と、大人っぽい書体に可愛いイラストを添えてシンプルにデザインされている。高級感強めで仰々しかったり、ポップすぎたりしないチラシは、主張がひかえめながらも対象年齢が曖昧《あいまい》だからとても見やすい。

「老若男女《ろうにゃくなんにょ》問わず手にとれるチラシですね」

「そうなんだよ、いいでしょ？」

「晴夜さんらしい雰囲気もあります。しずかでほんわりして、晴れの夜っぽい」

「……のろけ」と心春に横からつっこまれた。

「え、のろけ？」

指摘されると顔が熱くなってくる。心春の目が細くなる。

「明はたまに詩的な告白をくれるんだよね」と晴夜さんも笑う。

「詩的って、名前にあってるって言っただけですよ」

「ぼくの名前を〝晴れの夜〟って表現するところが詩的かな」

「そのままでしょ」

恥ずかしくなってきて、生姜焼きを頬張ってお味噌汁をぐっと飲んだ。まだ心春の視線を感じる。自分の顔が赤くなっているのが、心春の視線の強さでわかる。

食事を終えてレジへいくと、「わたし先にでてる」と心春が店の外へいってしまった。

「……気をつかわせちゃったかな」

晴夜さんが苦笑する。ぼくもすこし困る。

「べつにいいのに……。でも、感謝するところ、なのかな」

店内には誰もいない。窓から入る陽光が真っ白く目映《まばゆ》くて、セミの鳴き声がほのかに近くて、ぼくらだけがいる。

「じゃあ……」と晴夜さんがカウンターからでてきて、ぼくの口にキスをくれた。

「〝またね〟しようか」

微笑んで、額にもキスをくれる。ぼくもふふと笑ってしまう。

「はい。〝またね〟ですね」

「夜も連絡するよ。『アニパー』でもいいし、すこし話そう」

「うん。待ってます」

出入り口まで見送ってもらって退店し、急いで心春を追いかけた。日傘をさして、買い物袋をたくさん抱えている心春が道の端に立っている。ぼくは心春の荷物を持って、それでふたりで歩き始める。

きつい太陽光に灼《や》かれて、店のクーラーで冷えていた身体が一気に熱していく。風も弱く、動かない熱気だけが全身にまとわりついてきてやわらかい毛布に包まれているみたいだ。セミの声もさっきよりじりじり騒がしい。心春はうつむいている。

「心春」

声をかけたら遅れて、ん、と短い相づちが返ってきた。

「晴夜さんには、まだ言ってないんだけどさ」

「……。うん」

「ひとり暮らし始めようと思ってるんだよ」

バス停について屋根の下に入ると、日陰はまあまあ楽だった。自動車が前方を横切っていく。小学生ぐらいの子どもたちも、笑いながら走りすぎていく。

「わたしも遊びにいっていい」

「もちろんいいよ」

……秘密基地みたいだよね、と小声で続けた。

ぼくと心春は幼稚園のころ、よくふたりで秘密基地をつくって遊んだ。押し入れのなかとか、土管型の遊具のなかとか、テーブルの下でもよかった。全然秘密になっていないんだけど、先生やほかの子どもたちの輪から逃れて、隔離された狭い場所にこっそり隠れておままごとしたり、積み木で遊んだりするのが、とても特別なことに思えて楽しくて、大好きだった。

心春が日傘をとじてぼくを見あげた。

「うんっ」

太陽に照るひまわりみたいな満面の笑顔で、力いっぱいうなずく。


帰宅すると、リビングのほうがなにやらにぎやかだった。

「ただいま……?」

首を傾げて近づいていき、声をかけたら、ソファに座っている母さんが両手で顔を覆って、その正面に父さんが立っている。

「なに話してたの」

怯えが自分の声にも表れていた。父さんはこちらを見て首をふり、苦笑してため息を洩らす。

笑っている……？

「あっくん、おかえり……聞いて、お父さんがネックレスくれたのっ……」

……は？

「泣くほど喜ぶことでもないだろう……」

父さんはいたたまれなさげに後頭部を掻く。

「そんなことない」

母さんは心春より歳下の、女子高生みたいな幼い真っ赤な泣き顔で頭をふる。

「わたしがブルームーンストーン好きだったこと、憶えててくれたの？」

「……まあ」

「教えたのずっと昔なのにっ……」

母さんがまた顔を覆ってしまう。学生のころ、父さんが憧れの先輩だった、という当時のままみたいな恋しげな反応。居心地悪そうな父さんもまんざらじゃないようすで、ふたりのあいだだけ時間が過去へ戻っているみたいだった。

「……夕飯の用意ができたら呼んでね」

ひとこと言いおいて自室へ戻った。

父さんも最近は帰宅がはやい。今日はまだ四時だ。取引先から直帰したのかなんなのか……呆《あき》れるやらほっとしたやらで、怯えて損した。

ぼくが実家をでれば、父さんはもっと意識して母さんと過ごす時間を増やすだろう。会話も増えるんじゃないだろうか。いまこのタイミングでぼくがひとり立ちするのはきっと正しい。

——不思議なことに、人間は必要なときに必要な人と会えるものだから。

父さんがあの女の人に支えられていたことも、ぼくが聖也さんを求めて晴夜さんと出会い、人生の転機でこの決断に繋がったことも、晴夜さんの言うとおり巡りあわせなのかな。


夕食後、家をでて自転車に跨《また》がり、ぬるい夏風を切って三年ぶりに聖也さんのアパートへいってみた。まだそこにいる気がする、でもいない。気配の余韻は感じるのに現実には存在していない彼の、あの想い出が染みついた家へいくのが、ずっと、たぶん本当は怖かった。

アパートの前で自転車をとめて、地面につま先をついて見あげた。

彼の部屋には灯りがついていた。明るく、人の住んでいるようすがうかがえる。だけどぼくが知らない、可愛らしい花柄の、ピンクのカーテンがかけられていた。

聖也さんが海外にでかけて、留守にしている雰囲気もなかった。彼が去ったそこへ新しい人がやってきて、新しい生活を築いていた。あの人はいない。いなくなっている。いなかった。この世界に聖也さんはいなかった。

子どものころ、何遍も走ってのぼったこの階段に、もう踏み入ることができない。エレベーターのなかのちょっと苦手だった匂いも、ボタンを押すかたい感触も、細い廊下の閉塞感も、幼いときずっと身近にあった肌になじんだ当然の感覚なのに、再び体感することは許されない。阻まれているのを感じる。ここはもう、ぼくがきていい場所じゃなくなっている。

心のどこかで、こうしてここへきたところで聖也さんの死を実感する事柄はないだろうとも思っていたのに、ちゃんと現実があった。死の事実があった。

聖也さん。一緒にゲームしたね。卵が焦げたあの親子丼、また食べたいよ。声が聞きたい。男となんかつきあえるわけねーだろとか、ちゃんと女と結婚しろとか、そんな言葉でもいいから、また聞かせてほしいな。ぼくを子ども扱いするときの笑顔でいいから、もう一度見せてほしいよ。会いたい。……会いたかった。

さよならなんだね、聖也さん。身体と身体は必ず離れて、別離を迎えるものなんだね。夫婦や家族みたいに、心だけでも繋がっていればもうすこし喪失感に苛まれずにいられたのかな。恋人でも夫婦でも、家族でもなかった。ぼくは聖也さんとなにも繋がっていなかった。ただの親戚だった。その縁だけがふんわりただよって残っている。

さよならだ。

だけどね、父さんだって、まだあなたの存在に縛られているよ。心春もちゃんと憶えてる。ぼくたちは聖也さんと一緒にまだ生きてる。

――忘却こそ本当の死だ。

晴夜さんの言葉はいつも正しい。

あなたは死んでいないよ。ぼくも自分が死ぬまで、あなたを亡くさないよ。

ちゃんと聖也さんがくれた初恋の想い出を大事にして生きていく。生きていくよ。

そうだ、さよならじゃない。またね、だよ。

またね、聖也さん――。

父さんと母さんに許可をもらうと、晴夜さんにもひとり暮らしの件を話して、お店の昼間の仕事がない日曜日に部屋探しへつきあってもらった。

「心春もくるし、贅沢かもしれないけどユニットバスはさけたいな……女の子は嫌だと思うんですよね」

「そうだねえ……って、明は心春ちゃん基準で部屋を探してるの？」

「もちろん自分もユニットバスはホテルでしか経験したことがないので、ちょっと苦手なんですよ。ほんと贅沢なんですけど」

「ほう」

夏の太陽に灼かれて、不動産屋のガラスの壁にくっついている間取り図の資料を眺めながらうーんと唸る。

「父さんは好きな部屋を選んでこいって言ってくれたんですけど、呈示してもらった予算的に……ねえ晴夜さん、この敷金礼金ってくせものなんですよね？」

ふりむいたら、晴夜さんが至近距離にいて「わ」とびっくりした。む、としている。

「明はいつまでひとり暮らしをする予定でいる？」

「は」

「ぼくと暮らすって選択肢はないのかな」

暑さが、太陽のせいだけじゃなくなった。顔と腕と背中にじわっと汗がにじんでくる。

「は、はやすぎますよ、そんな、一緒にって、」

持っていたタオルで顔と額を拭きつつうつむいたら、晴夜さんは機嫌よくなった。

「そこまで赤くなって動揺してくれるなら満足だな」

「ま、んぞく、とか……動揺しますよ、当然……」

まさか同居の提案をされるなんて思わなかった。

「でもいずれ一緒に暮らそうよ」

晴夜さんはコンビニへいこうぐらいの表情とノリで言う。

「晴夜さん……あの、ぼくたち、せ、」

「ん？」

「セッ、クス、も、まだ、してませんよっ」

ぶは、と晴夜さんが吹きだした。口を右手で押さえて顔をそむける。

「明の同棲の合格ラインはセックスなんだっ……」

「ど、同せ……、や、合格っていうか、」

「身体の相性は大事的な？」

「……つきあいの、段階的な問題です。恋人になっておつきあいし始めたばかりなのに、同せ……一緒に暮らすって、ステップアップしすぎで」

「婚約はすんでるのに？」

「えっ」

最後にしようって誓ったでしょ、と晴夜さんがぼくの耳に小さく言う。晴夜さんの爽やかなコロンの香りが鼻を掠めた。

「……そう、ですね。あれはプロポーズ、ですね」

気持ちは言葉のままながら、感覚がついていってなかった。そうだ、あれは生涯をともにしましょうというプロポーズだった。……なら、たしかに一緒に暮らすことも視野に入れていい、んだろうけど。

「……暑いから、お茶休憩しましょう」

晴夜さんの左腕を摑んで、炎天下の不動産屋から離れた。暑さと動揺で脳天が灼けて思考回路まで壊れる。

「はいはい」

笑っている彼をひっぱって繁華街を歩いて、見つけた喫茶店へ入った。

先にカウンターで注文するタイプの喫茶店なので、ぼくは夏限定オレンジソーダ、晴夜さんもおなじく限定のライムソーダを頼んで、受けとってから窓辺の席へならんで座る。

「単なるソーダなのに、五百円ってばか高いね」

今日も晴夜さんの食べ物に対する辛口感想がでた。にっこり笑顔で毒を吐くから、ぼくは吹いて噎《む》せてしまう。「そういうお洒落な店なんです」となだめても「ぼくなら半額で作る」と続くから、笑いがおさまらなくて飲み物が飲めない。

きついクーラーのおかげで身体も冷えて快適になってきた。笑いが落ちついてようやく飲めたジュースもおいしい。値段相応かは謎だけども。

「さっきの話……晴夜さんは、お店の上に住んでるんですよね」

「そうだよ。安心して、ユニットバスじゃないから。心春ちゃんも歓迎するし」

……心春は嫌がる気がする。

同棲か、と改めて考えてみた。ストローを手持ち無沙汰に掻きまわす。

「ぼくは、院に進学できたら、いまより忙しいんですよね。文系だから理系より多少は楽だと思うけど、晴夜さんと会える日は確実に減るはずなんです」

「残念だね」

哀しみを口にしつつも、晴夜さんは悲嘆に暮れず真剣な表情のまま聞いてくれている。

「うん……淋しい。でもぼくはちゃんと勉強したい。結論から言うと、二年間はひとりで暮らして勉強に集中したいです。父が援助をするって言ってくれている手前、晴夜さんと暮らすとなると説明も必要になってくるし、婚約がすんでいるとはいえ、カミングアウトははやいし」

「わかった。同棲の計画は二年後にまた始めよう。ひとつ屋根の下ですれ違うのもよくない。どうせ二年なんてあっという間だよ。いまよりすこし会えない程度の距離でつきあい続けて、ご両親に挨拶しにいけるまで仲を深めていけたらいいね」

微笑む晴夜さんが、ライムソーダを飲む。いささか拍子抜けするぐらいすんなり聞き入れてもらって、彼の懐の深さというか、器のでかさというか……包容力を改めて感じた。

「晴夜さんはやっぱり大人ですね」

「はは、どういうこと？」

「ぼくの友だちにも院にいくって決めてる奴がいるんですけど、彼女が歳下で、揉めてるみたいなんです。そいつは理系で、院にいったら大学に寝泊まりするぐらい忙しくなるのも確定してるから、彼女が〝会えない〟〝デートできない〟〝愛されてない〟って言って、ぐずってるって」

高校の友だちで、大学はべつだから時折会って近況報告をする仲間のひとりだ。先日ひさびさに呑んだら、そんな愚痴を洩らしていた。『子どもすぎて疲れる、別れっかな。あんな奴と将来続くと思えねえし』と。

「やー、おじさんもおじさんなりに切なさはあるよ。でも枷《かせ》にはなりたくないじゃない？」

「……我慢してくれてるってことですか？」

「そうだね。若い女の子よりは二年を重く感じてないと思うよ。でももちろん淋しさはある。ただ、こういうとき、我儘《わがまま》を言うより諦めて受け容れるほうを選んじゃうんだよね、おじさんは。最初から明が夢多き学生なのもわかって口説いてたわけで、覚悟してたし」

「覚悟……」

子どもと大人では、おなじ淋しさでも悩みかたが違うんだな。

晴夜さんの長い指がジュースのカップに絡みついている。水滴がついて濡れた指先がほんのり赤い。ぷつぷつ弾けるにごった白いライムソーダの泡。

「……わかった。話せてよかったです。晴夜さんが切ないって感じてくれてるのも知られた。ぼくもおなじだから会いにいきます。いっそ晴夜さんの家のそばで物件探して店に通おうかな。大学にも近いし」

「大学に近いの？　ならそうしてって頼みたいな。ぼくも会いにいける。明が疲れてる日にはこっちから料理をさし入れにいくよ」

「ほんと？　なんか……楽しくなってきた」

笑ったら晴夜さんも笑ってくれて、ふたりしてにやけた。

援助してくれる父さんに罪悪感も湧くけど、料理がてんでできないぼくの健康維持に晴夜さんは必要ってことで許してほしい。

「バイトする余裕ができたら、お店の手伝いもしてみたいです。料理も勉強しなきゃ」

「明が？　ん〜……お客さんに口説かれそうで嫌だなあ」

「女の人に口説かれてもなびきませんよ」

「サラリーマンのお父さんにも可愛がられそうでしょ」

「どうだろう。ケイさんはモテるんですか？」

「モテるモテる。ケイちゃんのファンはたくさんいるよ。セクハラしてくるのまでいる」

「え、最悪じゃないですか。女性をそんなふうに怖がらせる男は最低です」

晴夜さんも「……うん」と深刻にうなずき、ライムソーダを飲む。ぼくも神妙にオレンジソーダを飲む。働きたいだけなのに仕事に関係ない心配をしなきゃならないのは厄介だな。

ガラス窓のむこうで、太陽の光を燦々《さんさん》と受けて楽しそうに繁華街を歩くカップルが通りすぎていく。

「……まあ、じゃあこの二年のあいだに、セックスこみの恋人同士になっていこうね」

オレンジソーダの炭酸が、喉の変なところにひっかかって噎せた。

「はは。焦ってる焦ってる」

「二年……かけるのは、さすがにゆっくりすぎませんか。一ヶ月ぐらいでも、ぼくはいい」

「そっちっ？」

今度は晴夜さんも笑って噎せる。

「明はたまにななめの発言をしてくることがあって、それがまたたまらなくなるよ……」

「ぼくはいたって真面目です」

「だから可愛いんだって」

甘い言葉を聞きながら、テーブルの上に伏せられている彼の右手を見た。ぼくが口説かれてどきどきするのはやっぱりこの人だけだな……。綺麗な長細い指に自分の左手を重ねてみた。

「どうしたの？」

この手に抱かれたい。

「……晴夜さんといると、楽しみなことがたくさん増えていきます」

晴夜さんも首を傾げてにっこり微笑んでくれる。

「ぼくもだよ。ひとまず物件探して、今日も一件ぐらいは内見しにいこうか」

「はい」

こたえて、ぼくも微笑みかけた。ふわりと浮いた彼の手が、ぼくの指を握り返してくれる。


七月十五日から『ライフ』で夏イベントが始まった。

『ライフ』の島にはおくさが住んでいる森の町のほかに、雪が降り続いている雪の町、湖のなかにできた水の町、山の上にある空の町があって、その中心に花の町というのがある。それぞれの町に暮らしているみんなが集う、首都みたいなところだ。そこではさまざまな季節のイベントもあるようで、夏は花火大会が連日行われていた。

今夜もおくさに野菜サラダをあげて満腹にしたあと、ぼくは手紙を書いて鳥に託し、ロボロンに送った。今夜花火にいきませんか、という誘いだ。実際に文章が送れるわけじゃなく、日時を指定するだけの簡素なラブレターなんだけど、たいてい返事はすぐに届いて、オッケーだとおくさの部屋にあるカレンダーに赤いまる印がつく。

反応を待っていたら、思いがけず手紙の返事はなしにロボロンが家へやってきた。おくさが笑顔になってロボロンのところへ走っていく。え、バグ……？　返事は届くはずなのにな、と首を傾げるぼくをよそに、ロボロンの頭の上に吹きだしが浮かんで花火の絵がでる。ロボロンがおくさを花火に誘っているっぽい。おくさも小さなハートマークを散らして、両手をあげて喜んでいる。〝いくいく！〟とこたえてるみたい。それで、ふたりは花の町へ歩いていった。

……もしかしたらロボロンは最初からきてくれる予定でいたのかもしれない。そこにぼくの手紙がぶつかって、弾かれたのかも。やるな、ロボロン。

花の町に着くと、ほかのモンスターたちも川辺の花火会場へ集まっていた。いつものごとくみんなおくさの匂いを嫌がって離れていく。おくさとロボロンの周囲から綺麗にまるく輪を描くように空間ができて、笑顔でいるのもふたりだけになる。

ロボロンとおくさは会場の隅っこの木陰にならんで立った。椅子もいくつか設置されているのに、暗くて人けのないそんな場所に自然と。まるで〝くさい自分が真んなかにいたらほかのモンスターが席へ座れなくて、楽しく花火を観られなくなってしまうから〟と、おくさが配慮したように感じられて、勝手に胸が痛んだ。

花火が始まった。ぽぽん、ぽぽん、と音をあげて、赤や青や緑の花火が空に咲く。

おくさとロボロンは、木陰に立ったままそのようすを眺めていた。おくさの恋愛メーターが満杯MAXになって、ロボロンのメーターもぐんと上がる。ぼくは写真機能でふたりが花火を観ている背中と花火を撮ってあげた。夏の夜のふたりだけの大事な想い出。

ふたりともにこにこ嬉しそうに笑っている。幸せそうに、笑っている。

海の日の月曜と、翌日十七日の火曜は、晴夜さんも祝日と定休日が続いたおかげで二連休になったので、ぼくの部屋の物件探しと称してデートをした。

いくつか内見して、最後に理想そのものの部屋に出会った。

八畳のワンルームでトイレバスべつ、新築の鉄筋コンクリートなうえ、エアコンまでついている。クローゼットやシューズボックスの収納も完璧、天井にはお洒落な照明器具もついていて格好いい。宅配ボックスもひとり暮らしには便利だし、インターネットも無料だという。おまけに近所にはコンビニとスーパーとドラッグストア、大きな病院まであった。それで予算内で、しかも敷金礼金がない。無論、晴夜さんの家にも徒歩五分ほどでいける。

「こんな完璧な物件ないよ」

興奮したら、晴夜さんも「四階なのに窓からの景観が建物だらけなのは残念だけど、部屋は悪くないね」と褒めてくれた。

契約が二年更新なのも都合いい。

「どうしてこんなに素敵な部屋なのに安いんですか。事故物件とか?」と訊ねたら、晴夜さんと不動産屋の担当さんが一緒に吹いた。

「ここの最寄りの路線は、あまり人気とは言えないんですよ。あと近くに小学校があるので、運動会とか行事のあるときなんかはなにかと騒がしいんですよね。そういうところが苦手なかたは苦手みたいで」

「そうなんですか……ぼくはどっちもオッケーです。子どもの声も全然気にならないな」

そしていったん家へ帰って、父さんと母さんにも物件のチラシを見てもらい、気に入ってくれた結果、決定したのだった。

「これで院の入試に落ちられないな」と父さんににやりと笑われた。

「大丈夫だよ、落ちたりしない」とぼくもこたえた。なんせ、ぼくが希望している院のゼミへすすむ人は少ない。大学側も院生を欲している状態で、落ちる確率のほうが低かった。

「油断はしないで勉強も頑張るけど、あと二年の学生生活、お世話になります」

照れくさく思いつつ、両親に頭をさげて礼を言った。父さんも照れたように苦笑して、母さんはすこし涙ぐむ。

このとき本当に、父親の援助を受けながらではあるけど、自立するんだな、と実感した。

――『引っ越しは、業者に頼まなくてもいいよ。レンタカーでトラック借りてすませよう。そのほうが安あがりでしょう。ぼくが手伝うから』

夜、眠る前に『アニパー』で会うと、晴夜さんがそう言ってくれた。

──『本当ですか。たしかに、荷物はあまりないから自分たちでも大丈夫そうですけど……またお休みをつぶしてしまうのは申しわけないような』
──『つぶれるってなに？　会うためのただの口実でしょ。恋人の新生活は手助けしてあげたいしね』
──『……ありがとうございます。じゃあ、甘えようかな』
『こっちからもうひとり手伝いを頼んでおくよ。男手があるといいから』とも言ってくれて、ぼくも『ならぼくは心春を呼びます』と計画した。
──『女の子だから荷物持ちはさせられないけど、インテリアのアドバイスをもらいたい』
──『そうだねえ、心春ちゃんもくるおうちだもんねえ、心春ちゃん好みにしたいよねえ』
……文字なのに、ねちねちした口調なのがわかる。
──『心春は実家にいるのが好きじゃない子だから、許してください』
心春が男嫌いなのは父親に性的な嫌がらせを受けていたからだ。虐待っていうほどじゃない、大丈夫、と本人は言いはるけれど、それはぼくに心配をかけたくないだけだ。軽くうち明けてくれた仕打ちですら、聞くに堪《た》えない行為だった。
いまでも心春は父親をさけているし、その父親を愛して結婚し、虐待についてどこまで知っているのか謎のままの母親に対しても不信感を拭えない状態で、同居している。だからぼくの新居は心春との秘密基地。心春の新しい逃げ場所。そうしてあげたい。
──『ぼくも家にひとりでいるのが嫌いな子だよ』
晴夜さんが子どもみたいな甘えを届けてくる。ふふ、と笑ってしまった。

――『うん。晴夜さんも好きなときにきてくださいね』

契約をすませれば即入居オッケーだったので、一応晴夜さんの休みの日、八月七日の火曜日を目指して、契約と、引っ越しの荷物整理をしていこうと決めた。家賃の支払いも、月初からにしたほうが無駄がなくていい。

――『明』

――『はい』

――『明の誕生日の二十一日は残念ながら深夜まで店の仕事があるんだけど、時間があれば食事しにきてくれないかな』

――『いきます。そうだ、ひとり暮らしの件があってすっかり忘れていた。誕生日。そうだ、ひとり暮らしの件があってすっかり忘れていた。

――『そりゃもちろん。ありがとう、憶えていてくれたんですね』

　『そりゃもちろん。とびきりのプレゼントを用意して待ってるよ』

　『晴夜さん自身がプレゼントなので、ほかにはなにもいりませんよ』

水色のライオンがぽっと頬を赤く染める。ぼくも真似してヨルに照れるアクションをさせた。ふたりで赤い顔してふんにゃり照れている。

――『寝る前だと思って「アニパー」にしたのは間違いだったな。明の声で聞きたかった』

――『こんなのいくらでも言います』

――『男前だね』

――『おう』

らしくないはしゃいだ返事に、自分でも笑ってしまう。

今度は水色のライオンが笑ったから、白いハムスターのヨルのことも笑わせた。
――『じゃあ、二十一日の土曜日に』
――『はい、引っ越しのことも進展があったらちょこちょこ連絡します』
――『待ってるよ』
最後に晴夜さんのいししをヨルに撫でさせて、セイヤさんもぼくのおくさを撫でてくれて、おたがいに手をふって挨拶した。
――『またねだね』
――『はい。またね、ですね』
ぼくたちはさよならを言わない。

引っ越しの契約も無事にすませて荷造りを始めると、母さんも段ボール箱を持ってきたり、ゴミをまとめしたりして手伝ってくれるようになった。

「本当にいっちゃうんだね……」と、淋しそうに微苦笑する首もとには、父さんがプレゼントしたブルームーンストーンの小さな石がついたネックレスがある。

「父さんとふたりきりで、恋人のころみたいにいちゃいちゃできるよ」

「ばか。もうそんな歳じゃないよ」

「そうかな」

『来月の十日あたり、外食でもするか』と、昨夜父さんがリビングで母さんを誘っているのを聞いてしまった。ぼくが引っ越す週の金曜の夜だ。淋しがる母さんを想って父さんが気づかったのか……母さんが『する』と即答した声はやっぱり恋する女子高生みたいで、呆気《あっけ》と羞恥と安堵が整理できず、いたたまれなくなってそそくさ部屋へ帰った。父さんはあの女の人と別れたんだろう。今後も似たようなことがないとは言いきれないが、ひとまずは静観していたい。

心春にも電話して、引っ越し当日の手伝いを頼んだ。『いいよ』とあっさりオッケーをくれて、興味津々に質問が飛んできた。

『どんな部屋にしたの。どんな町？』

「すごく快適でお洒落なとこだから心春も気に入ると思うよ」と、部屋と町のようすを細かく教えて、『素敵、はやく見たい』と喜んでもらったあとで最寄り駅を教えたら無言になった。

「心春？」

『……そういうこと』

予想はしていたけど不機嫌になった。

「ぼくと晴夜さんがおたがいを信じてちゃんとやっていけるか、心春が監視しててよ」

『……なにそれ』

「ぼくは人とつきあうのが初めてで、そこは心春のほうが先輩でしょう。来年からぼくの生活が変われば、晴夜さんとすれ違ったり喧嘩したりもすると思うのね。そうしたら心春を頼るだろうし。ぼくは自分がゲイだって心春にしか言ってないからさ」

無言だ。

「傍にいて助けてよ。こんなお願いできるの心春だけだよ」

目をとじてスマホに耳を澄ませて返事を待っていたら、『……ふん』とため息が聞こえた。

『あき兄を幸せにできない男だってわかったら、ほんとに殺すから』

よかった。……いや、よくない。

「制裁はぼくが考えるから、心春は犯罪者にならないでおいて」

『なってかまわない』

「かまうって」

ほんとにやりかねない勢いだから怖い。でも納得してくれたようでひとまずはほっとした。

「当日は車で迎えにいくね」

『わかった。待ってる』

約束して通話を切る。……心春の恋人とのその後も気になってるんだけど、どこかで訊けるタイミングがあるといいな。


晴夜さんのブログの更新頻度が落ちている。以前は二日に一度のペースでぽつぽつと更新されていたのに、いまは一週間に一度程度だ。

「……最近、ぼくと毎晩電話してるからですか?」

そうなら申しわけないと、やや沈んで訊ねたら笑われた。

『違うよ。お客さんと会話してても明のことばっかり考えちゃってね……ついつい話題に明を絡めちゃうから書けないの』

びっくりした。

「話題に絡めるって、どういうふうに？」

『なにかとこう、〝大学生の男の子なら～〟とか〝知りあいの男の子に～〟とか』

……そういえば、前にも占い師の女性の記事に【先日店へきてくれた、亡くなった叔父さんに恋している男の子のことを教えてほしいと頼んでみた】と書いてくれていたし、オオカミ彼女とヤギ彼氏のときも【「では三十五歳のぼくがデートをするとしたら、どこがいいでしょうか」と、ふたりにご教示願った】とあって、自分の影を感じた。

『明とつきあい始めてから、ぼくはどうも浮かれてるんだよねえ……』

他人事みたいにしみじみ言う声に、こっちは顔が熱くなる。晴夜さんと会ってから、ぼくは自分が赤面症なんじゃないかと疑っている。ひとことでも甘い言葉をもらうたびに額や頬がかっとなるから。

「……急かしはしませんけど、いちファンとして、更新、楽しみにしてます」

『は～い』と晴夜さんが笑う。暑いから扇風機を強くした。ベッド横の壁に背をつけて座る。

正面にある本棚はすっかり空っぽになり、がらんとしていた。かわりに床には本や教材の山がいくつもあり、上にガムテープやハサミも無造作においてある。

『引っ越しの準備はすすんでる？』

晴夜さんも気にしてくれている。

「はい。いま部屋が散らかってます。洋服なんかはさほどないんですけど、ぼくは本が好きなのでそっちが重たいんですよね」

『本か。電子書籍にしないの？』

「しませんね……手軽だと金銭感覚が狂って買いすぎちゃうと思うし、やっぱりまだ紙書籍のほうがぼくは好きだし」

『わかる、ページをめくってるほうが本を読んでるって気になるよね』

「うん」

『ぼくはだんだん目が悪くなってきたから、電子で文字を拡大できると読みやすくはあるんだけどね……結局、紙のほうが好きだな』

趣味や価値観もおなじなんだ。一緒にいればだんだん歳の差なんかを意識する事柄も増えるのかと怯えていたけれど、知れば知るほど想いがどんどん深まる一方だ。

「ブログを読んでいたときから、晴夜さんも読んだり書いたりするのが好きなのかなとは思ってました」

『はは。べつに小説家を目指した過去なんかないよ？　学生のころ読書感想文を楽しく書いてたなあ程度で』

「でも結構巧みです。お客さんのこと〝オオカミ彼女、ヤギ彼氏〟って表現するところとか、占い師の女性が〝季節の風に誘われて〟やってきて、去ったあとは〝魔法にかけられたような気分〟になるっていう描写とか。個性やミステリアスさが際立ってて面白い」

『やめてやめて。そうだ、明は文系だって言ってたな……あんまり細かく感想を教えられると緊張して余計に書けなくなるよ。単なる趣味だからね？　それと客寄せの営業だから』

晴夜さんが本気で焦るから笑ってしまった。「べつにぼくも書評家になるつもりはありませんよ」とこたえる。

「ただファンなんです。晴夜さんも、晴夜さんの文章も好きです」

　ふふ、とスマホ越しに笑い声が聞こえてきて、ぼくもふふふと笑った。

　晴夜さんの仕事終わりに、毎晩いつまでも長電話している。もうそろそろ二時半だ。ブログどころか、彼の生活時間を結構もらっちゃってるな、と申しわけなくなる。

　ふりむいてカーテンの隙間から外を見おろすと、しずまり返った人けのない夜の路地がひろがっていた。夜更かしのセミが一匹だけミンミン鳴いている。星はぼやけてよく見えない。

　そろそろ寝ましょうか、と切りだそうとして口をひらいたら、『明』と呼ばれた。

『今週末の誕生日の夜、うちに泊まりにおいで。店で食事して、そのあとくればいい』

「あ……はい。晴夜さんの家、初めてだから楽し、」

『つまり、抱きたいっていう誘いだよ』

　言葉が閊えて、息ごとごくっと呑みこんで噎せてしまった。

『驚かせたかな』

　積みあげた本の上においていたペットボトルの紅茶を飲み、喉を整える。呼吸する。

「いえ……大丈夫です。セックスのほうも、大丈夫です」

　スマホのむこうで晴夜さんが小さく吹いている。

「準備が必要ですね」

『ん？』

「ぼくが、晴夜さんに抱いてもらうほうですよね」

『うん？　まあ、そうなるかな？』

「ちゃんと、その、お尻をゆるめておきます」

ぶは、と今度は晴夜さんが大きく吹きだした。

『うん明、未経験だって教えてくれたけど、知識はいくらかあるんだね？』

「中学のころゲイだって自覚したとき、セックスに興味を持ってネットで調べました」

『そうか。なるほどなるほど』

「自分で、指を挿入《い》れてみたこともあります。人さし指と中指なら二本挿入《はい》りました。でも、晴夜さんの指はぼくより太くて長いから、ちょっと自信がありません」

『真面目だね』

「……したいから」

晴夜さんとしたいから、と、小声でくり返してきちんと告げた。

初めてできた恋人に、誕生日にセックスをしよう、と誘われたんだ。生まれてきて初めて、こんなにロマンチックな約束をもらえた。浮かれるし、真面目に考える。失敗したくないから。晴夜さんに喜んでほしいから。おたがいにとって、幸せな行為にしたいから。

『ン……そうだね。笑ったりしてごめん。ぼくも明を抱きたいよ』

「……はい」

『辛い思いをさせないようにこっちも準備しておくから。でもいきなり挿入する必要もないんだよ。ラブホへいったときみたいに裸で抱きあうところからゆっくり慣らしていってもいい』

「いえ、ぼくはちゃんと挿入れてほしいです」

扇風機をさらに強くした。首ふり設定を解除して自分にまっすぐあてる。……顔面が熱い。

『……わかった。ぼくもほぐしてあげるから自分で痛めつけないようにね。挿入れる、挿入れる、って意気ごむ必要ないよ。ふたりで触りあって、幸せだと想うことが大事なんだからね』

「……うん。困ったらちゃんと相談します」

『お願いします』

はあ、と息を吐いてタオルをとり、顔を拭いた。晴夜さんもふっと息をついて笑みをこぼし、ぼくも安心感から苦笑が洩れた。

『明のせいでまた昂奮してきたな』

「え、なんでですか」

『中学のころに自分でほぐしてた真面目さも可愛いけど、ぼくとするために土曜まで数日一生懸命指を挿入れて自慰するんでしょう？　穏やかではいられないね』

「あ、んまり、想像しないでください」

『しますよ。文章を書く人間だからね、想像力も豊かだよ』

「読書感想文が、楽しかっただけって、言った」

『格好つけすぎたか。すみません、いやらしい妄想がふくらんじゃっただけでした』

……ぼくもまたどきどきしてきた。

「しかたないから、今夜はまたふたりで自慰して寝ましょう」

解決案を提示したら、『ははっ』と笑われた。

『ほんと可愛いな……言葉のチョイスもいちいちたまらない』

「へ、変なこと言いましたか？」

『や、いまのままでいいよ。でも明はテレフォンセックスって方法は浮かばないの？』

「テっ……あ、ぅ、そう、ですね、そういうのも、ありましたね」

新しい最善案がきた。しかもとんでもなくいやらしい。

「経験、ないんですけど……どうしたらいいんですか」

電話で指示しあって、自分の身体を触るんだよな……？

『してみたい？』

「……うん」

これが、遠くにいても晴夜さんとセックスする方法なのなら、したい。教わりたい。

『じゃあ、可能ならスマホをスピーカーにして。難しければ左手に持って』

指示が始まった。

「……ぼくの部屋だけ、二階にあるので……スピーカーに、できます。……します」

ボタンをタップしてスピーカーに変えた。両手で持って見つめた液晶画面から、晴夜さんのくぐもった息づかいが聞こえる。

『できたら、スマホをおいて明のいまの服装を教えて』

枕の上にスマホをおいた。いまの、服装……。

「ノースリーブシャツと、短パンです。暑いから」

『そうか……夏は薄着になるから明も色っぽいね。シャツの裾めくって、胸までだしてみて』

言われたとおりに、空色のノースリーブシャツの裾をたくしあげて胸をだした。扇風機があたって風にくすぐられる。

「……しました。すずしい」

『部屋のクーラーがききすぎ?』

「ううん、扇風機です」

『もっと暑くなるだろうから、クーラーがあるなら変えたほうがいいかもしれないよ』

「変える」

半裸のまま扇風機をとめて、リモコンでクーラーをつけた。すずしい風が吹きだしてくる。

『準備オッケー?』とすこし笑いながら訊かれて、「うん」と恥ずかしくうなずいた。

ついでに部屋の灯りも消した。窓の外の外灯の光がさす暗い室内で、枕の上のスマホだけぼんわり光っている。

『続けるよ』

「……うん」

『右手で、右側の胸を触ってみて。乳首のまわりだけなぞるようにまるくね。先はまだ駄目』

触ってもらうならまだしも自分でするなんて、と羞恥心に包まれつつ、右手をおずおず胸に持ってきて、人さし指でまわりだけ円を描くように撫でた。

『どう?』

「……爪の先が、意外と刺激、強くて……気持ちいいです。……じんじんする」

こんな小さな、自分で与えている快感なのに、股間《こかん》に響く。三周程度で、先っちょへの刺激のなさにもどかしさと空虚感を覚えてむずむずしてきた。

「先のとこ、したい……」

『駄目だよ。左側も右手でおなじようにしてみて』

右の胸を解放して、おなじ刺激を左側に与える。おなじようにむずむずしてくる。

「苦しいです……っ」

触るのをやめた右のほうまで呼応して、快感に疼いている。乳暈《にゅううん》がかたくなって、乳首も痺れてふくらんできた。

『ぼくが指示することしかしちゃ駄目だよ』

もう一度右、左、と交互に乳暈を触るように言われて、そのとおりにして、もどかしくて苦しくて、半分勃《た》ってきた。

「も、……触らせて、」

『しかたないな。なら両手で左右の胸をいじっていいよ。でもまだ乳首は駄目』

「なんでっ……」

『明のエッチな声が聞きたいから』

腹の底に響く、低くて艶っぽい晴夜さんの声まで、ぼくの神経を責めて官能に溺《おぼ》れさせる。

シャツの裾を口に咥《くわ》えて、両手の人さし指で乳首のまわりだけしつこく、まるく、ゆっくり刺激をくり返した。苦しすぎて、全身が熱くなってくる。自分の指でこんなに昂奮してるのが恥ずかしい。晴夜さんに触られたい。晴夜さんに、乳首をつままれたい、吸われたい。

「かたく、なっ……きた、」

『見たいな』

「晴夜さ……吸って、晴夜さ、んに……されたぃ、」

『自分でしながらこんないやらしい声で喘《あえ》いで誘惑して、明は本当にエッチで悪い子だよ』

「晴夜さン、の、ほう、が……ひどい、」

『ひどい？　セックスしたらもっと焦らして可愛がるからね？』

絶望したのに、身体は昂奮していてちぐはぐだ。息が切れて呼吸が荒くなる。

『気持ちいい？』

「ン……ん、気持ちい、」

『自分で触ると、気持ちいいところをちゃんと気持ちよくできちゃうから余計に辛いだろうね。下手したらぼくがするよりいいかもしれない』

「や……晴夜さ、が、いいです」

シャツを噛んでいるから声がこもる。唾液が裾につく。

『乳首、触ってもいいよ』

人さし指と親指でぎゅっとつまんだ瞬間、猛烈な快感が乳首の先から上半身全体に痺れながらひろがっていった。

「ふ、ンンっ……」

『好きに触ってごらん』

恣《ほしいまま》に強めにつまんだり、爪で搔いたり、軽くこすってみたりして思う存分刺激する。快感に力んで、腹筋がひきしまる。息を継ぐ、声がでる。

「は、は……ンっ」

『ここまで昂奮して……明は乳首が好きなんだね。憶えておこう』

「も……勃ってき、ました……下も、辛い、」

可愛い、と晴夜さんが苦笑する。

『下着濡れてる？』

訊かれて、脚をもどかしくこすりあわせる。

「うん……ぬるっと、する、気持ち悪い……」

『よくないね。短パンも下着も脱ごうか』

「……はい」

『片手は胸をいじったままね』

うん……、とうなずきながら、左手だけで下着ごと短パンをおろした。腰を片方ずつ浮かして脚をだし、脱いでベッドの下に落とす。

『ノースリーブ一枚になった？』

「うん……なりました」

『脚、立ててひらいて』

指示に従って壁に寄りかかり、M字にひらく。恥ずかしい……自分の部屋で、こんな。ひとりで。

「……してます。胸はいじってる」

『いい子。明はいまどれぐらい勃ってるの』

「がちがちに」

ははっ、と晴夜さんが高らかに笑った。

『がちがちか。可哀相だから慰めてあげようか』

「うん……お願いします」

『そこは左手の指で鈴口を触ってみて。割れ目のところね』

濡れて、ぬるりとする。

『いやらしい液がでてる？』

「……でてる」

『そのまま優しく撫でてあげて』

右手で胸を、左手で性器の先をなぞる。敏感な箇所だからやんわりと、先走りの透明な液と一緒に滑らせて刺激した。なぞるたびに、下半身と背筋にびりびりにぶい快感が走り抜ける。

「ンっ……んっ」

ここは、先っちょだけのほうが、辛いっ……。

『どうしたの』

甘やかでセクシーな声が、探るように訊いてくる。

「ぜんぶ、……こすりたい、」

『ちゃんと先を触らせてあげたのに欲張りだな』

「ここは、胸と、違うからっ……」

ふっ、と笑う晴夜さんの声も、すこし息苦しげに聞こえた。

『じゃあ裏筋も気持ちよくしていいよ』

親指で鈴口、人さし指で裏筋を同時にこする。

「あっ、ンっ……」

全部握りこんでこすりあげたくて、もどかしくてむず痒くて切ない、歯痒い。

『明の声……色っぽくて、狡いな』

晴夜さんも、してる……？

「晴、夜さ、こそ……どんなふ、に触って、ンの……狡い、」

『明の性器は、誰も触ったことがない、桃色の清潔な色なんだろうなって……想像、してるよ。可愛いね……舐めてあげたい』

舐められるようすがぼくの頭にも浮かんで、その妄想の感触が性器に伝わって、また液がじわりとにじんだ。晴夜さんの舌に……こんなふうに、裏筋と、鈴口を、舐めて、吸われたら、ぼくは。

「ンっ、あぁっ……ンンっ」

『明』

もう指示を無視して、根もとから摑んで思いきりこすった。立てている脚が震える。胸も気持ちいい。あまり大きな声をだしたらさすがに階下に響く。でもとまらない。

「あ、ンン、ぁっ……」

焦らされたぶん、あっさり達してしまった。息が荒くなって、はあはあ呼吸する。腹の上に散った精液が気持ち悪い……でも、クーラーが気持ちいい。すずしい。熱が冷えていく。

「信じられない……信じ、られないぐらい、気持ち、かった……」

感想をこぼしたら、晴夜さんが『はは』と笑った。彼もすっきりした声に聞こえる。

『初めてのテレフォンセックスはよかった？』

「うん……自慰じゃ、ないみたい……」

『ぼくの手みたいだった？』

「……。それはない。晴夜さんの手は、きっともっといいはずだから」

身体を起こしてティッシュをとり、汚れたところを拭く。晴夜さんが笑っている。

『期待されてるなあ』

「テレフォンセックスも上手でしたね」

『これは経験の数によるものじゃないよ。明をどんなふうに触りたいか素直に言っただけ』

「……ですか」

こんなふうにされるのか、セックス……とんでもないな……。

え、まだ続いてる……？

『どこがいちばん気持ちよかった？』

「ええと……全部よかったけど……胸、楽しみかもです」

『弱そうだったもんね』

「……舐められてみたい」

『可愛すぎてほんと困るな……真面目でいやらしいって、最強のギャップだよ』

ティッシュを捨てて時計を見ると深夜三時半をまわっていた。テレフォンセックスで徹夜ってなにしてるんだろう、恥ずかしくて嬉しくて、恥ずかしい。

「晴夜さん明日仕事もあるし、そろそろ寝ないと」

『そうだね。〝またね〟しようか』

「はい」

『明日も連絡する。週末も楽しみだよ』

「ぼくもです。引っ越しの準備頑張ります」

『うん、おやすみまたね』「はい、また」と挨拶をかわして、今夜も晴夜さんの〝またね〟の声を一日の締めくくりにする。洗面所へいって手を洗ってから、新しい下着をつけて眠った。

自分が昂奮するようすも、晴夜さんの感じている声も知った。すこしずつ晴夜さんがぼくに恋人の経験をくれて、人と羞恥や悦《よろこ》びを共有することの幸福を知る人間に成長させてくれる。

聖也さんが知らない自分になっていく。晴夜さんと大人になっていく。ぼくは、生きている。


二十一日に日づけが変わるころ、晴夜さんは仕事中にもかかわらずメールをくれた。

『誕生日おめでとう。生まれてくれてありがとう明』

毎年もらっていた心春からのお祝いメールと同時に届いたメッセージを、しばらく眺めて、感慨に耽《ふけ》った。生まれたことを、その日が巡ってきた瞬間に喜んでくれる大事な人がふたりになった。

ふたりにお礼のメールを届けてからも、『あき兄おめでとう』『生まれてくれてありがとう明』という文字を見つめて、スクショしてとっておいた。

眠って起きて、また一日荷造りと掃除をしたあとは家電量販店と家具屋へでかけて必要なもののカタログを集めた。洗濯機と電子レンジは欲しいな。洗濯機はコインランドリーで諦めるとしても、せめて電子レンジは欲しい。晴夜さんのところで食べるから必要ないか？　コンビニ弁当はチンしてもらえるしな。そうだな……案外、贅沢品なのかもしれない。冷蔵庫だけあればいいかも。憧れのソファは思いのほか安かったからねだりたい。ほかの細かいインテリアは心春に相談しよう。心春なら百均の品物でもお洒落な部屋にしてくれそうだ。

ソファカバーのデザインは心春と晴夜さんにも好みを訊こう、と胸を弾ませながら店をでたら、六時すぎのちょうどいい時間だったので、その足で晴夜さんの店へむかった。

「こんばんは」

店内の半分ほど席が埋まっていて、にぎやかさも適度に心地いい。

「いらっしゃい、待ってたよ。こちらへどうぞ」

晴夜さんがすぐにぼくを見つけて、微笑んで手招きしてくれた。頬がゆるむのを感じながら、うなずいて誘導された奥のカウンター端の席へいく。と、氷山さんがいた。すでにお酒と料理に囲まれて、機嫌よさげににこにこしている。

「よ。ひさしぶりだな明君」

「こんばんは、おひさしぶりです」

彼の左隣の席があいていたから腰かけた。……ん？　氷山さんまで誕生日のお祝いをしにきてくれたのか？

「明、早速だけどプレゼント」

「え」

晴夜さんがにっこりして軽くしゃがみ、緑色のものをとった。それをカウンターのテーブル越しに、ぼくにくれる。

「――……おくさ！」

おくさのぬいぐるみだった。両手をあげて、踊っているときのポーズをして微笑んでいる。まだ頭の蕾は咲いていない姿で、三十センチぐらいのそのぬいぐるみを思わず抱きしめた。

「おくさっ……」

「はは。喜んでくれたみたい？」

みんなにくさがられて逃げられて森のパーティ会場へいっても嫌われてひとりぼっちだった。頑張って友だちをつくろうとしていたのに、公園では火を吹かれて黒焦げにされたりもした。ぼくはいつもこの子になにもしてあげられなかった。

想い出がいくつも蘇ってきて胸いっぱいになって、感極まって涙までにじんでくる。

「嬉しいです……ずっと撫でてあげたかったのに、手が届かなくて触れなかったから、こんなふうに傍にきてくれて、たまらなく嬉しい」

「明、泣いてる？」と、晴夜さんがレモンサワーとお通しをテーブルにおいてくれる。

「泣くほど喜んでもらえるとはな」と、隣で氷山さんも苦笑した。

「明、じつは氷山は『ライフ』をつくった会社の社長さんなんだよ」

「は、氷山さんが？」

眼鏡のずれを左手の中指でなおしつつ、「そうです」と笑っている。

「そのぬいぐるみも最近つくった非売品の特別なものだよ。明君がおくさを気に入ってくれてるって聞いて持ってきました。大事にしてくれそうで嬉しいよ」

「大事にします、するに決まってるっ」

ありえない、こんな近くに『ライフ』をつくってくれた人がいたなんて！

「ありがとうございます、氷山さん……ぼくにはいまおくさが必要でした。おくさの一生懸命さとか健気さとか、淋しくて哀しくても笑ってる強さとか、全部の姿に学ぶところがあって、いろんな感情をもらってます。素敵なゲームをつくってくださって本当に感謝しています」

氷山さんが眉をゆがめてはにかむ。

「まいるな明君、そんなにか。『ライフ』は俺自身の夢でもあったから、ここまで喜んでくれてるユーザーに出会えるとたまらないよ。こっちまで涙ぐんでくる」

「誇ってください、氷山さんは素晴らしいです」

「いやいや、俺はなにもしてないから。プロジェクトを動かしたチームの人間と、おくさたちを生んだアートディレクターがちゃんといるからね。俺はトップでふんぞり返って、たまに口だして『黙ってろ』って叱られてただけなのよ」

「違います、氷山さんが会社をつくってくれたから『ライフ』ができたんです。……ぬいぐるみもほんとに嬉しい。おくさを撫でてあげることがやっとできた……ありがとうございます」

おくさの蕾と、まるいほっぺたと、手と、ワンピースのスカートを慈しんで撫でた。

「……ぼくのおくさは、ロボロンに恋をしたんです」

「ロボロンか」

話が弾むままに、氷山さんにぼくが見てきた『ライフ』を教えた。おくさが辛いめに遭っているときの悔しさや、慰められない歯痒さ、虚しさを語っていると、思い出してまた涙があふれそうになった。羞恥が湧いても、それでも氷山さんも一緒に涙ぐんで、感情移入して相づちをくれる。晴夜さんも接客しつつ、ぼくらを微苦笑して見守ってくれている。

ようやく落ちついてきて、レモンサワーを呑みながら会話できるようになっても、おくさはテーブルの上の自分の正面において寄り添わせていた。

氷山さんは〝ふんぞり返っていただけ〟と謙遜《けんそん》したけれど、『ライフ』のモンスターたちや世界をしっかり、深く理解していて、おくさやロボロンの裏設定や、おくさをいじめたモンスターの生いたちなんかも聞かせてくれた。

「その炎の子はひのこって言うんだよ。明君のおくさには気の毒だったけど、ひのこは口から火がでる体質なんだ。優しい言葉を言いたくても、しゃべると声と一緒に火を吹いてしまう。しゃべることで人を傷つけてしまう」

「……口から、火がでる体質？」

「そう。本当は明君のおくさに〝一緒に遊ぼうか〟って、言っただけだったのかもしれない。声で傷つけて、暴力者って勘違いされて、嫌われてる子なんだよ」

「そうだったんですか……」

しゃべることで人を傷つける——言葉って、たしかに時に暴力だ。優しさのつもりで吐いた言葉が、相手を傷つけてしまうことなんてよくある。ひのこはそんな苦しみに嘆いているモンスターなのか。

「でも、パーティ会場で踊っていたら、笑ったり、あめ玉を投げられたりもしましたよ」

「あの舞台でパフォーマンスすると、ほかのモンスターは笑って褒めてくれるんだよ」

「褒める？　え、褒めてただけ……？」

「そのあめ玉の子も、みんなにあめ玉を配ってるあまたんっていうモンスターだな。手品みたいに手からぽんぽんあめ玉をだせる子で、会うとあめ玉をくれる。話してる最中にもくれる。だからあまたんに会ったあとはどのモンスターの子もアイテム欄があめ玉だらけになるんだ。グラフィックでは表現しきれなかったけど、両手いっぱいにあめ玉を抱えて帰るイメージね。はははは」

「えぇ」

「〝好意は時に、相手にとって迷惑や悪意になる〟――それが、彼らの生みの親がこめた思いだよ。おくさの目でみんなを見ていた明君には、悪意に感じられたんだろうな。みんなそれぞれ悩みながら生きている子たちだから、嫌う前に、ぜひ知ろうとしてやって」

ビールの入ったグラスを片手に、氷山さんが唇で笑む。

すべて知ってふり返ると、好意と悪意の鮮やかすぎる逆転が革命的にすら感じられた。

「ぼくは、誤解してただけだったのか……」

ひのこもあまたんも、笑っていたほかのモンスターも、本当は優しい子だった。

「……知ろうとするって、ぼくらの人づきあいでも大事なことですね。表面だけ見て人を判断しちゃいけないのに、ついそうしちゃう」

「そうだね」

「なんだろう……『ライフ』ってこういうこと考えさせてくれますよね。シナリオっていうか、このモンスターたちの個性？　が、すごく好き。人間の側面とか裏側とかを垣間見られるところもあって、モンスターって感覚で見てないですもん。本当に娘や友だちみたいで」

ぼくもレモンサワーを呑む。氷山さんが小刻みにうんうんとうなずく。

「どの子もいい子、ってあたりは〝綺麗事だ〟とか批判もされるよ」

「そうなんですか。え、でもべつにいい子じゃなくないですか？　ひのこがおくさを傷つけたのは事実で、謝ってない。ぼくはひのこの個性を理解はしても、そこは許せないもの」

「ああ……だな、罪は償ってこそだよな」

「はい。おくさに謝りにきてくれたらいい子だなって思います。でもいまは傷つけて逃げた子です。全然綺麗じゃない。ひのこはひのこでなおさなきゃいけないところがある」

熱弁しすぎたのか、氷山さんが苦笑した。けどその横顔は嬉しそうに見える。

「明君のほうが綺麗みたいだ」

「え、いいえ、ぼくだって綺麗じゃないですよ」

「東《あずま》ものろけてたよ。『ゲームにも親身になる可愛くて優しい子だ』って」

の、ろけって……ことは、つきあい始めたこともばれてる？

「親身になるのは『ライフ』だからで、むしろおくさたちに綺麗にしてもらってるんです」

「ふうん？」

しゃべりこんでいるうちに晴夜さんがおいてくれていた、肉じゃがのじゃがいもを食べた。好物のトマトのまるごと煮もあって、艶々光るまるいラインに食欲をそそられ、口に入れる。

「……ぼくは家族をつくれないロボロンを、最初は受け容れられなかったんです。嗅覚がないロボロンより、匂いを感じても好いてくれるモンスターと結ばれたほうがいいんだからって、そんなふうに非難したりもした。でも蕾がくさいのがおくさの個性なら、匂いを感じられないっていうのもロボロンの個性で……それは責められるべきところじゃないし、なによりおくさがロボロンに救われたことが真実で、揺るぎない事実で、ぼくがしてあげられないことも、ロボロンにはできて……おくさに、本当の笑顔をあげられる。だからふたりの幸せを見守ろうって決めました。――ほら、ふたりに浄化されてるでしょう？」

「ははは。ありがとう」

「お礼を言うのはこっちです」

ぼくがひのこやあまたんを嫌ったように、べつのモンスターを育てているユーザーにとってはおくさがくさい敵、悪、なのかもしれない。さけて、逃げて、忌み嫌ってもかまわない存在。それも人間の世界と似ているな。誰かに賛同して味方になれば、理解できないべつの誰かが敵になる。でも双方に、その個人を愛する友人や家族がいたりする。

「『ライフ』は可愛いのに、結構怖いゲームでもありますね。そこも惹かれます」

氷山さんがまた「ははは っ」と笑う。晴夜さんとおなじでよく笑う。友だち同士は似るってことだろうか。

カウンターの隅にいるから晴夜さんはこちらへきても短時間で中央へ戻ってしまう。ほかのお客さんと談笑しながら料理を用意する素敵な横顔と、綺麗な長細い指、しぐさ……あの人が、ぼくの恋人。今夜セックスをする人。

「氷山さん、晴夜さんは自分を悪い奴だって言うんですけどどこがどう悪いか知ってます？」

この人は晴夜さんの味方だ。晴夜さんに悪の部分があろうとも、今日まで傍に居続けた人。

つまり、孤独や苦しみなどの、情を刺激される面を目《ま》のあたりにしてきた人。

「悪いっていうか、このあいだも言ったように屈折してるとこがあるよね」

「ひねくれ者ってこと……？　見境なく手だしする遊び人、とかじゃなくて？」

氷山さんがまいたけの天ぷらをさくさく鳴らしながら咀嚼《そしゃく》して「遊び人か……」と考える。

「やんちゃしてた時期もあるけど、あいつは老若男女問わないだけで、複数と同時につきあいはしないよ。浮気や不倫もしない。それはあいつが守り通してるつきあいの信念なのかもね」

つきあいの信念……。

「お父さんのことも、あるのかな」

「親父の話は聞いてるんだ？」

「はい。浮気性のパン屋だったって」

また「ははは」と氷山さんが笑ってビールを呑む。

「俺も〝親父を見てきた影響もあるんだろうな〟と思ってたよ。ほんとにね、フリーの相手と一途につきあうんだ。本気かどうかはべつで」

——本気で愛した恋人なんていままでいなかったって、明といると思うんだよ。

——大人なのにおかしいよね……抱きしめるだけでこんなになるのは初めてだよ。中学生の初体験みたいだ。

もらった言葉が脳裏を過る。

「一途なのに、本気じゃないことってあるんですか」

「あるだろ。相性がぴったりあう相手なんて、そうそう出会えるもんじゃないしな」

そう断言する氷山さんの左手には薬指に指輪がある。

「一時期仲間内で〝短期間で別れる男〟で有名だったよ。一ヶ月つきあったらすげえ、って」

「一ヶ月ですげえ？」

ぼくが正式に恋人になったのは七月に入ってからだから、まだひと月経《た》っていない。

「……ちょっと、怖くなってきた」

「ははは。言っても、食っちゃ捨て食っちゃ捨てしてたのはほんと若いころの話だから」

「食っちゃ捨て……セックスとか身体に不満があって、捨てたのかな」

もしそうなら、今夜別れる可能性もでてくるってことだ。やばい、テレフォンセックスなんかして身体を妄想しあうんじゃなかった、ラブホのときよりじっくり見せるのに幻滅させる。

「どうしよう氷山さん、今日で終わりかもしれない」

「なんだそりゃ」

「セックスするって約束してるんです」

ごふっ、と氷山さんがビールを吹きそうになった。「たんま、変なところに入ったたっ……」

と笑いつつおしぼりで口を押さえて左手をあげ、咳をする。

「笑い事じゃないですよ。ぼく身体にほくろがあるんです。この、ど真んなかのところ」

胸と腹のあいだの見事なほどの中心に、わりと目立つほくろがある。ラブホでは風呂のなかにいたから隠せたけど、セックスするとなるとそうはいかない。

「ちょっと大きな小豆《あずき》粒程度ですけど……学校の水泳の時間によくからかわれて、嗤われてました。傷ついた」

「あのな、三十五のおっさんを十代のガキと比べるなよ、そんなの気にするわけないだろ」

「……ですか。ぼくはわりとコンプレックスです」

「ばあか。嫌うどころか俺らにはなんでも可愛く見えるよ。いいじゃないか、一番星ちゃん」

「……。氷山さん、晴夜さんの服のセンスをダサいって言ったそうですけど、氷山さんもなかなかのセンスですね」

「若者のおまえらのほうが厳しいわ」

ら？

「東の話だろ」と、軽く肘《ひじ》でつつかれた。

「あいつは昔、恋人に裏切られたんだよ。それ以来身体より心を注視してる。性格とか人柄、恋愛観をな。で、いろんな奴とつきあっては捨てるのをくり返してた。……怖がりなんだよ。二度とあんな傷つきかたしたくないと思ってるんだろ。だから他人に対して不信感を抱き続けてるんだ。にこにこしながら心のなかで汚れた奴らを罵倒《ばとう》して、そんな自分も嫌ってさ」

「裏切り……」

——無知で純粋で、一度懐に入れた相手のことは果てまで一途に信じ抜く。心を許した人たちを心《しん》から嫌うこともない。仲違いして別れても〝嫌いになった相手〟ではなく〝愛した人〟として記憶に残す。きみはそういう子だろう？　きみみたいな子に会えるのを、ぼくはずっと待ってた。

──きみは一生叔父さんを愛して逝くだろうね。叔父さんだけじゃなく、これから愛する恋人も友だちも家族も、きみが嫌って裏切ったりすることはきっとない。自分が裏切られても、最期まで想い抜くんだろうな。最初に「アニパー」で話をしたときからそう確信してたよ。ぼくもそのひとりになりたい。愛しあいたい。

氷山さんに教わった過去と、晴夜さんの言葉が繋がった。

「……晴夜さんは淋しいんだと思ってました。たくさんの人とつきあったのかもしれないけど、根はどうしたって優しいし……知れば知るほど、ぼくのほうが汚い人間だって感じてた」

「きみも東を裏切る汚い人間なの？」

氷山さんが目を細めてにやりと唇をひく。

「そっちの汚さじゃなくて、嫌われないようによく見られたい、みたいな卑《いや》しい汚さがある」

「嘘をついて着飾ってるのか」

「そこまで頭もよくないですよ。むしろ逆で、甘えてなんでもかんでも正直にべらべらしゃべるから、ひかれてるかもって不安になったり。ほくろもそう。欠点が怖いんです。でも二十二になったし……ぼくも晴夜さんに甘えてもらえる、立派な男にならないと駄目ですよね」

くく、と氷山さんが笑って山芋の醬油漬けを口に放った。

「親もと離れて、ひとり暮らしも始めるし？」

「あ、そうです。晴夜さんに聞きました？」

「俺も手伝いにこいって言われてるよ」

「え、誰か誘うって話、氷山さんなんですか。ああ、すみません……よろしくお願いします」

「いやいや、おめでとう。大丈夫、きみなら東の相手もできるだろ」

氷山さんが笑んで、ビールのグラスをぼくのレモンサワーにかつんとぶつける。恐縮して、ぼくもレモンサワーを呑む。白くにごって果実粒がふわふわただよっているおいしいサワー。さっぱりとすっぱいお酒。見つめる視界の先にいるおくさも、にこにこ笑ってくれている。

「……氷山さん、晴夜さんはその失恋で、傷ついて、どんなふうに塞いでたんですか」

「どんな？」

「お酒呑んで廃人同然だった、とか、そういう……なんか、心配で」

料理を見つめる氷山さんの横顔の瞳が、過去に帰った。

「廃人ってのはあるかもなあ……家にこもって飲まず食わずでわかりやすく沈みきって、なんとか立ちなおらせたら、人間を値踏みするみたいに食い捨て食い捨てし始めた。案外、探してたのは明君だったんじゃない？」

すこし酔った氷山さんにうるんだ目でにんまり微笑されて、ぼくはトマトのまるごと煮を咀嚼しながら内心で狼狽《ろうばい》した。きみを待ってた、って晴夜さんにも言ってもらったけど。

「そんな、いや……ぼくでよかったって想ってもらえるように、誠実に接していきます」

氷山さんがこくこくうなずいてホッケのひらきを箸で綺麗に裂いて食べる。

「きみは〝どんなふうに裏切られたのか〟は訊かないの？」

「それは晴夜さんに聞きますよ。話してくれるのを待ちます。話すほどのことでもなくなってるなら、それはそれで安心だし」

「ほう」

ホッケのお皿を「どうぞ」と手前にずらしてすすめられ、「どうも」と頭をさげていただく。ぷりぷりの大きな魚が、ほくほくやわらかくておいしい。サワーともあう。

「だけど、そんなふうに言われるとちょっと気になっちゃいますね……氷山さんから見ても、ひどい裏切りかただったかってだけ、訊いてもいいです？」

くくく、と氷山さんがビールを口に含んで苦笑する。

「……なんかいいな、きみは」

「え？」

「ああ、ひどかったと思うよ。でも落ちこむあいつはやっぱり優しいっていうか。俺なら落ちこんでやるのも癪に障るから恨むね。心のなかでぎたぎたに切り刻んで一生根に持つ」

「……こ、怖い」

「そうだろう？　裏切りやがった奴に、心も、その後の恋愛観も支配されるなんてゴメンだ。いまだに自分自身の底のほうにトラウマにして残してるあいつは優しいよ」

優しさ……なんだろうか。胸のうちで唸って考えて、正面にいるおくさの笑顔が目に入って、頭を撫でた。それから自分の右横のテーブルの上で、ほとんどなくなったビールのグラスを支えている氷山さんの綺麗な長い指に視線を奪われた。

左薬指にあるシルバーの指輪を指さす。

「……この人におなじように裏切られても、ぎたぎたにして、すぐ忘れます？」

「一緒にするなっ」

被り気味で怒鳴られて、左手を懐に隠された。

「でもきっと、晴夜さんにとってはそういうことですよね」

「こいつは裏切らない、絶対だ」

「だから、」

「東はばかだから男見る目がなかったんだよ。俺らは最初っから〝あいつはやめておけ〟ってとめてたんだから。人の愛情ばかにして嗤うクソみてえな奴だったんだ」

男の恋人だったんだ。愛情を嗤うって……それ、この前教えてくれた人と似てる。

「おまえも、うちの奴のこと一瞬でも疑ったこと一生許さないからな」

「ええ、疑ったわけじゃないですよ、たとえばの話をしただけでしょっ」

「たとえばでもナイんだよ」

至近距離に顔を近づけて、一言一句丁寧に嚙み砕くように怒られた。

「……じゃあぼくも、氷山さんが晴夜さんをばかって言ったこと恨みます」

「上等だ」

氷山さんが左手をあげて「おい、ビールのおかわりだばか」と晴夜さんに声をかけたから、腕を叩いてやった。晴夜さんは「はいはい」と適当にあしらって笑い、気にするでもない。

「好きな相手を盲信するのはしかたないですよ。氷山さんだってそうとうですからね？」

「俺らは恨んでるんだ」

前髪を軽くよけて、氷山さんが眼鏡のずれをなおす。

「あいつがトラウマにしてひきずってようと、全部見てた俺らは恨む。そういうもんだろ」

……晴夜さんの味方、って立場だからか。

「そうですね。ぼくも、その人の非道さが自分と晴夜さんを繋いでくれたのは感謝しますけど、裏切りの全貌を知っても許せるかってなったら、べつだと思います」

「ほらな。いいんだよ、恨んでて。この件はあいつを理解して受け容れる必要はない」

「ですかね」

「他人だからできることもあるだろ。おなじ傷を味わえないからこそ導いてやれる場所がある。俺たちはそうやってあいつを立ちなおらせてきた。それできみにたどり着いたんだ。感謝してもらおうか」

フン、と得意げに胸をそらして笑むから、ぼくもつられて、ふふと笑った。……そうだな。バランスって大事だ。なんでもかんでも同調する必要もないのかもしれない。一緒に遊んで、恋愛を見守って、酒を呑んで笑いあって過ごしてきた友だち同士でも、べつの人間としてべつの心を持っているから与えられる優しさがある。守ってあげられる。

氷山さんが晴夜さんの傷に、一緒に沈んだりしない人でよかった。氷山さんが氷山さんの心で、厳しく晴夜さんを支えてくれてよかった。他人同士って虚しく感じることもあるけれど、やっぱりちゃんと利点もあるな。

「万が一、氷山さんが彼氏さんに裏切られたら、ぼくも恨んで、慰めてあげますね」

「ねーから」

乱暴な言葉で力いっぱい否定された。睨まれても、ついつい笑ってしまう。

「もしかしたら晴夜さんも氷山さんぐらい、その人のこと好きだったのかな……」

「俺らの恋愛と一緒にするなよ」

目をつりあげて、猛烈な勢いで怒られた。彼がひとこと発するたびに愛情の深さを感じる。さっきまで社長さんっぽかったのに、だいぶ気を許してくれてるな……ぼくのことも友だちにしてくれたのかな。

「ふたりとも、仲よすぎじゃない？」

晴夜さんがビールを持ってやってきた。氷山さんの前におく。

「おまえがばかだって話をしてたんだよ」と氷山さんが受けとったビールを呑み、「ちょっと」とぼくはまた彼の腕を叩く。

「ばかでいいから、明はあんまりこいつに触らないようにね。ぼくが嫉妬しちゃうから」

晴夜さんににっこり言われて、「え」と手をひっこめたら、氷山さんがくくくと笑った。

「だよな、初めて抱けるってわくわくしてる日に、べつの男にべたべた触られちゃなあ？」

「そのとーりだよ」

こたえた晴夜さんも、氷山さんの頭を軽くぺいと叩いた。

「いたっ。なんなんだおまえらは、人をぱんぱん叩くなよ」

晴夜さんとふたりで、ははと笑った。

料理のいい匂いが鼻を掠める。いつの間にか店内にはお客さんも増えてにぎやかになっていた。ケイさんもいて忙しそうに接客している。

ぼくらのテーブルには崩れたトマトのまるごと煮や、骨になったホッケや、いんげんだけ浮いた肉じゃががあり、それらを〝たくさん食べた！〟と褒めるみたいに微笑むおくさがいる。

「ほかに食べたいものがあれば呼んでね」と、晴夜さんはまた料理を作りに離れていった。

カウンターのなかを歩く背中もひろくてたくましくて格好いい。

——たしかに昔、自分の価値を証明したがるだけの、そんなつきあいをした。

——その人に愛されれば、自分はこの世に生きている意味のある人間だ、って感じてたんだよ。そんな優越感を愛だって勘違いしてた。当時はまるで自覚もしてなかったけどね。

……晴夜さんの話していた人と、氷山さんが教えてくれた人は同一人物なんだろうか。だとしたら裏切られて傷ついた以上の複雑な葛藤《かっとう》や、罪悪感もある気がする。ただ、きっとそんな経験をした晴夜さんは、簡単に人を裏切ったりはしない。

「見惚れちゃって、今夜の妄想でもしてるのか?」と、氷山さんがにやけてからかってきた。

「にやけてません。もう……氷山さんが初めて彼氏さんを抱いた日って、どんなでした?」

「最悪だった」

「えっ」

ははは、と眉をゆがめて氷山さんは楽しそうに笑っている。


「俺はそろそろ帰るぞ」と氷山さんが切りだしたころには、時刻は夜の十時をまわっていた。

「長く相手してもらっちゃってすみません」

「氷山、世話になったな。おくさちゃんもありがとう」

晴夜さんも礼を言って、「俺が会計するよ」と伝票をとる。

「明はどうしようか。まだ閉店まで時間もあるからぼくの部屋にいっててもいいよ」

「部屋に?」

テーブルの上の皿は全部空っぽで、グラスのレモンサワーもない。お腹もいっぱいで、酒も結構呑んだ。閉店時間は夜中の一時。ひとりでまだ数時間ここにいるのもたしかに辛い。

「じゃあ……お邪魔しようかな」

「部屋漁りしとけ。変なもんがあるかもしれないぞ」

氷山さんが茶化してきて、晴夜さんは「ないよ」と否定しながら、彼をレジへ誘導する。

「じゃあまた引っ越しの日になー」と氷山さんが去っていくと、晴夜さんが戻ってきて「いこうか」とカウンターをでた。「ケイちゃんちょっとお願いね、すぐ戻るから」と声をかけて、「はーい」と返事が飛んでくる。

ぼくもショルダーバッグを背負い、おくさを抱いて彼について店をでた。

「あの、ぼくのお会計は」

「いいよ。誕生日でしょう？」

「え、すみません……ありがとうございます」

外は暗くしずかで、店内の騒がしさとの差に息を呑んだ。突然ふたりきりの世界に放り投げられたような落ちついた静寂。虫の声だけリーリー聞こえる。まだ暑い空気が夏の匂い。

「おいで」

建物の横にある階段を、晴夜さんがあがっていく。部屋は二階で、そちらは外から入るようになっているっぽい。

「祖父母が住んでた家だからね。昔ながらの木造家屋って感じで、あまりお洒落ではないけど、ぼくがくる前に一度リフォームはしてるから」

「全然かまわないです。好きですよ、木造の味のある家」

「ありがとう。ぼくも好きなんだよね。祖父母の家の独特なあったかい匂いとか好きだった」

晴夜さんが好きだと想う家の空気を感じられることがなにより嬉しい。

階段をあがると二階のドアがあって、鍵をあけた晴夜さんに続いてぼくもお邪魔した。ぱっ、と夕日色の灯りがつくと、玄関は思いのほかひろく立派で、横に虹の絵と白い花が飾ってあった。晴夜さんが靴を脱いであがる。

「どうぞ」

「お邪魔します……」

ぼくも靴を脱いで、そろえて、お邪魔した。真っ白い壁紙、晴夜さんに誘導されてすすむ長い廊下。奥のドアをひらいて着いた、これまたひろいリビング、ダイニング。

「あの……どこが昔ながらの木造家屋なんですか」

左手にカウンターキッチンとダイニング、奥がリビングになっていて、すごく立派でたぶん十五畳ぐらいはある。このあいだ内見していろんな部屋を見たからきっとあってる。

「隙間風が入ると寒いよ？　木造の欠点ね」

「や、そんなのどうでもいいです」

「はは。ここでゆっくりしててもいいし、こっちのぼくの部屋にいてもいいよ」

手をひかれて廊下へ戻り、晴夜さんが隣のドアをひらくとまた部屋があった。左手にベッド、正面にベランダへ続くガラス戸、中央にテーブル、右手にテレビ。六畳ほどの綺麗な部屋。

「うん……この晴夜さんの部屋にいます。落ちつく」

「ははは。じゃあテレビのリモコンはそこね。廊下の途中にトイレと浴室もあるから、風呂に入ってゆっくりしててもいいし、飲み物とか欲しければさっきのキッチンのところに冷蔵庫があるから自由に飲んで、食べてしてね」

「はい」

「風呂にもバスタオルがあるしー……あとなんだろうな、足りないものがあれば適当に探してつかっていいから」

うん、とうなずく。ここは見るな、あけるな、とか言わないいんだな。

「もしコンビニとかへ外出したければ、これ」

晴夜さんが手に持っていた鍵のキーホルダーから、ひとつとってぼくの前にさしだした。

「合鍵。あげるよ」

一瞬ほうけた。

「ぇ……いいんですか」

晴夜さんを見あげたら、温かく微笑んだ彼がぼくの腰に両腕をまわした。抱き寄せられて、唇を塞がれる。……やわらかい、ふわりとした唇に唇を吸われる。

「あと数時間、申しわけないけど待っててね」

「……大丈夫です。仕事、無理せず頑張ってください」

「今夜はどんな無理もできるよ」

ふふふ、と笑いまじりの弾んだ声で言って抱き竦められ、肩のあたりにぐりぐり顔を押しつけられる。甘えてくれてる。はしゃいで、くれてる。

「じゃああとでね」

〝またね〟よりも距離の近い挨拶にどぎまぎしながら、再び玄関までいき「あとで」とこたえて見送った。……初めてのセックスまで、時間が刻まれていく。あと数時間。

中学生みたいだ、と首のうしろが熱くなるのを感じつつ部屋に戻ってバッグをおき、おくさをテーブルの上に座らせる。なにをしようか。テレビを観ようにも、自分の部屋にテレビがないので、観たい番組がとくに思いつかない。時間も遅いし、先に風呂に入っておこう、と決めて浴室へいった。

晴夜さんの口ぶりでは古い情緒のある木造家屋って感じだったのに、浴室も最近内見でよく見ていたリフォームずみの真新しく綺麗な浴室と大差ない。カビひとつない真っ白い室内、タイルの床、シャワー……。浴槽のお湯がすこし冷たかったから、追い焚きして入った。

恋人の家で、恋人のシャンプーとコンディショナーとボディソープをつかって身体を洗う。晴夜さんの香りに染まっていくのが嬉しくて、いやらしくて、どきどきする。

バスタオルは脱衣所の棚に積まれていた。ドライヤーも洗面所にあったので、鏡の前で髪も乾かした。普段晴夜さんもこうして身を清めて、整えているんだろうか。

Tシャツと短パンの軽い服装に着替えると、一度キッチンへ寄って冷蔵庫から麦茶をとり、グラスにそそいで戻った。家主がいない家で自由に過ごすのも気がひける。あとはもうここでのんびり待とう。

テレビをつけてチャンネルをいじる。やっぱりどの番組が面白いかはいまいちよくわからない。適当にニュース番組にあわせておく。それで、スマホをとってタップした。

癖で、最初に晴夜さんのブログを観てしまう。仕事をしている彼が更新できるわけないのに、習慣だからしかたない。で、記事が変わっていないのを確認してから、『アニパー』をひらいた。こっちも晴夜さんとしか交流がないので、ログインしてもとくにすることがない。

テーブルの上にいるおくさを胸に抱いて、結局これかな、と『ライフ』のアイコンを押した。ソファにお腹を空かせたおくさが転がっている。料理スキルがあがっているから、今日はチーズフォンデュを作らせてあげた。野菜とチーズも温めて用意がすむと、野菜にチーズを絡めて食べていく。おいしそう。おくさもにこにこしている。すごいな……氷山さんはこんなゲームをつくってしまったんだもんな。

お腹がいっぱいになったら、おくさは外にでてロボロンの家へいった。おうちで遊ぶのかなと思いきや、ふたりで夜の森へいく。散歩してるみたい。そのうち湖について、月と、水面にうつる月の影を、寄り添って眺め始めた。

デートのようすをじろじろ見ちゃいけないね、とスマホをテーブルにおいて、麦茶を飲む。ぬいぐるみのおくさを抱いて、なにげなく室内に視線を巡らせた。

正面のテレビの右横には本棚があって、小説の文庫やハードカバー、料理の本、Blu-ray などがある。小説は背表紙の色にばらつきがあり、作家名でそろえられている。前に電子書籍の話をしたけど、好きな作家だけ紙書籍で保存してるって感じかな。Blu-ray はほとんど映画で、知らないタイトルばかり。好きな映画、今度訊いてみたい。

左横の観葉植物は心春の部屋にもあるゴムの木だ。まるい葉っぱがいきいきした緑色をしてるから、ちゃんと水をあげて育てているのがわかる。

この部屋には、ベッド以外これしか家具がない。寝室、ってことなのかも。シンプルでひろくて、居心地がいい。ぼくも真似して、新居には物をあまりおかないようにひろびろと綺麗に維持したいな。

そして背後のベッドには青いタオルケットがたたんでおいてある。夏場はタオルケット一枚で寝るよね、おなじだ。ベッドサイドにある小さな二段式の棚は、茶色のカラーバスケットが入っているけど……これはなにが収納されてるんだろう。もしかして、まさか……いや、でもそんなわかりやすくおくだろうか。

知りたい衝動に駆られて、おくさを抱いたまま這って近づき、指でくいとひいて覗いてみた。……や、やっぱりゴムとローションが入ってる。かあ、と顔が熱した。晴夜さんは大人だ……子どもなら懸命に隠して、どのタイミングでだすか迷いまくる物を堂々とおいている。

準備しておくって言ってくれてたけど、大人はセックスを恥ずかしがらない、大事な営みとして生活に組みこんでいる……こんなところで〝三十五歳の部屋〟を感じてしまった。

「明、帰ったよただいまー」

一時十五分過ぎに晴夜さんが仕事を終えて帰宅した。部屋をでて「おかえりなさい」と迎えにいくと、しなだれかかるように抱きついてきて「ん〜」と唸られた。

「疲れて帰ってきて明がいてくれるこの感じ、すごくいいなあ……」

感動しながら寄りかかられて焦る。嬉しい……けど、重たい。晴夜さんのシャツから食べ物や酒や汗の香りがする。働いて一日頑張った、好きな人の匂い。

「お疲れさまです。ぼくも待ってるあいだ幸せでしたよ」

うふふ、と笑った彼がちゅとキスをくれた。唇を左右にぐいんとひいて、ものすごくご機嫌そうな満面の笑顔を咲かせている。……ん？

「晴夜さん……もしかして酔っ払ってる？」

「はは。だね、お客さんにつきあってすこし呑んだんだよ」

「呑むと、晴夜さんは陽気になるんだ」

「んー……？　今日はね」

背中を抱かれて歩くよううながされ、ふたりで部屋へ戻る。

「明は眠くない？」

「はい。晴夜さんは？」

「ぼくは慣れてるから平気。あー……でもまったりする前に風呂入っちゃおうかな」

「うん、疲れがとれていいかもしれないですね」

ベッドに腰かけた晴夜さんが、髪を掻きまわして息をつく。隣に座ったら、微笑んだ彼に腰を抱かれて、今度は舌まで吸いあう深いキスをされた。ただいま、と、改めて伝えてくれているのを感じる。……待っていたのも幸せだったって言ったのは本当なのに、彼には罪悪感もあったのかな。それなら払拭したくて、ぼくもキスに精いっぱい情熱的にこたえる。

「……このまま抱きたくなっちゃうよ」

お酒にうるんだ色気のある瞳で囁かれて、ぼくも意識が蕩けた。

「……いいですよ」

「駄目だよ、汗くさいもの」

「晴夜さんの、匂いは……好きだから、いい」

「明は今夜も誘惑上手な悪い子だ」

腰の下をぐいとひかれてお尻が滑り、「わ」とバランスを崩した上体を丁寧に押し倒された。ベッドの上にななめに重なって、晴夜さんの左手がぼくのTシャツをたくしあげる。

「あっ、晴夜さん、ぼく……ほくろ、」

「ん？」

「身体の、真んなかに……ほくろが、あって、」

「……これ？」

いきなりそこへキスをされた。身体の中心に、汚れたシミみたいに黒くぽつんとあるほくろ。ひとりのころは全然気にしていなかったのに、小学校へ入ってクラスメイトにからかわれると、ぼくは変な汚い身体なんだ、と知るようになり、恥ずかしく、惨めな気持ちになった。

中学、高校と歳を重ねるにつれ、小学生のころほど嗤われることはなくなったものの、他人の視線が一瞬そこを見て、汚いシミ人間だ、と認識されたのを察知すると、心のなかでは嗤われているのかも、と疑念に駆られて沈んだ。誰も気にしないよ、と友だちになだめられても、すすんで見せたいとは思えなくなってしまった身体。ぼくの心についたシミでもある、コンプレックス。

「セックス……したい、って、すごい言ったけど……綺麗な身体じゃ、ないんです、ぼく」

晴夜さんは喉で小さく笑って、ほくろを舐めて、唇をすぼめて吸う。

「急にどうしたの……？　一緒に風呂にも入ったのに」

「あのときは、隠せたから」

「気づいてたよ？」

「えっ」

「明の身体には星があるんだなと思ってた」

星……。晴夜さんがぼくの上で微笑んでいる。

「……氷山さんと、おなじこと言ってる」

「は？」

一瞬で不機嫌になった。

「氷山にも見せたの？」

「まさか。話しただけですよ。そうしたら一番星だって言われて。言葉のセンスがひどいですねって、笑ったんです」

「あいつ、明の裸を想像したな……」

ち、と晴夜さんが舌うちした。ガラが悪いっ。

「舌うちは下品ですよっ。晴夜さんのほうが先に見てるし、乱れてるところも想像してくれてるじゃないですか、その……テレフォンセックスで」

「明の誕生日で、初めてセックスするって約束してる記念日に、ほかの男の頭のなかで明が陵《りょう》辱《じょく》されたのかと思うと腹が立つ」

「陵辱！　されてないからっ」

「されたようなもんだよ」

唇をつきだして、彼が拗ねる。……酔っ払った晴夜さんは、感情がくっきりと派手で子どもっぽい。可愛い。嫉妬してもらえて嬉しい。

「陵辱は、どうかと思うけど……よかった。ほくろ、嫌われなくて」

「嫌うわけがないでしょう。逆に、ほくろひとつで明を手放すと思う？　ありえない」

唇が重なる。ふわ、ふわ、と口先を撫でて味わって、慰めるようなキス。

「氷山への怒りをおさめるために風呂へ入ってこよう」

「とんでもない八つあたりです……」

晴夜さんがようやく、はは、と笑った。身体を起こしてYシャツを脱ぐ。

「じゃあいってきちゃうよ。すぐ戻るね」

ぼくも身体を起こしてうなずいた。

「はい。のんびり待ってるから、ちゃんと湯船に浸かってきてください。夏場でもそうしたほうが、しっかり疲れとれますよ」

「わかりました」

ちゅ、とまたキスを残して、彼がYシャツを片手ににこにこぼくを見つめながら部屋をでていく。陽気な晴夜さんも好きだ。

もしかすると、氷山さんの前ではいつもあんなふうなのかな。だとしたらぼくも嫉妬してしまう。恋人にしか見せない顔もあるだろうけど、友だちにしか見せない顔もあるだろうからな。あの可愛さはひとり占めしたくなる一面だった。

テーブルに視線をさげると、ぬいぐるみのおくさが笑っている。

横に伏せておいていたスマホをとって『ライフ』をひらき、こちらのおくさとロボロンのようすをうかがったら、散歩から帰ってロボロンの家のソファに座り、おしゃべりしていた。こんな夜中に男の家にいくなんて、と憤慨したけど、それは自分もだなと冷静に自戒した瞬間、『告白する』という選択肢があらわれた。

告白……そういえばロボロンの恋愛メーターも満杯ＭＡＸになっている。ふたりが両想いになったから恋人になれるってことか。恋人なら、夜中に家にいてもいいけど……。

――ありがとうございます、氷山さん……ぼくにはいまおくさが必要でした。

――明の誕生日で、初めてセックスするって約束してる記念日。

今日、いま、おくさとおなじ時間、おなじタイミングに好きな人と結ばれるっていうのも、縁なのかもしれない。ううん、おくさとの出会いをそういう縁にしたい。

そうだ、想い返せば晴夜さんと出会って、聖也さんに囚われてとじていた心がひらいていくあいだ、ぼくの傍《かたわ》らにはおくさがずっといてくれた。おくさがひたむきに生きていくのを観察しながら、ぼくは晴夜さんや聖也さんや、父さんともむきあえるようになっていったんだ。

一緒に幸せになろうおくさ、と家族を応援するような想いを嚙みしめて『告白する』の文字をタップした。すると、おくさがソファをおりてワンピースのポケットからごそごそ花をだし、頰をぽっと赤らめてロボロンにさしだした。

一世一代の恋の告白。おくさの精いっぱいの勇気と想い。

ロボロン、これからもおくさをよろしくね。幸せにしてあげて、ぼくのぶんまで。

おくさの口がぱくぱく動いて頭の上に吹きだしが浮かんでいる。吹きだしのなかにはハートマークや家や虹の絵がでてきて、たぶん〝一緒に暮らして幸せな未来を築いていきたいです〟みたいな気持ちを伝えているんだろうなと想像できる。

ほとんどプロポーズだ。大胆だな、おくさ。今後はロボロンの家に引っ越して暮らしていくのかな。だとしたらすっかり恋の先輩じゃないか。いっぱい、幸せな姿を見せてね。

森のパーティ会場へいって、踊っても淋しかったね。公園にいってもみんな離れていって、ひのこに火をつけられて黒焦げになってひとりぼっちで帰った。だけどロボロンがいてくれた。くさい、ってみんなに嫌厭されても隣にいて、一緒に花火を観て、哀しいときもプレゼントと笑顔を届けにきてくれた。孤独な心を救われるたびに、おくさがどんどんロボロンを好きになっていったことをぼくは知ってるよ。

おくさの吹きだしが消えて告白が終わった。さあ、ロボロンこたえてあげて、と見つめていたら、ロボロンの頭の上にも吹きだしが浮かんできて、絵が表示された。おくさとおなじハートマーク、それから家の絵に赤いバツマーク、虹の絵にもバツマーク……――え？

ロボロンがCのかたちの手でおくさの手をとり、家のドアまでひっぱっていく。そしてドアをあけておくさを追いだし、閉めてしまった。おくさの花は、受けとってもらえなかった。

……もしかして、自分は家族も、幸せな未来も、つくれないんだよ、と……言ったの？

おくさがぽろぽろ涙をこぼして森のなかを歩いていく。家に着くと、ベッドに入って布団へくるまって泣きながら寝てしまった。おくさの恋愛メーターは満杯のまま。減りもしなければ色を変えたりもしない。ロボロンを好きなままだ。

ロボロンもおくさにハートマークの返事をくれていたし、恋愛メーターに変化はなかった。おくさを好きだから、おくさの将来を想ってふってくれた……？　信じられない……ロボロンのばか、なんだよばかっ……。

「明、風呂入ってきたよ～」

晴夜さんの声がして、部屋のドアをふりむいた瞬間、視界の悪さに自分が泣いていることに気がついた。世界が涙浸しで、まばたきをして押しだしてもすぐにまた晴夜さんの部屋が涙にじわじわにじんでいく。

「どうしたの」

晴夜さんが声色を変えて眉間にしわを寄せ、隣にきてくれる。ぼくはテーブルの上のおくさのぬいぐるみをとって抱きしめた。

「おくさが……おくさが、ふられてしまって……」

「ふられた？」

「ぼくはっ……おくさがこんな辛いときに、自分だけ幸せになんかなれないっ……」

「えぇっ」

おくさがひとりで泣いている夜に自分は身体のコンプレックスまで全部許されて、愛されて、恋人の愛情と幸福に満たされきって過ごすなんて、そんなことできない。

「ロボロンも……おくさを好きで、ふってくれて、いまもおくさを……きっと、想って哀しんでる……無理です、辛すぎる……」

「ふたりの恋が終わってしまったんだね？」

「……はい。いまは。たぶん」

晴夜さんがぼくの背中をさすり、苦笑して抱き寄せてくれた。

「まったくきみは……どこまでも切ないぐらい愛しいよ」


十数年前の、初めてのぼくの誕生日の夜。ふり返れば、あのときの自分は晴夜さんに対して本当にひどい仕打ちをしたもんだと、そのたびに反省したりもするんだけども、何年経っても晴夜さんは『いいんだよ、無理強いするのはセックスじゃないんだから』と笑って許し続けてくれた。愛しあうことや抱きあうことを、あなたはとても大事に考えてくれる人だったよね。

よく憶えている。『ベッドはひとつしかないんだけど、一緒に眠るのは大丈夫？』とか、『身体に手をまわすのは平気？』とか、逐一ぼくの心を気づかってくれながら、慰めて眠ってくれた。でもぼくは、それすらおくさを裏切っているんじゃないかと感じて、哀しみに暮れていた。

そして朝起きて、晴夜さんが作ってくれたオムレツとパンと野菜サラダを食べつつ、ぼくがまたおくさを想って泣きだしても、晴夜さんは『辛いね』と眉根を寄せて笑ってくれた。

あの家の、太陽がいっぱい入るダイニングと、明るく白く照っていた晴夜さんの笑顔。

何度想い返しても、そのつど恋に落ちるよ。大失敗な夜にしてしまったけれど、それも全部忘れられない、大事で愛おしい、一生の宝物の想い出だ。

7月21日(土)

『――あ、緑《みどり》さん?』

電話越しに、恋人の笑い声を聞く。

「ああ、お疲れ結生《ゆき》。いまから帰るよ」

『うん、お疲れ。はやく帰ってこい~』

俺も笑って、自分の頬がだらしなくゆるんでいるのを感じた。

「夕飯は食べたか?」

『食べたよ、今日は時間かけて大根の煮物に挑戦してみた。まあまあうまくいったかな』

「は? 帰ったら食べるから用意しといてくれよ、俺のぶんもあるんだろ?」

『え、友だちの店で食べたんじゃないの? 腹いっぱいじゃん』

「関係あるか、勝手に新作作ってンなよ、いいな、食うからな」

『なんで半ギレっ。明日にしようよ、お腹空かせて食べたほうがンまいよ?』

「おまえの手作りならなんでも世界一うまいんだよ、何度言ったらわかるんだ」

『ぶふっ、も~……はいはい、ちゃんと用意しとくから』

「よし」

酒を呑んだ今夜は電車で帰宅しなければならない。蒸し暑い夏の夜道をひとりで歩きながら、通話を切りがたくてスマホのむこうにいる恋人の気配に耳を傾ける。うちのリビングで、Tシャツと下着一枚の寝間着姿をして、あぐらでもかいてそうだな。いますぐ会いたい。

「そういえば、ちゃんとおくさのぬいぐるみ渡してきたよ」

『お！　……どうだった？』

喜びつつも、やや不安そうな声になる。

「涙ぐんで感激してくれてた。結生にもあの顔見せたかったな」

『まじかっ』

「自分にはいまおくさが必要だったって。抱きしめてあげたかったから、ぬいぐるみもすごく嬉しい、大事にする、ってさ。俺、〝氷山さんは素晴らしいです、誇ってください〟って力いっぱい褒められちゃったよ。俺はなにもしてないのにな？　ははは」

笑っていたら『は？』と不愉快そうなひとことに蹴散らされた。

『そんなことないよ、緑さんもめちゃんこすごいよ。俺のモンスターたちに命と生きる場所をくれたのは緑さんだからね』

「場所なんか誰にだっていくらだってつくれるんだよ、でもおくさたちは結生にしか創れない。素晴らしいのはおまえだ」

『俺は好きなことするしか能ねーもん。みんなに助けられてばっか。もっと頑張んなきゃ』

謙遜しあって、叱りつけて認めあう。おたがいがおたがいを尊敬してるってことなんだろう。人生ごと救われてるのはこっちだよ、と、きりのない応酬はひとまず胸にとどめておく。

『でもそっかー……ぬいぐるみ、一緒に喜んでくれる人がいるんだなあ……へへへ』

「いるよ。非売品のおくさたちにもプレミアついてるしなあ。いよいよグッズ化するかな」

『グッズぅ？　売れる？』

「俺が売る」

『かっけーっ。あはは。緑さんは変なとこ自信家だからな～』

「変じゃねーよ。うちの子たちが売れないわけないだろ。大柴《おおしば》ンとこのアバターにも勝てる」

『おい、超大手の「アニパー」さまと張りあうな。俺が畏れ多い』

「自信ないのか？」

『大柴さんにも「アニパー」にもお世話になってるので、穏便にいきたいです』

「けっ」と毒づいたら結生が笑った。

『勝ち負けでもないだろ。みんな可愛いよ。クマさんもさ』

「クマは可愛くねえよ、あんな眠そうな顔」

『自分のアバターっ』

「ユキは可愛い」

『俺のは可愛いんじゃなくて格好いいんだよ。きりっとしゅっとしてんの』

「可愛いよ、頭から囓りつきたくなる」

『囓んな。じゃーあとで「アニパー」でセックスしてやっから』

「セックスならこっちの世界がいい。現実で、生で結生を抱きたい」

『……緑さん、いま外で電話してんでしょ？　なに大声で堂々と言っちゃってんの？』

「ひとりだからいーんだよ」と反論して、ふたりでくすくす笑った。歩調をゆるめる。はやく帰って結生を抱きしめたいが、こうして電話越しに笑いあっている時間も楽しい。得がたくて、愛おしい。

「おくさをあげた明君は、結生と同い年だよ」

『やりぃ、友だちになれそー』

「明君のおくさは、ロボロンに恋したんだとさ」

『ロボロンかー……ほうほう。めげないでほしい』

ロボロンは恋を一度諦めるようプログラミングしている。モンスターのなかで唯一成長しないロボロンの心を、結生がそう創造したからだ。それ故にロボロンだけ〝告白〟という選択肢もない。人間に捨てられたロボロンはひとりで生きて、死を待っている孤独なロボットモンスターで、恋の行方は相手のモンスター次第になる。

「めげるなって、簡単に言うなあ結生は」

『べつに簡単には言ってないよ。俺はロボロンが誰かと一緒に生きていくのも、別々に生きていくのも、どっちも不幸だと思わないもん。けどふられるおくさも辛いだろうし、明君にもめげないでほしいなあみたいな感じ。生きている限り人生の道は続いてくしね』

「まあな。結生が創るそういう『ライフ』の世界観も考えさせられるって絶賛してたよ」

『あはは。考えて受けとめてくれる明君が優しいんじゃん』

「や、おまえはすごいよ」

『なんだよ、今日は俺の褒め褒め記念日？　照れますぜい』

へへ、とはにかむように笑っている顔が想像できる。

『お友だちはどうだったの？　東さん？』

「ああ、次は一緒に店へいこう。あいつの料理もうまいからな。結生のには敵わないけど」

『敵うわ。プロに勝てるわきゃないだろ』

「勝てる」

『もういいや。その明君って子が彼氏なんでしょ？』

「うん、東の片想いかなと思ってたけど、ちゃんと両想いになってたし、おたがいべた惚れっぽいからやっと結生も紹介できるよ」

『……あのさ、』

「先に結生を紹介してたら、あいつ絶対結生に惚れてたからな」

『ばーか』

カチンときた。

「ばかじゃない」

『緑さん、真面目に教えてあげるけど緑さんばかだよ？　最近ほんとにばかの子だからね？』

諭すような口調で、ばかばか連呼される。結生に傾倒しすぎている自覚はたしかにあるが、解せない。

「そりゃ、あいつは他人のものに手をださないよ。でもそれはいままでの話だからな。おまえと知りあってたらそんな自制もどっかにすっ飛んでたさ。価値観がひっくり返って、人生ごと塗りかえられてた。そうに決まってる。俺はわかる」

「ばかじゃないって言ってるだろ」

『やーいばーか』

　東は仲間のなかでいちばん気のあう友人だった。悪賢い面もあれど、奔放すぎる父親を見て育ったせいかやたら常識的な部分もあって、ばか騒ぎもしてくれるし、叱って正してもくれる親友として頼りになる男だ。

　人づきあいがうまい反面、特別目立つタイプでもない。仲間数人で会うと、誰が誘ったのかはわからないけど決まっているよな、って程度の存在感。わーっと一緒に騒いで遊んでいたかと思えば、いつの間にか輪を抜けてひとりで酒を呑んでいたりするマイペースさもある。俺はあいつのそういうしずけさが好ましかった。

　恋愛のことも将来のこともよく語りあった。起業する、と宣言していた俺は、人に嗤われたりもしていたが、『あずま』を継ぐと決めていたあいつは一度だって嗤わなかったし、他人に対してもなにに対しても常に真摯だった。上から目線で偉そうに見下すことも、適当に持ちあげて諂《へつら》うこともしない。友人として対等に一緒に悩んだり、先を見たりしてくれる。

　お人好しとまではいかないものの鷹揚で穏和。そんなあいつが初めて本気で恋に落ちたのは、不仲な両親に育てられて人間不信をこじらせ、金目当てで男とも女とも寝るうえに、幸せそうなカップルを壊すのがなによりの趣味という甘えたサイコ野郎だった。

『人助けなんて大それたこと考えてない。ただ好きになった』と、あいつは主張していたが、救ってやらなくちゃとか、自分が変えてあげたいとか、遅い思春期めいたきらきらした欲や夢も、あったんじゃないかと俺は思っている。

結局サイコ野郎はサイコ野郎なまま。むしろ東みたいな綺麗な奴ほど、傷つけて壊してやりたい格好の餌食《えじき》だったんだろう。おそらくあいつのシナリオどおり、東は奴と恋人になって、幸せ絶頂の蜜月に、友人とセックスしているのを見せつけられて捨てられた。寝とられたんじゃなく、完璧に計画的な悪行だ。東は最初から愛されてもいなかったわけだ。

友人と恋人を一度に失って憔悴《しょうすい》していった東を立ちなおらせるのがどれだけ大変だったか。——裏切られたのも辛かったけど、自分の愛情の中途半端さも思い知ったんだよ。俺も悪かった。……情けなかった。

そんなわけのわからない罪悪感を吐露してきたのは、だいぶあとになってからだった。

「あいつは心に黒い穴ぼこがあるからな。それを容易く埋めてくれる相手にはころっと惚れるんだよ。結生はどんぴしゃだったから、こっちは紹介するタイミングも考える必要があった」

『東さんのこと信じてねーんだな。俺のことも』

「おまえの魅力を信じてる。恋ってのは理屈じゃないんだよ」

『東さんに会ったら言いつけてやんぞ』

「べつにいいよ。俺がばかにされるだけだ」

『ばかって自覚してンじゃんかっ』

ははっ、とふたりして笑った。

「まあでも、明君は結生とタイプがだいぶ違うな。真面目天然って感じの可愛さで」

『おい、緑さんも他人の男可愛いとか言っててんじゃねーぞ』

「結生は嫉妬してても可愛いな。はやく裸にむきたい」

『ば〜か』とまた明るく笑われた。

バスの最終も逃してのんびり歩いてきたけれど、もうすぐ駅に着いてしまう。汗ばんだから首からストールをとって鞄にしまった。

『てかさ、緑さん聞いて』

「ん？」

『さっき後輩の忍《しのぶ》と「アニパー」で話してたんだけどね、忍の幼なじみのゲイ友《とも》紹介してもらったの。日向《ひなた》っていう白いネコのアバターつかってる子。忍と同い年で俺の二個下』

「へえ」

『日向の彼氏の新《あらた》さんも紹介してもらったよ。クリーム色のキツネだった。ふたりは同棲してるんだってさ』

「先越されたな」

『でね、ふたりも「ライフ」で遊んでくれてたんだ、めっちゃ嬉しかった。「アニパー」で知ったのがきっかけって言ってたから、やっぱコラボしたの成功だったよ』

「フッ」

『ははっ、すげえ得意げに笑ったっ』

駅前に近づいて人が増えてきた。自販機で缶コーヒーを買い、人けのない歩道脇へ移動する。楽しそうに話す結生の興奮が落ちついてから電車に乗ろう。

『それで、今度日向たちの家に遊びにいくことになったよ。新さんと日向が「ライフ」の裏話とか教えてほしいって言ってくれてさ。ふふふ……』

「裏話？」

『うん、デザインとか、みんなの性格と生いたちができるまでとか聞いてくれるんだって』

「人気デザイナーになってきたな。よしよし、予想通りだ」

結生の才能は評価されて然《しか》るべきだ。

『そんなんじゃなくて、友だちが自分の創った子たちの話聞いてくれんのが嬉しいって感じだよ。学校の休み時間に落書きばれて、かまってもらうみたいな』

「落書きじゃないだろ。立派な作品で、命だよ」

『……うん。へへ』

結生がゲイの友だちを自然と増やしているのもいいことだと思った。結生の子たちにも好意をしめしてくれている。……うん、そのうち明君にも会わせてやりたい。おくさをどんなに大事に想ってくれているかを目のあたりにすれば、結生の刺激と自信にも繋がるだろう。

『前にさ、「アニパー」のゲイルームでちらっと会ったゴウさん憶えてる？』

「ああ、結生とつきあう前に会った人な」

『うん、そう。あの人も「ライフ」してくれてんだよ』

「おい、おまえいまだにゲイルームいってるのか？」

『アニパー』のゲイルームは結生と出会った場所だ。おたがい男を求めて利用していた場所。

『ゴウさんたちと話すときだけだよ。浮気はしてない』

「たち、ってなんだ。ゴウさん以外にも友だちがいるのか？　やばい奴らじゃないだろうな」

『違うよ、ゴウさんと彼氏さんと、あとはシイバさんっていう友だちぐらい』

……ん？

「シイバ？　なんのアバター？」

『オオカミだよ、灰色の。課金勢で、いつも超お洒落な服着てんの』

それって。

「大柴じゃないか」

『アニパー』の生みの親で、結生にとって恩のある男、俺にとっては大嫌いな先輩だ。

『は？　……え、なんで？　そんなわけないじゃん、大柴さんはゲイじゃないもん』

「いや、プライベートでつかってるアバターが〝シイバ〟っていうオオカミだって聞いてる。アバター同士で会ったことはないから確信は持てないけどな……プライベートアカウントで、仕事がてらチャット部屋も巡回してるってことか？」

『え……ううん、シイバさんはガチゲイだよ。仕事って雰囲気じゃない。だって彼氏いるもん。同棲もしてるんだよ？　大柴さんのわけないって』

大柴がガチゲイ、男と同棲……たしかに信じられない。

『もし大柴さんだったら、ゲイって嘘ついて「アニパー」してるってこと？　「アニパー」内の監視するためにわざわざ？　そんなまどろっこしいこと……それとも大柴さんもゲイなの？　え、ん？　混乱してきた。つか、俺だって大柴さんにゲイって教えてないもん、緑さんとつきあってることだって言ってないよ。まじで大柴さんだったらやばくない？』

結生が焦りだす。あっちの事情にもよるが、本当に知りあい同士なら、正体がばれるのはおたがいによろしくないはず。が、うまくやれば俺はあいつの弱みを握れるかもしれないのか。

『どうしよう、緑さん。リアルで会わなければとりあえず問題はないってことだよね？』

「まあ、落ちつけ。俺にまかせとけよ」

『怖《こえ》ぇ』

「仲よく穏便に話をつけてやるから」

『仲よくできると思えねー』

べつに喧嘩したいわけじゃない。

「結生の後輩の忍君に、日向君に新さん、おまけに大柴センパイとその彼氏君まで加わったら、『アニパー』の愉快な仲間たちがどんどん増えていくな？」

『愉快って』

「東と明君のふたりとも繋がるか」

『ぜってーよからぬこと考えてるし……』

苦笑しながら、缶コーヒーをあけてひとくち飲んだ。

「とりあえずこれ飲んだら電車に乗るよ」と結生に告げる。「おう」と声が返ってくる。

家に帰れば、温かい大根の煮物を用意して結生が待っていてくれる。夏風の香りのなかに、ほくほく大根の出汁の匂いがまじって感じられた。

ただいま、と家のドアをあけて部屋へ入っていく光景を想像する。色っぽい寝間着姿をした結生が、おかえり、といつもみたいに笑顔で走ってくる。俺の生涯の恋人、大事な家族――。

8月7日(火)

引っ越し当日、晴夜さんと氷山さんがレンタカーでトラックを調達して朝一できてくれた。ぼくが荷造りをすませていた数個の段ボール箱を、三人で手際よく積んでいく。

母さんも「すみません、ありがとうございます」と頭をさげさげ恐縮して、晴夜さんたちを迎えてくれた。一応事前に「親しくしてくれてるお店の店主さんたちが手伝ってくれるんだ」と伝えていたけれど、さすがに「明にこんな歳上のお友だちがいるなんて……」と当惑気味だった母さんを、ふたりは「明君が店にきてくれて本当に嬉しいんです」「お母さんとても美人ですね」などと誉めそやしつつあっさりうち解けて、作業もスムーズに終えてしまった。

そうして心春に連絡を入れ、トラックで近所の心春の家まで拾いにいって、いざ新居へ。

「初めまして心春ちゃん、氷山です。きみは明君の幼なじみなんだってね」

「……。初めまして」

「明君はどんな子どもだったの？」

「あき兄は、ヒーローでした」

心春には氷山さんが『ライフ』をつくった会社の社長だと教えていたせいか、意外にも拒否反応を見せないどころか、徐々に仲よくなっていって驚いた。心春が男に懐くのは珍しい。

心春も『ライフ』を始めてハマっていたことと、氷山さんがゲイで無害ってこともあるのかもしれない。

家に着くと、今度は心春が部屋の掃除、ぼくらが段ボール箱運びをして、また一時間ほどで荷物の移動を終えられた。すこし休憩したあとは、心春が考えてくれた家具の配置にあわせて、指示どおりインテリアを整えていく。

途中で心春が「……ほんとにわたしの好みでいいの」ともじもじしだして面食らった。

「もちろん。いまさらどうして？」

「あき兄の友だちも、ここにくるでしょ」

「くるけど、こういうのめちゃくちゃこだわる奴と、がさつな奴とで、極端なんだよ。だから心春のアドバイスに従いたいな。心春のセンスがぼくもいちばん好みだしさ」

「たしかにな」と氷山さんも乗っかる。

「心春ちゃんはシンプルにまとめるのがうまいな」

「そうだね、シンプルって簡単なようでじつは難しいもんね」

晴夜さんも室内を見まわしてうなずいた。

本棚と、新しく買ったソファとテーブルセットのほかに、ぼくが飾りたいと切望した観葉植物や壁かけ時計、ポストカードをつけたコルクボードなんかを綺麗にまとめてくれている。

「カーテンとソファの下に敷くラグも買いたいから、心春今度つきあってよ」

ぼくが頼むと、晴夜さんが「カーテンはすぐにつけなさい」と叱る口調になった。

「家が密集してる場所だから、四階とはいえまる見えだよ」

指摘どおり、大きな窓越しに室内と自分たちの姿がまるだしになっている羞恥心が、さっきからずっとつきまとっていて落ちつかなくはある。

「男ひとりだから数日はいいかなと……」

「だめ。空き巣に狙われる。すぐ買いにいこう。心春ちゃんもまだ時間平気だよね？」

晴夜さんに訊かれて、心春も神妙な面持ちで「いく」とうなずく。

「俺は仕事があるから帰るよ」と、氷山さんは帰り支度を始めた。

「あ、氷山さんお仕事あるのにすみませんでした」

「気にすんな、社長さんは重役出勤だ」

「今度、お礼させてください。晴夜さんの店で」

「ははは。いいよ、じゃあそのときは『ライフ』の子たち創ったデザイナーも連れていくよ」

「ほんとですか！　ぼくは、ロボロンにあんなふりかたをさせた親に会ってみたい」

「おい、喧嘩すんなよ？」

「違いますっ。すみません、褒め言葉です。苦しかったけど、モンスターの個性をあそこまできちんと創りこんで生んでる人を、尊敬してるんです」

　おくさはまだ塞いでいる。ロボロンに会いにもいけず、ひとりでパーティや公園へでかけて淋しそうにしながら、みんなを笑顔にするために、また友だちをつくるために、踊り続けている。最初は子どもだった姿もいまでは変化して、髪型やワンピースが大人っぽくなっていた。ロボロンにも見せてあげたいのにできない。でもここからまたおくさがどう成長していくのか、ぼくは一緒に見守っていくつもりだ。

「わかった。俺も知りあう前から尊敬してたデザイナーなんだ。紹介させてもらうよ」

氷山さんも誇らしげににっこりして、約束してくれる。

それで、ぼくらはまたトラックに乗って氷山さんを駅まで送り、家具屋をまわって買い物をすませた。晴夜さんがトラックを返却しにいってくれているあいだに、ぼくと心春はカーテンをとりつけてラグを敷く。段ボール箱はゆっくりあけていくことにして今日はここでおしまい。

晴夜さんが戻ってくるころには日も暮れて七時をまわっていた。

「一段落したし、食事を用意してあるから店においで」

彼が微笑んで誘ってくれる。びっくりした。

「え、本当ですか？　今日は定休日なのに」

「だからだよ。三人でゆっくり引っ越し祝いしよう」

こんなサプライズ……と、恐縮しながらみんなで家をでてお店へ移動した。セミと虫の声を聴いて、「夏の匂いですね」と話しつつ暗くなった路地をすすむ。今日からはこの道を歩いて、晴夜さんのところへ通える。

お店は貸し切り状態でちょっとわくわくした。心春とカウンターに座ってそわそわする。

「お昼にくるときもたまにしずかなことがあるけど、お客さんがこないってわかってるのってやっぱり特別感があるね」

「……うん。あき兄とわたしだけ」

「ぼくもいるよ」と晴夜さんが奥からやってくる。片手にホールのショートケーキを持って。

「引っ越しと、先日の誕生日祝い。心春ちゃんも一緒に食べて。あ、夕飯終わってからね」

手作りだとわかる大きなイチゴのショートケーキには〝ひとり暮らし&誕生日おめでとう〟というメッセージの入ったチョコレートと、たくさんの赤いイチゴがのって艶々光っている。

「すごい、おいしそう……！」

「……食べたい」

心春もケーキは大好きで、とりわけイチゴのショートケーキが大好物だから釘《くぎ》づけになっている。ふたりで喜んで眺めている間に、晴夜さんが今度は小さなお椀をぼくらの前においた。

「こっちはおそば。引っ越しそばね。引っ越した人が近所に配るもので、明が食べるのは違うけど、最近そば作りを始めたから試食かねて食べてみて」

「晴夜さんおそばも打てるんですか？」

「夏に冷やし中華ってお約束すぎるから、冷やしきつねそばとか、たぬきそばとかやってみたくて勉強中なんだ。おいしいかはわからないよ」

「いえ、嬉しいです。いただきます」

おそばの上には細く刻まれた油揚げがのっている。早速、箸で掬って食べてみたら冷たくてしこしこ滑らかに喉をとおっていく。つゆもコクがあって香りがよく、とってもおいしい。

「すごくおいしいです。これで勉強中なんですか？　おいしいよね、心春」

「うん、悪くない」

「ありがとう。十割そばまで作れるようになりたいもんだけどねえ」と晴夜さんが笑う。

それから「おそば以外はケーキにあうものをね」とチーズリゾットやチキン竜田、シーザーサラダなど、普段のメニューにはない料理も用意してくれて心春とシェアして食べた。

やがて料理を終えた晴夜さんもぼくの隣にきて、一緒に食べる。

「晴夜さんはなんでも作れるんですね」

「はは。今日のはあらかじめ用意しておいたのを温めただけだよ。味落ちてない？」

「全然。これから毎日のように晴夜さんの料理を食べられるのかと思うと幸せです」

「うちに越してきてくれれば、朝昼晩手料理をごちそうしたのにね」

「それは、だから……いずれ、」

心春の前で、照れくさくて言い淀むと、晴夜さんにくすくす苦笑された。

夕飯をひととおり腹にしまったあとはいよいよケーキ。晴夜さんが持ってきてくれたナイフでぼくが切って、晴夜さんにお皿へ盛りつけてもらい、みんなで味わった。

「晴夜さんの作るクリームの味、好きです。スポンジもしっかり味がついてますね」

「いろいろこだわってみたぶん、うるさくなってないか心配なんだけど」

「ううん、全然。とってもおいしい」

それぞれに存在感のある味がついていながら、甘さのバランスもとれている。いままで食べてきたどこのケーキよりおいしい。

「心春もおいしいよね」と訊ねたけど、「おいしい」とうなずくだけ。無愛想なのではなくて、夢中になっているときの顔をしてる。

「はは。心春もイチゴのケーキが好きで、よくお店を見つけてくるんですよ。それでぼくもたまにつきあって食べにいったりするんです。でもこんなにがっつくのは珍しい」

「あき兄、余計なこと言わないで」

「えー？」

怒られて、晴夜さんと一緒に笑った。

「喜んでもらえてよかったな。——明、誕生日とひとり暮らし、改めておめでとうね」

晴夜さんが微笑んでお祝いの言葉をくれる。

新しい生活が始まる一日目が、こんなに幸せな日になったのも晴夜さんたちのおかげだ。

「ありがとうございます。生まれてこられたのも自立を考えられたのも、よかったと思えるのは晴夜さんたちがいてくれるからです。……まだ支えてもらってばかりなんで頑張りますね」

晴夜さんと心春を交互に見てお礼を言う。

聖也さんとの思い出がつまった実家を離れて、晴夜さんがおいしい料理を作り、たくさんのお客さんを迎えながら生活しているこの町へ越してきたのは、たしかに転機だった。大きくてきらびやかな、ぼくの人生の一歩だった。


その夜は心春がうちに泊まることになった。

「……あき兄、わたしがここにいていいの」

部屋にきてもくり返される、三度目の質問。

「いいんだよ。外暗いのに、女の子をひとりで帰すわけにいかないだろ」

「平気なのに」

「ぼくが平気じゃないよ。まだ段ボール箱だらけだし、埃《ほこり》っぽいのが申しわけないけどね」

「平気」

　ぼくのひとり暮らしの新居で、最初に風呂へ入ったのは心春になった。真新しい男の部屋で幼なじみの女の子がいちばんにお風呂へ入る――こんな話を男友だちにしたら、からかわれて冷やかされて、心底羨ましがられるに違いない。でも人が想像するようなことはなにもない。

　ふたりで部屋を眺めてインテリアの新たな計画を練り、やがて話し疲れると、灯りを消して眠りについた。心春はベッド、ぼくはソファ。おたがいのあいだにカーテン越しの外灯の光がにぶくさしている。段ボール箱山は隅に寄せていて障害物はないが、会話するには距離がある。

「……あき兄、晴夜といたかったんじゃないの」

　心春がまた訊いてくる。淋しげな、詫びるような声をしている。

「気にしなくていいよ。これから毎日だって会えるんだから」

「でも今日お店休みだったのに。……ごめん」

　小さな声でも、その謝罪はきちんと聞こえた。聖也さんにもいつも強気で、つんとしながらぼくを守ろうとしてくれていた心春が、ぼくと晴夜さんのために謝っている。

「……心春、そっちいっていい」

　子どものころのお昼寝の時間みたいに。

「うん」

　許可がおりたので、自分のタオルケットを持ってソファからベッドへ移動した。心春が壁側によけて、ぼくも隣に横になる。成長して大きくなった身体で心春とひとつのベッドに入るのは初めてだったと思う。恋愛感情は発生しないとわかっていつつも、どことなく照れくさくて意識した。肩幅も腕も手指も腰まわりも小さい女の子……心春、こんなに華奢《きゃしゃ》だったっけ。

「……あき兄、大きいね」

心春もおなじことを考えている。身体を右に傾けてむかいあう体勢になると、心春もこっちをむいた。暗いけど心春の顔はうっすら見える。澄んだ瞳の凛《りん》とした表情。

「心春は小柄だね。子どものころはおなじぐらいだった気がする」

「うん。大人になったね」

「おたがいね」

笑って、左手で心春の頭を撫でた。

「……さっきあき兄の家に泊まるって連絡したの。今日はあき兄の引っ越し手伝うって言っちゃったからごまかせなくて。そしたら母さん舞いあがってた。〝結婚しちゃいなさい〟って」

淡々と話す心春の感情ははかりかねるけれど、声色や視線の動きでなんとなくうんざりしているのはわかる。

「ぼくら相変わらず期待されてるね」

「うん……わたしにあき兄以外の男っ気がないからだよ。この先も一生ないのに」

心春が目を伏せて、睫毛が瞳を半分隠した。心春の心の傷を感じる。

心春の口から父親の話がでることはほぼない。家族から存在を抹消しているかのように無視している。その憎悪が強烈ゆえに、ぼくのなかでも黒々とした悪魔めいた存在になっていく。

「心春は、心春でいいんだよ」

心春に笑いかけた。晴夜さんがいつもぼくに見せてくれる笑顔が頭に浮かんだ。彼のような温かい笑いかたができているかな。いま、ぼくは。

「……あき兄、最近笑うね。昔みたいに」

え、と思った刹那、心春がぼくにすり寄ってきた。

「……わたし、あき兄にゲイって言われたから女の子が好きって言ったの。……でもそれは嘘じゃなかったと思う。わたしは男はあき兄しか好きじゃない。ほかの男に触られるのは気持ち悪くて耐えられない。女の子とつきあってると、抱きたいって、あき兄には感じない愛しさを感じて、それを、恋だと想える。だから」

「……心春」

「お母さんたちがわたしたちをお似合いだって言うのが死ぬほど嫌だった。いろんな意味で。結婚したら幸せにはなれると思う。けどそれが間違った幸せだってこともわかる。わたしにはあき兄を癒やせない。愛してても心の底まで満たしてあげられない。わたしも癒やされない」

胸もとに心春の息がかかって熱い。

「聖也がいなくなったあとも、わたしにはあき兄を救えなかった」

もしかしたらこの熱さは、心春の涙かもしれないと思った。抱きしめたら呼吸しづらくなるだろうと思い、左手を慎重に心春の背中にまわしてさすった。

初めて知った心春の想いは、でも昔からわかっていたような不思議な納得もあった。

「……心の底ってなんだろうね」

満たせなかった、と心春が悔やんでくれていたぼくの底。

「ぼくは心春にしか見せられない心も持ってるよ」

「うん……」

「正しい結婚がどんなものか、ぼくはわからない。心春といるのは幸せだと思う。なのに満たしあえないっていう心春の言葉の意味もわかる」

「やっぱりセックスなのかな。わたしたちセックスするために恋をするのかな」

心春の声が感情的に響く。

「……そんなの、まるで動物だね。ぎゅってして、舐めて撫でて、愛情を確認しあいたいの。言葉だけじゃなくて、ぬくもりもないと駄目なの」

「それなら心春とだってできるよ」

肩をひき寄せて、心春の頰にキスをして撫でてめいっぱい抱きしめた。

「……あったかいね」

心春が泣き笑いになって言う。

「……うん、あったかい」

ぼくもこたえる。でもぼくらたぶん、ここは違う、正しい居場所じゃない、と感じている。

パズルのピースをあわせるように身体のでこぼこがぴったり埋まっているのに、温かいのに、なにかが違う。中学進学とともに初めて制服を着ることになり、〝すぐに成長するんだから〟とひとまわり大きなサイズのものを与えられたときみたいな心地悪さと、羞恥と、いたたまれなさがあった。どうやらぼくの身体は心春を愛するためのものじゃないらしい。

心春もぼくの腰に手をまわす。……ああ、この細い手もぼくを包むためにあるわけじゃないみたいだ。抱きあっていてもどうしてもどこか心許なくてぶかぶかだ。

父さんが見知らぬ女性と歩いていた背中と、母さんにネックレスを贈って照れた顔が過る。

「……きっと誰にでも、帰る場所があるんだろうね。ないって感じてる人は探して、探して、必死に求めて、淋しくてさ……迷子みたいにさまよう人生になっちゃう」

「……うん」

「ぼくはやっと見つけたよ。でも贅沢かもしれないけど、ぼくはそこに心春もいてほしい」

心春がまた力いっぱいしがみついてくる。嬉しい、と言ってくれているみたいに。ぶかぶかなのが嫌だ、と叫んでくれているみたいに。

ぼくも抱きしめ返した。ぎゅっと強く、心春の肌に愛情をそそぎこんで、ぬくもりと優しさをふたりで半分に分けあうために。


「――明、お盆休みはどう過ごす?」

ぼくの部屋にいても、晴夜さんはお茶をいれてくれる。今夜は晴夜さんお手製のレモンスカッシュ。冷蔵庫には昨日もらったフルーツパンチもあるし、ぼくの生活は彼のさし入れですこしずつ潤っていく。

「予定は、いまのところお墓参りにいくぐらいですね」

レモンスカッシュのグラスをくれた彼が、ソファにいるぼくの隣へ腰かけて微笑む。

「叔父さんの?」

「はい。晴夜さんは、お店結構長くお休みでしたよね」

店内チラシとブログに、山の日の祝日である十一日の土曜から十六日までお休みとあった。

「そうなんだよ。できれば明と一緒に過ごしたいな」

「うん。ぼくも晴夜さんといたいって思ってました」

見つめあってにやにや笑いあう。頬がゆるんで、彼の格好いい笑顔に反して自分はだらしない不細工顔に違いないから、恥ずかしくて、レモンスカッシュを飲みつつ視線をすこしさげた。

レモンを搾って作られているレモンスカッシュは、夏にぴったりのさっぱりした味。

「とはいえ、お盆は混むよねえ……明、いきたいところある？」

「あ、どうだろう。暑いし、部屋の片づけもしたいし、家でふたりでまったりしてもいいな」

「本当に？　デートで〝あそこいきたい〟〝ここいきたい〟とかないの？」

「うーん……晴夜さんが平日休みの人だから、お盆に無理しなくてもいいですよ。暑いし」

「花火大会とか、お祭りとかは？」

「あっ……それはいきたい。混んでも気にならないし。夜はすずしいし」

ははは、と晴夜さんが笑う。

「明は夏が苦手と見た」

「得意な人なんてきっといませんよ。今年もめちゃくちゃ暑いもの」

「うん、たしかに暑いねえ……」

晴夜さんがぼくの腰に左手をまわして身体を傾け、しなだれかかってくる。

右半身に晴夜さんの体重と体温が覆い被さってくる。グラスを持ったまま倒れそうになって、ぼくは体勢を保ちながら「重い……暑い、」と緊張を隠して苦笑いになる。体温の高い彼の胸や腕が、自分のTシャツ越しに摩擦して、どきどきする。

「……お祭りって、近所でやってるんですか。この町のこと、まだ、よく知らなくて」

「やってるよ。駅前の商店街でも、神社でもやるね」

「そうなんですね。晴夜さんといくの、楽しみです」

右耳の縁を甘く嚙まれた。「ン、」と肩を竦めると、耳たぶも弄ぶように舐められる。

「……明が好きな、お祭りの食べ物教えて」

熱い吐息を耳にかけられて背筋がぞくりとした。ぼくの……好きな、食べ物？

「え、と……」

晴夜さんに耳のうしろまで舌先でなぞられて、頭のなかの映像が彼の舌の這う自分の耳裏になってしまう。理性を保って、懸命にふりはらって、自分がいったお祭りの景色をひっぱりだした。実家の、近所の神社で毎年あるお祭り……心春といつもいっていた。

「明、」

神社の赤い鳥居の前にもずらっと屋台がならんでいて……ぼくが、最初に惹かれるのは、ええと……。

「ぎゅ……牛串、ステーキ」

「ぶふっ。いきなり重たいな」

「すごく、いい匂いがするんですよ」

「はは。そうだね、たしかにそそられる。ほかは？」

下唇を食んで吸われた。手からレモンスカッシュのグラスをとられてテーブルにおかれる。

「ほかは、水あめに……ベビーカステラと、チョコバナナ、ソースせんべい、」

「いっぱい食べるね」

「だいたい心春もいるから。ふたりで食べまくるんです」

「なるほど、納得だ。心春ちゃんは小柄なのに意外と食べるもんな」

レモンスカッシュの水滴で濡れた右手の指先を、晴夜さんに握られた。「冷たい」と呟いた彼が自分の頬にあてがう。彼の頬はあったかい。覆って包んだら、甘い笑顔がこぼれてきた。

「明は定番の焼きそばとかお好み焼きは食べないの？」

「あ、食べます。あと、フランクフルトも」

「フランクフルトか……エッチだな」

彼の右手がするりとぼくのTシャツのなかに入ってきて息を呑む。

「ふ、フランクフルトがエッチって……中学生、みたい、晴夜さん」

左側の胸を大きくて綺麗な掌で覆って撫でられて、乳首がひっかかるたびに肩で反応してしまった。むかいあっているのも恥ずかしくてうつむく。晴夜さんの頬を触っている手も、肩と一緒に強張るから照れくさくなってきて、数センチ浮かした。……テレフォンセックスしたとき想像していた彼の手が、現実に、ぼくの胸を触っている。

「ぼくが中学生だったら、とっくに明を襲ってると思うよ」

親指で乳首を転がされて、腹の下までずきずき刺激が走った。Tシャツが彼の手でふくらんでいることまでいやらしく思えてくる。……だって動いてる。ぼくの胸、いじってる。

「晴夜、さン……」

「胸の先のここ、桃色の色がついてるところ全部かたくなってるね」

やんわりつままれて唇を嚙みしめた。気持ちよくて、力みすぎて、こめかみが痛い。やめてほしいのに、右側の胸も彼の指を欲しがって疼いているのがわかる。

「……するなら、……ベッド、いきましょう」

胸にあった彼の手がぼくの膝裏まで一瞬で移動して、姫抱っこの体勢で抱きあげられ、素早くベッドまで運ばれた。ベッドサイドの棚にあるリモコンで灯りも消される。そしてぼくの右横にやってきて、腰に手をまわす。

「……しないよ」

いたずらっ子みたいな可愛い声で囁かれて、ふふっと笑われた。

「なん、」

「期待した？」

上目づかいで、また可愛く訊いてくる。

「……うん、した」

晴夜さんのほうへ寝返りをうってむかいあった。ここへ越してきて二日。晴夜さんは昨日も今日も仕事終わりに泊まりにきてくれたんだけど、触るだけでセックスはしない。

「ぼくもしたいけどねえ……明の誕生日を逃したからさ、なんとなく、また特別な日を待って抱きたい気持ちがあるんだよね」

「えぇ」

「なんでもない日にさらっとするのは悔しくない？」

変な意地のようなものが……晴夜さんのなかに、生まれている。

「じゃあ……十一月の、晴夜さんの誕生日まで、しないの」

あと三ヶ月近く、乳首をいじられてむず痒くなるだけ……。

「いや、ぼくの誕生日はべつに記念じゃないでしょ。明か、ふたりの記念日が望ましいね」

「晴夜さんの誕生日だって大事な記念日ですよ。十一月まで我慢できないけど」

ふたりの記念日ってなんだろう……。漠然としていて思いつかない。苦しい。したい。

「晴夜さんがいてくれれば、ぼくには毎日が記念日ですよ」

「だめ〜。それはないなあ。ほかになにか考えて、明」

楽しそうに笑いながら、晴夜さんがぼくの脚のあいだに自分の右脚を入れて絡めてくる。
ン、んー……記念日、記念日って……引っ越し初日も、お泊まり初日も終わってしまった。
あとはなんだ。

「わからない。初めての、お祭り記念日とか？」

「弱いなー。初めてのデートもラブホもすんじゃってるしねえ」

「困る……ぼくたち、いつの間にかたくさん記念日を過ごしてた」

初めてのキスも、テレフォンセックスも。バーベキューも、川遊びも。気がつけば記念日だらけだ。

「あ、わかった！　レモンサワー初めてちゃんと搾れた記念日。その日にセックスしよう？」

ひらめいて懇願《こんがん》したら、晴夜さんが「はっはは」と笑った。

「なんで笑うの。晴夜さんと初めて会った日に、搾って呑ませてもらった想い出のお酒ですよ。ぼくはいまだに自分の力でうまく搾りきれないから、できたら大事な記念日でしょ？」

「つらい……可愛すぎてどうしよう……」

真剣に言ってるのに、晴夜さんはお腹を抱えてひぃひぃ笑っている。

「笑ってないで、これから毎日お店に通って頑張るからちゃんと判定してくださいね」

厳しめな口調で言って晴夜さんの肩を揺すったら、「ははは、はあ～……」と笑い疲れて息をついた彼がぼくの額にキスをした。

「……残念ながらお店はお盆休みに入っちゃうから、とりあえず一週間はおあずけだね」

「あっ」

タオルケットをとって、晴夜さんがおたがいのお腹にかけて整えてくれる。枕もとに飾っている笑顔のおくさも、軋むベッドと一緒にすこし揺れている。

「明、」

お墓参りにはぼくも一緒にいっていいかな——晴夜さんが深夜のしずけさにそっと声をさし入れるように、やわらかく訊ねてきた。

聖也さんのお墓へ、晴夜さんと一緒に。

目の前に、ボタンがひとつはずれた晴夜さんのヘンリーネックTシャツの胸もとと、鎖骨と、喉仏が、うすぼんやり見える。彼の香りもする。

はい、とこたえて目をとじた。……この人に会えてよかった。この人がいてくれてよかった。生まれてきてくれて、ぼくと出会ってくれて、人生に関わらせてもらえて、本当によかった。

【8月10日(金)　明日からお盆休みになります。


いつもお世話になっております。

『食事処あずま』は明日11日から16日までお盆休みをいただきます。

営業再開は17日になります。なにとぞよろしくお願い申しあげます。


夏のお休みを、みなさまはどのように過ごされるでしょうか。

この記事を書いているいま、すでに帰省ラッシュのようすがテレビでながれています。

帰省されるかた、旅行へいかれるかた、おうちでゆっくり過ごすかた、さまざまかと思います。みなさまにとって有意義なお休みになりますように。

ぼくも大事な人と幸せな時間を過ごそうと思います。


お休み明けには新しいメニューを楽しんでいただくために、いろいろと準備中です。

リクエストも受けつけているので、なにかありましたらぜひコメントをください。参考にさせていただきます。

それでは。

またみなさまの心とお腹を満たすため『食事処あずま』でお待ちしております。】

——あー、また死んだ。

——明は下手くそだな、さっきから殺《や》られてばっかじゃねーか。

——あのラスボス強いよ。聖也さんはうまくやっつけられんの？

——ったりめーだろ。俺は天才だぞ。貸してみろ、ほら。

——や～い、嘘つき。聖也さんも死んだじゃん。

聖也さんにテレビゲームの面白さを教えてもらったころ〝死ぬ〟とか〝殺す〟とか、そんな言葉はあたりまえにぼくらの日常にあった。

死、という言葉が浮かぶ瞬間意識が躓き、声にして軽々しくだせなくなったのは、聖也さんが亡くなってからだ。言葉に宿っている責任と残酷を知るようになった。十九歳の秋。

「——明。花立て洗ったから、明はお花を飾ってあげな」

「はい」

聖也さんのお墓は、川沿いのお寺の大きな墓地にある。お盆だからか訪れている人も多く、周囲にならんでいるお墓にも綺麗な真新しいお花が飾られていて華やかだった。

お墓を拭いていたぼくの手から晴夜さんが布巾をとって交代してくれたので、仏花を包んでいる紙を剝《は》ぎ、大小さまざまなお花を二束にわけて花立てに飾っていく。でもすでに飾られていたお花もあったので、古そうなのをとり除いて隙間をつくり、やや強引に押しこんだ。

「なんか……ぱんぱんだな」

「はは。たくさんの人がきてくれたんだね」

「うん。去年の三回忌にも聖也さんの友だちが大勢きてました。たぶんその人たちだと思う。あと父さんと母さんもきてるはず」

「ご両親と一緒にこなくてよかったの？」

「……うん。父さんはぼくがひとりでくるってわかってるだろうし」

立派な黄色と白色の菊に、カーネーションもある。ほかは名前を知らない花ばかりだけど、桃色や紫の花もあって色鮮やかだ。小さな白いぽんぽんの花も可愛い。むきを考えて整える。

聖也さんは曾お祖父ちゃんたちのお墓へ入ったから、墓石には『神岡家之墓』とある。花と墓石と、真っ青な晴天の空。輪郭がくっきり浮かぶ真っ白い夏の雲。

「晴夜さん、もう綺麗だからいいですよ。ありがとうございます」

「そう？」

「うん。暑いし、お線香あげて帰りましょう」

入り口で買ってきたふたつのお線香を晴夜さんとわけあって、香炉の線香皿にお供えする。それから手をあわせてお祈りした。

知らない男を連れてきたから驚いてるかな。しかも名前もおなじだし。すこしは嫉妬してくれたりする？　なんて。

改まって湿っぽいことを言う気はないよ。三年間沈みこんで過ごして、心春にも心配かけて、笑わなくなったとか言わせてしまっていたけれど、自分の周囲の人たちや、聖也さんに、目をむけていけるようになったのは、この人に出会えたからだよ。

聖也さんがいない世界で、こんなに晴々《はればれ》とした至福感を知られるなんて思っていなかった。生きているよ。聖也さんとの想い出も大事にして、ぼくは生きているよ。

目をあけて、手をおろす。また立派な墓石と青空が視界を覆う。

「……なんか、不思議なんですよね」

「ん？」

左隣で一緒に手をあわせてくれていた晴夜さんも、目をあけてぼくを見た。

「ここに聖也さんがいるって、思えないんです。何度きても実感が湧かない」

「……生きてる気がする？」

柔和な瞳で晴夜さんが言って、小首を傾げる。

「うん……そういう感覚ももちろんあります。でももっと単純に、ここには灰しかないから」

「ああ」

「埋葬だったら、いるなって思えたんだろうけど」

晴夜さんが温かく、しずかに微笑む。

「いるでしょう、ここに」

そう言って、彼はぼくの胸の真んなかを左手でさすった。

「……ですね。でももうちょいこっちかな」とぼくは晴夜さんの掌を右の胸のほうへずらす。

「真んなかには、いま晴夜さんがいるから。定員オーバーです」

唇をひいて、今度は照れくさそうに、嬉しそうに彼が笑う。ぼくもつられる。

「ぼくはこっちがいいな」

す、と晴夜さんがさらに掌を移動させた。中心より下の、ぼくの身体の本当のど真んなか。ほくろがあるあたり。

「ここがぼくの大好きな場所だよ」

幸せでにやけすぎて、へへと声まで洩れてしまった。晴夜さんもふふと笑って、墓前でふたりして笑いあう。

「ちょっといちゃつきすぎたかな」

「いいんですよ、妬《や》かせてやりたい。〝妬くかばか〟って呆れるでしょうけどね」

「ふうん……叔父さんとはそんな感じなんだ」

「そんなって？」

「ぼくといるより、もっと無邪気な感じがする。明はまだぼくに対して敬語が抜けきらないしねえ……ぼくのほうが妬けちゃうな」

肩を竦めて、はあ、と演技めいたため息をつかれた。

「それを言うなら晴夜さんだってほんとは〝俺〟って言うじゃないですか。ぼくには〝ぼく〟って、ネコ被ってぶりっこし続けてる」

「ぶりっこって。……いいの？　穏和で大らかな優しい晴夜さんじゃなくなっちゃうよ？」

目を細めて、ちらりと意味深に見返された。

「……どんな晴夜さんになるんですか」

「うーん。ワイルドで、オオカミ」

得意げにフフンと言われて、ぷはっ、と吹いてしまった。

「全然嫌じゃないし怖くもない。ならぼくも敬語やめますよ？」

晴夜さんもくすりと笑う。

「いいよ。よそよそしくするのはやめて、もっとこっちにおいで」

彼の右手に腰を支えられて、額に一瞬だけのキスをされた。……さすがにこれはいちゃつきすぎだ。周囲の人の目もある。

「――じゃあ、帰ろう。晴夜さん」

水桶と仏花の包み紙のゴミを持って、炎天下の暑い墓地をあとにする。

おい、俺はなに見せられたんだよ――と、背後から聖也さんの文句が聞こえる気がした。

うっさい、セックス見せられるよりましだろ。ぼくが聖也さんをずっと見守っていたように、今度は聖也さんがぼくを見て、守っててよ。またね。また、くるね。


お盆休みのあいだ、ぼくらはずっとおたがいの、どちらかの家にいてくっついて過ごした。

神社のお祭りにもいった。ぼくに食べたいものを訊いたくせに、彼は屋台が見えてくると『俺は苦手なんだよ』とにっこりした。

――え、どうして。……あ、まさかまた味に文句が。

――それもそうだけど、屋台の料理は砂や汗が絶対入ってるからね。

――食べる前になんてことをっ。

びっくりするぼくを見て、晴夜さんは身体を折りまげてお腹を抱えて大笑いする。

——だってそうでしょう？　外で作ってるんだもの、風が吹いて砂が舞って、暑いからおじさんたちの汗も落ちて……うわ、無理。

——くり返さなくていいっ。……苦手なのに、なんでぼくに好きな食べ物を訊いたの。

——それはね、お祭りにきて料理を見るたびに、明が俺と気持ちいいことした夜を想い出してくれると思ったからだよ。

——なっ……わ、悪い人だなっ。

彼の思惑どおり、ぼくは自分が言った食べ物や、のれんの文字を見るたびにもやもや想い出した。牛串ステーキ、水あめ、ベビーカステラにチョコバナナ、ソースせんべい。焼きそば、お好み焼き、フランクフルト……。『胸の先のここ、桃色の色がついてるところ全部かたくなってるね』という声。

——……エッチな気分になってきた？

あの蠱惑的な瞳。晴夜さんはもしかすると本当にオオカミなのかもしれない、と最近思う。

——なっても……記念日まで、おあずけなんでしょう。

——そうだね、大事に愛しあいたいね。

しかもかなり意地悪なオオカミだ。

ふたりして焦れ焦れと苦しみながらも、なんだか楽しい禁欲生活も続いた。でもそれは同時に、晴夜さんがぼくを、セックスに慣れさせようとしてくれているみたいでもあった。

ぼくたちはクーラーがきくすずしい部屋でベッドに重なって、おたがいの胸や腰に手をまわし、脚を絡めた格好をしてだらだらとおしゃべりする深夜が好きだった。

テレビもつけない。灯りも消しておく。時計とクーラーの音と、外の虫の声だけが聞こえてくる部屋で、自分たちが過ごした学校のこと、一緒にばかをした友だちのこと、教師のこと、好きな食べ物、好きな映画、本、お店にくるお客さんのこと、晴夜さんのブログの内容、『アニパー』と『ライフ』のこと……と、ひとつの話題からべつの話の糸を手繰《たぐ》って繋いで、尽きることのない会話を続けた。

そうして、そうしながら、身体をすこしいやらしい手つきで触りあったりもした。

自分の胸が、晴夜さんに触られると容易くかたくなることを、ぼくは知った。性器をいじられるのはもどかしい。自分ならこうするのに、ということが叶わず、達しそうになると手をゆるめられたり離されたりして、意地悪く弄ばれるから辛い。最後には、ここをこすって、イかせて、と細かく指定して懇願するしかなくなる。だけど晴夜さんはそれを喜んでくれているみたいだった。

意地悪な彼には、ぼくも意地悪をする。手をゆるめたり、離したり、わざと歯を立てたり。晴夜さんのねだりかたは可愛くてセクシーだ。

——……お願い、明。もう辛いよ。

色っぽい声で言いながら、大人の余裕と色気たっぷりの瞳をにじませて笑む。そうされるとぼくは結局自分のほうがいつも負けているな、と悔しくも、愛しく想う。

挿入はせずに、毎晩触れあって、彼はぼくの身体をゆっくりやわらかくしていってくれた。服を脱ぐこと、裸を見せあうこと、触られること、触りあうこと、そういう行為ひとつひとつをすこしずつ丁寧に教えてくれるオオカミは、でもどうしたって優しい。

心地よく疲れた夜中に、ふたりでコンビニまで歩いて散歩する時間も好きだった。

——そういえば『アニパー』の副社長が深夜暴漢に襲われた事件があったよね。

——あった。あのときぼく、高校生だったな。ニュース観て、怖っ、と思った。

——氷山はその人の後輩なんだよ。

——え、そうなんだ。だから『ライフ』は『アニパー』と仲よしなのかな……。

八月も半ばになるのに、まだ夜も暑い日がある。コンビニで買った冷たいジュースを飲んで、お菓子の入った袋を揺らして、熱気をTシャツ越しに感じて額に汗をにじませながら、ふたりで歩く。月と外灯が皓々と照る、無人のしずかな道。

晴夜さんは自分で作れるものをコンビニで買うのが嫌いだ。『こんなの簡単に作れる、高すぎる』と、料理人らしく、ぼくには見えないものが見えてしまうらしい。だからだいたいコーラなんかのジュースとお菓子しか買えないけれど、コンビニへいくのは散歩の口実でしかないうえに、頼めば本当に軽食をささっと作ってくれるので、ぼくはなんの文句もない。

晴夜さんがこっそり手を繋ぎあわせてくる。見つめあってにやけて、笑いあう。

──……あれ。考えてみたら、氷山さんの会社も無料ブログって提供してるよね。晴夜さんはどうして『アニパー』の会社のをつかってるの。

——氷山の世話になるなんて嫌だよ〜……。

——なんで。貢献してあげればいいのに。晴夜さんが日記を書いていくだけで、氷山さんのところに広告収入とか入るんでしょう？

——そうだけど、ネットであいつとべたべたしたくない。

——どうせ氷山さん、晴夜さんのブログ読んでる。お店にもきて、貢献してくれてるよ。

——えー……メールアドレスとか登録した瞬間、丸裸にされた感覚になるじゃない。

——はだかっ？

夜道で、ぼくは口を押さえて大笑いしてしまった。

——あいつが店にきてくれるのはたまにだし、いいんだよ。じつを言うと氷山にもそれ責められてるけどね。『うちで書けよ』って。嫌すぎるなあ。

——リアルとネットの線ひきの微妙さは、なんとなくわからなくもないけど……晴夜さんは変なところが可愛く屈折してる。

とはいえ、自分もブログを始めるとして氷山さんのところで開設するだろうか。晴夜さんのように仕事関連のものならまだしも、個人的な日記は嫌かもしれないな……知りあいのテリトリーで赤裸々に私生活をさらすのは見られなくとも怖いし勇気がいる。文字は、正直だから。

花火はお盆過ぎに開催予定だった。運よく火曜日のお店の定休日に被っているから、ふたりでいこう、と約束していた。

——月が明るいね。

——うん。

——月夕《げっせき》っていうんだよ。月が明るい夜。

——げっせき？

——月と夕って書いて月夕。八月十五日のことでもあるんだって。十五夜のことだろうか。それとも、お盆のこと。

――晴夜さんにぴったりだ。

どちらの意味だとしても、ぼくにとっては晴夜さんの言葉だと思った。

晴れの夜。晴れ渡った、明るい、藍色の空の夜。

――俺が晴れていられるのも、明がいるからなんだよ。

繋いでいる手に、晴夜さんが力をこめてまたにっこりする。ぼくも顔が熱くなるのを感じてはにかむ。

――晴夜さん、詩的。

――素敵?

――違う、し、て、き。

――それは明もでしょ。恋すると誰しもポエマーになるものなんだよ。

――……。だとしたら、やっぱりぼくも氷山さんのところでブログは書きたくないかも。

――ははは っ。

晴夜さんも大笑いした。

帰ったら簡単なおつまみを作ってあげる、と晴夜さんが約束してくれていた。なにができるかは完成までの内緒。三品ぐらい作るから、すこし酒を呑んでから眠ろう、と。

プレゼントの箱をあけるときみたいな、こういうささやかで幸福なサプライズが彼は好きで、ぼくをいつもわくわくさせてくれていた。

帰宅すると、彼が作ってくれたいくつかのおつまみとお酒をおともに、部屋の灯りを消して月見をした。

——……人って、欲を持った瞬間から失望を知るよね。胸の底の澱《おり》のような、弱音、鬱積、孤独……そういうものを彼が吐露するのは、世界にぼくらしかいないんじゃないかと錯覚する真夜中が多かった。

——店をやってても、いろんな人がいるなと思うよ。些末《さまつ》なことで苛々してる人も、とんでもなく重たい現実を抱えながら笑ってる人もいる。そんなお客さんたち全員を癒やせたらって願って接してるのは事実だけど、こっちは相手の都合でサンドバッグにされたり、秘密を叫ぶ穴にされたりするだけなんだなって、たまに冷める瞬間もあるんだ。子どもだよね。

——……ぼくも最初は、晴夜さんを穴にしてたかもしれない。

——その言葉、卑猥だね。

寂寥《せきりょう》を洩らしつつも彼は笑ってぼくを楽しませようとしてくれるから、ぼくは苦しさと悔しさと憤りと愛しさが整理できなくなって口をまげ、彼の身体に寄りかかった。

——でも客のぼくらもサンドバッグや穴を選ぶよ。誰でもいいわけじゃない。晴夜さんの人柄を信頼したから心をひらいてる。みんなきちんと晴夜さんを欲してる。

——それはちょっと自惚れすぎじゃない？　二件目だーって、酔っ払ってひとりでふらっと迷いこんできた女の人が、会社の愚痴を叫んで帰っていくこともあるよ。面白いから、ブログのネタにさせてもらってチャラにしてるけど。

——ブログってそういう役目も果たしてたんだ……晴夜さんの穴でもあるみたい。

——そうだね。だから氷山のところで裸になるのが嫌なのかもな。穴まるだしってのはね。

——言いかた……。

彼と一緒に、ぼくも月の下でひそひそ笑う。

――いや、うん……まあ、お客さんの心とお腹の癒やしになりたいっていうのが、本当に、いちばんの、ちゃんとした本音なんだよ。だから新しい料理にも挑戦したくなる。自分の料理を食べて一緒に笑ってくれたお客さんが、満ち足りた顔で帰っていくのが嬉しい。

きらきらと子どものように輝きだした瞳には、希望や喜びがうつっている、と思った。

――ぼくは叔父を探してたけど、お店へいった日は晴夜さんを求めてたよ。癒やされた。

――……うん。明のことも責める気はない。俺も叔父さんの話をきっかけに明に惹かれたし、明のことを知りたくて、知ったら本気で欲しくなって、恋していったね。

最初に会った日のことは不思議と、ふたりでよくふり返って話していたように思う。そのつど、あのときから惹かれ始めていたよ、という結論を、ふたりそろって口にした。

――……トマトのまるごと煮と、味噌お粥。あの日以来明が好きになってくれた料理もね、作るたびに思い入れが強くなるんだ。他愛ない食べ物のひとつだったはずなのに、大事な想い出のおかげで息づくっていうか……料理に命をくれるのも食べてくれる人たちなんだよね。

――……命。

――俺は明を待ってた。探してたのは明だった。

晴夜さんが前にもくれた言葉をくり返す。相手を値踏みするようなつきあいをしていた、という氷山さんの言葉も過った。

――このあいだ話した恋や愛を嗤う人はね、俺の友だちとわざと寝たんだよ。

――わざと。

——ナギっていう人だった。ナギはみんなに狂ってるって嫌悪されてたけど、誰より汚いものが嫌いな潔癖だったんだと思う。信じられるものしか受け容れない。嘘や偽りを軽蔑する。だから俺はナギの特別になって優越感を得ようとしたんだ。それで捨てられた。

——……うん。

——俺が躍起になって探してたのは自分が愛せる相手だったんだよ。ナギみたいに潔癖で、愛情に誠実で凜とした人を、今度は俺も心から愛したかった。……ナギは裏切り者じゃない。裏切っていたのは俺だった。俺は裏切り者の自分が嫌で嫌で、自分自身を変えたかったんだ。

日本酒を片手に月を仰いで語る晴夜さんの横顔と声が、ぼくには誠実で、凜として見えた。氷山さんにとってクソみたいな人でも、晴夜さんには美しく感じられていたのか。

——店を始めてからは恋人探しもできなくなって、オオカミもずっとおとなしくしてたんだけどね……もう恋愛なんかできないまま、ひとりで死んでいくんだろうなあと思っていたら、ぼろぼろのハムスターがやってきた。一生忘れられないな……。

晴夜さんが幸せそうにゆったり笑っている。彼の身体に寄り添ったまま、ぼくはその横顔の長い睫毛、黒い綺麗な瞳、すらりとした鼻先、ふっくらした唇を見つめていた。

——オオカミじゃなくてライオンでしょ。水色のライオン。

——……だね。

——ぼくは見つけたよ。ヨルを晴々《はればれ》照らしてくれる、水色のライオンを見つけた。

待っていた、と彼は言う。たどり着いた、とぼくは思う。

ぼくたちは、おたがいにとってたしかに、人生の道の先に見つけた帰る場所だった。

九月に入り院の試験をひかえて勉強を終え、バスでの帰宅途中、おくさの頭の花が咲いた。世界でもっとも芳しく美しいとされているおくさの頭の花。草の髪とワンピースもふんわりまるくカーブしていっそう可愛く成長したおくさは、人間でいったら成人？　ぼくとおなじ歳くらいだろうか。

ひとりぼっちの日にも、笑顔で踊り続けて大人になったおくさ。前からもうしろからも横からも、どこからどう見てもたまらなく可愛らしくて、まじまじ眺めていたらバスを下車し損ねそうになった。

慌てておりて、スマホを片手に持ったまま家へ帰った。いてもたってもいられず、鞄をおろしてソファに腰かけておくさの行動を凝視する。おくさも部屋のソファでごろごろしている。髪もワンピースも、頭のお花も、おくさの動きにあわせてふわんふわんしてすごく可愛い。

飲み物が欲しくなり、いったんスマホをテーブルにおいて、急いで冷蔵庫からレモンスカッシュをとってきた。すると、おくさもソファを立ち、家をでて外へ遊びにでかけた。

今日はどこへいくのかな、と観察していたらいつもの公園だ。くさくないおくさは、きっともう哀しい思いをしたりしない。

どの遊具で遊ぶの、と話しかけるような気持ちで見守っていると、突然公園にいたモンスターたちがばっとふりむいて、わー、とおくさに駆け寄ってきた。みんなの頭の上に吹きだしが浮かんで、ハートマークが描いてある。……え。おくさ、もしかしてモテてる……？

まだ公園に一歩踏み入れたばかりで、誰かに話しかけてもいないのに、昨日までとはうって変わって全員がおくさを好意的に迎えてくれていた。遊ぼう、遊ぼう、というふうにおくさをみんながひっぱっていく。滑り台もブランコも砂場も、おくさのむかうところへみんなもくっついて移動していく。なんだ……なんだ、これ。

これ絶対、おくさの頭にお花が咲いたからだよな。おくさの健気で頑張り屋な性格は昔からまったく変わっていないのに、匂いが──異常で異端だって見なされていたところが普通以上に美しく変わったから。隣にいて自慢できる存在になったから、全員掌を返してきた……？

「……ひどいよ」

おくさが傷ついたこと……ぼくは忘れてないからな。

湧きあがってくる黒い気持ちを抑えようとしても、おくさの笑顔も困っているように見えてますます苛立ちが増してくる。帰ろうおくさ、と帰宅の指示をだして、おくさにお別れをさせて家へ誘導した。部屋に着くと再びソファに転がる。……最悪だ。なんなんだ。

くそ、とレモンスカッシュを飲んだら、その瞬間今度はメールの通知が届いた。心春だ。

『あき兄、いまバス停についたから遊びにいかせて』

心春が事前に連絡もなくいきなり家までくるのは珍しい。なにかあったんだろうか。

『うん、いいよ。ぼくもいま帰ってゆっくりしてたところだから』

ちょうどいい。ぼくも心春におくさの話を聞いてもらおう。

はあっ、と苛立ちを吐きだして髪を掻きまわし、気持ちを整える。もう一度レモンスカッシュを飲んで深呼吸したタイミングでチャイムが鳴った。

インターフォンにはでずに、玄関までいって心春を迎える。

「いらっしゃ、」

「あき兄、話がある」

心春の目が怒りと焦燥で尖っている。片手にはさっきのぼくみたいにスマホが。

「どうしたの」

ひとまず部屋へあげてソファまで招いたら、腰かけたのと同時に「これ」とぼくにスマホを傾けてきた。「ん？」と覗きこむ。ずらりと文字のならんだウェブページの、このデザインは……晴夜さんのブログだ。

「晴夜さんがどうかした？」

「下のほう」

このあいだの、お盆休みに入る前の記事だった。心春が指でスクロールしていくうちに彼女から感じるただならない空気にも押されて、なんだか得体の知れない恐怖心が腹の底をうごめきだし、身がまえて見守っていたら、コメント欄があらわれた。

心春の手がとまる。

【店長の大事な人ってケイちゃんでしょ？】

【ケイちゃんとののろけ日記を書いてもいいんだよ～】

からかうようなコメントのあとには晴夜さんの返信もあった。

【ケイちゃんとのおつきあいはプライベートなので記事にはしません笑】

え……。

「あき兄、確認しにいこう」

心春の怒気に満ちた声で、我に返った。

「いや……待って、確認って、」

「あいつ肯定してる。ケイさんとつきあってるって言ってるよ」

晴夜さんの笑顔が浮かんだ。信じている笑顔が、ゆがんで見えてくる。

「違う、そんなはずない。なにかの間違いか冗談だよ」

「お客さんがふたりもつっこんでるんだよ。常連客が知ってるってこと」

「バーベキューにいったとき会った常連さんたちは、晴夜さんの恋愛は謎だって、話してた」

「知ってる人と知らない人がいるだけでしょ」

「でも、」

「だから確認しにいくの。訊けばすぐ解決する」

「解決って……」

貧血を起こしたみたいに意識が眩《くら》む。信じてるし、信じたい。

ケイさんとつきあってるっていったって、引っ越してからも晴夜さんはぼくとずっと一緒にいてくれた。スマホで誰かとメールをしたり電話をしたりっていう場面はあったものの、浮気を疑うようなあやしい行動は見受けられなかったとも思う。

お盆前の記事……聖也さんのお墓参りにも一緒にいってくれたのに、ケイさんと二股《ふたまた》してるっていうのか？　そんなばかな。

「いこうよあき兄。あいつがちゃんとあき兄を好きならなにも起きない。疑いは晴れる」

晴れる……混乱して精神が麻痺した状態でも、晴れ、という言葉は一瞬輝いて感じられた。

「お盆にあき兄と一緒にいたのはケイさんが帰省してたからかもしれないよ、あき兄」

心春が大股で歩いて、晴夜さんの店にむかいながら憤懣を吐きだす。

「帰省って……」

「どこが故郷か訊いてないでしょ」

「でもあんなコメントのやりとり以上に、ぼくはたくさん言葉も愛撫ももらったよ」

「だからっ？」とふりむいて、ひきつった声で問う心春がぼくを睨んだ。

「バイなんだよあいつ。ケイさんと結婚してあき兄とは身体だけ愉《たの》しむつもりかもしれない」

初めて聞いた心春の怒声は自分を想ってくれてのものだとわかっても感謝より憤りのほうが強く迫りあがってきた。

「ぼくは身体でも、愉しむってほどあの人になにもしてあげられてないから、まだ」

「なら余計つじつまがあう。ヤれたら満足して捨てるんだよ。ゲームなんだよ、いまあき兄と一緒にいるのは」

「怒るよ心春。引っ越しだって、朝からつきあって、あれだけ一生懸命手伝ってくれただろ。ぼくは信じる。きっと理由がある」

店の前へきて、心春が戸に手をかけ、ぼくをじっと睨みあげる。

「……あき兄、洗脳されてるね。わたしは違う。あき兄を守る」

がら、と戸がひらかれた。

開店直後のお店はぼくらがいちばん乗りだろうと予想していたのに、思いがけず先客がいた。カウンターにならんでいるお洒落な女性がふたり……花梨さんと、なつみさんだ。

「あ、明ちゃん」

「明君じゃん、ひさしぶり〜」

ふたりが手をふって挨拶をくれる。これは結構ラッキーじゃないか……？　花梨さんたちも晴夜さんとプライベートで会うほどつきあいが長い。なにか、心春の憶測が間違いだって確信できる話題が聞けることを、期待してもいいんじゃないだろうか。

「明、心春ちゃん、いらっしゃい」

晴夜さんは昨日までとまるきりおなじ甘い瞳で微笑んで迎えてくれる。

晴夜さんを睨みつけている心春の手をひいて、ぼくは花梨さんたちに挨拶しながら会釈し、数席離れたカウンターへ腰かけた。……小あがり席にもお客さんが二組いる。大丈夫、状況的にも心春が暴走できる余地はない。どうにか、落ちついて対処するんだ。

「ふたりとも、まずは飲み物のご注文からどうぞ」

晴夜さんがきた。

「ぼくはレモンサワーで」と頼んだら、晴夜さんは意味深な笑みをそっとくれた。ひとりで絞れるように頑張ってね、と聞こえる。初めて抱きあう記念日にするために。心も身体も結ばれる幸福で大事なひとときを、ふたりで一緒に過ごすために。……そうだ。この人は身体目的なんかでぼくとつきあっちゃいない。聖也さんを亡くしたぼくがモノになる瞬間を愉しもうなんて、ゲーム感覚で今日までの想い出全部をくれたわけじゃない。絶対に。

「かしこまりました。心春ちゃんは？」

「おなじで」

どうでもいいという投げやりさで心春がこたえると、晴夜さんは一瞬きょとんとしたけれど、

「かしこまりました」とにこやかに応じ、カウンターのなかで用意を始めた。

「……心春、落ちついてね」

機先《きせん》を制したら、心春は唇をへの字にまげて〝誰この人たち〟と問うように花梨さんたちを顎でしめした。

「バーベキューに一緒にいった人たちだよ。美容師で、ここの常連さん」

ぼくは小声で教える。

カウンターにはいまのところ晴夜さんしかいない。奥に誰かいるようすもなく、ケイさんはまだきていないようだった。

「……明ちゃあん、」と、ふいに花梨さんが卑しげな声色でぼくのほうへ身体を傾けてきた。

「その子カノジョ……？」

「え、違います。幼なじみなんです。心春っていいます」

「幼なじみちゃんかあ〜。心春ちゃん、どうも〜」

花梨さんはぼくの隣の心春を覗きこむように声をかけてきて、心春も当惑しつつも「……どうも」と軽く頭をさげた。花梨さんが「はは」と笑う。

「いいなあ……幼なじみってそのふたりだけの絆があるよね。他人が入っていけない親密なさ。わたしたち今日元同僚の結婚式だったんだけど、その子も幼なじみと結婚したんだよ」

結婚式……そういえば、花梨さんたちはドレスっぽいワンピースを着て、髪も綺麗にウェーブかけてセットしている。普段着というには華やかすぎだ。

「おめでたいですね。ぼくらは兄妹《きょうだい》みたいな関係ですけど、ふたりだけの絆っていうのはたしかにありますよ」

「やっぱそうなんだ〜、いいないいな。あ、わたしたちの店の名刺って渡してなかったよね。よかったらぜひきて、明ちゃんも、心春ちゃんも」

花梨さんがバッグから名刺をだしてぼくらにくれる。「ああ、じつはぼく近所に越してきたんです。これからお世話になろうかな」「そうなの？　うん、ぜひぜひ」と笑いあっていたら、晴夜さんが「花梨さんは営業活動に抜かりないな」と苦笑しつつレモンサワーとお通しをくれた。

「だってわたしら仕事しかないもん、恋愛する時間ないしさあ〜。あずちゃんもわかるでしょ。週に一回しか休みなくて、しかもそれ平日で、毎日朝から晩まで働いて疲れきってさあ」

「わからなくもないけど、出会いはあるんじゃないですか？　結婚式も出会いの場だってよく言うじゃない、素敵な人いなかったの？」

「いたらここで呑みなおしてないでしょ。わたしも幼なじみつくっておけばよかったな〜」

「いやいや、幼なじみってそういうものじゃないから」

花梨さんとなつみさんと、晴夜さんが笑う。

「セーちゃんはいい加減わたしと結婚してよ〜」

なつみさんが酔っ払って蕩けた声で、またこのあいだみたいに晴夜さんを口説き始めた。

このながれはまずい、と危機感を覚えて心春をふりむいた刹那、心春が身を乗りだした。

「東さんはケイさんとつきあってるんですよね」

制止できなかった心春の声が、鶴のひと声のごとく響き渡った。

晴夜さんが瞠目する。

「……え、そうなの？　〝ケイさん〟ってバイトのケイちゃんだよね？　セーちゃんつきあってたの？」

なつみさんが食いつく。

「わたしも初耳」

花梨さんもつっこむ。

「うーん……」と晴夜さんは眉をさげて唸り、苦笑した。

「……そのことは、いずれ話しますね」

否定しなかった。

「は？　いずれってなにセーちゃん、結婚する気？　そっちで話進んでるの？」

「ぼくの独断で口外できる件じゃないから、ちょっと時間をください」

「絶対結婚じゃん！　裏切り者～……っ」

なつみさんがテーブルにつっ伏して「ひどい～、ケイちゃんわたしより若くて可愛いし～、嘘つき～……」とぐずぐず嘆き始める。

目の前に、まだ触れてもいない半分のレモンと搾り器がある。頭が真っ白で、レモンの黄色だけが鮮やかに艶めいて見える。

「正直にケイさんに対する気持ちを言ってください。全部ここで、はっきりさせてください」

心春がなおも煽る。

「そうだよ、どうしてわたしたちに口外できないの？　切ないな〜、あずちゃんにこんな薄情なことされる仲だと思ってなかったなーわたし。教えてくれたらちゃんと祝福するのにさ」

花梨さんも加勢した。

……やめてくれ。

「心春ちゃんを裏切るようなことはしてないよ」

晴夜さんの弁解は真剣で、真摯な声音をしている。

「わたしはどうでもいい、最初からあなたのこと信じてないから。でもあき兄は違う」

「明のことも裏切らない」

「ならちゃんと話してって言ってるでしょ」

「……心春ちゃん、落ちついて」

「落ちつかない。落ちつけない。裏切らないなら否定ぐらいしたらどうなの。時間が欲しいってなに。なんのための時間。騙してる人たちを善人ぶって言いくるめるための準備期間？」

「心春ちゃん、」

「裏切らないって言うけど、もう裏切ってるから。傷つけてるから。あんたなら聖也のかわりになれるかもって思った。一瞬でもそんなこと考えた自分を殴りたい。人間には心があるの。痛いの。苦しむの。生きてるの。ばかにしないで、おもちゃにしないで」

「心春」と制していた。店でこれ以上騒ぐわけにいかない。心春の左腕をとって椅子を立つ。

「きて早々すみません、いったん帰りますね」

見つめた晴夜さんは、哀しげな表情で「明、」とぼくを呼んだ。なにか言葉を発したそうにしている唇と、ぼくを見つめ返す瞳。ゲイだとかバイだとか、ここでぼくらの性指向に関する会話をおおっぴらにするべきじゃないっていう判断ぐらいは、できる。

「ケイさんのこと好きなんですか」

だからひとつだけ訊ねた。……昔、人を裏切った自分をずっと嫌悪し続けてきたと聞いた。これまでの想い出が、ぼくの信じるとおりの真実ならば、それなりの返答がもらえるはず。

――ぼくは考えるんだよヨル君。もし自分が死んだら、ぼくもヨル君に泣いてもらいたいって。おいていく子にこうして憶えててほしいって。新しい男にも、強引にしないでちょっと待ってやってくれよって。だからそうしてるだけ。ね、欲望に忠実に動いてるでしょう？

――本気で愛した恋人なんていままでいなかったって、明といると思うんだよ。

――……わかった。約束する。死なないよ。

――ぼくはどうやら母親似だったみたいでね。きみを亡くしたら、それがどんな失いかただろうとずっと想い続けるよ。ここでひとりで、きみを愛してる。

――改めて誓うよ。ぼくは明を最後にする。

――誕生日おめでとう。生まれてくれてありがとう明。

――俺が晴れていられるのも、明がいるからなんだよ。

――〝またね〟しようか。

「晴夜さんが好きなのは、ケイさんなんですか」

浮気や二股についても話した。ぼくは身体より心を奪われるほうが嫌だ、とこたえた。帰る場所であれるならそれでいい、と。でもそもそも、ぼくのところが寄り道だった、って心春は疑ってる。違うよね。ぼくとのつきあいは、聖也さんの死まで面白がって利用した、ゲームなんかじゃないよね。

「……わかった。正直な気持ちを言うよ。——好きだよ、心から愛してる」

まっすぐ誠実な眼ざしがぼくを見ていた。熱情のこもった、心臓の鼓動をそのまま声にしたような偽りのない告白に聞こえた。ぼくを救ってくれたこの人の口が、胸の底からとりだしてくれた告白は、ぼくへのものじゃなかった。

「ふざけんな」

怒鳴り声を嚙み殺した心春がレモンを入れていないサワーのグラスを持ちあげたのを見て、ぼくは咄嗟に腕を摑んでとめた。心春の手もとが狂ってグラスが落ち、サワーがぼくのTシャツにかかる。それは晴夜さんが選んでくれた桃色のハイビスカスが描かれたTシャツで、濡れてよれて見窄《みすぼ》らしく汚れたその花を眺めていたら……なんだか、脳天から絶望を浴びせられたみたいに重たく、ひどく疲弊してしまった。

「……すみません、帰ります」

いくよ、と心春の腕を摑んだまま鞄を持ってその場を離れ、店をでた。

花梨さんやなつみさん、晴夜さんもぼくを呼びとめていたけれど、とにかく晴夜さんの視界から逃れたかった。暗くなってきた路地を歩いて家へむかう。鈴虫の声、外灯の夕日色、心春の腕の感触。生温い風。腹にはりつく濡れたTシャツの気持ち悪い冷たさ。

「あき兄」

自分の気持ちがわからない。嘘だろ、と混乱してる。信じられない、とまだ信じてもいる。一方で、聖也さんごめん、とも思っている。……ごめん。紹介する人、間違えたかもしれない。聖也さんごめん。

雨の日は霧雨に降られながら走って追いかけてきてくれたのに、今夜は完璧に捨てられたよ。晴れているのに。

「あき兄、」

心春がぼくの腕をひいて足をとめる。

「戻らせて。わたし、あいつがあき兄を傷つけたら殺すって言ったよね」

……店のグラスを割ったっていうのに、懲《こ》りてない。

「やめてよ」

「あいつも傷つけてやらなくちゃ気がすまない」

「やめてくれ」

背中が重い。息苦しい。もういい。考えたくない。騒がないでくれ。掻き乱さないでくれ。

「嫌だ‼」

「――心春。これは、ぼくとあの人の問題だよ」

まだ……どうしたってまだ、好きで好きでしかたない。記憶に刻まれている晴夜さんの表情も笑い声も救ってくれた言葉も、恋しくて恋しくて、なしにできない。しがみついていたい。またね、といつもみたいに微笑んで優しくそっと言ってほしい。

「わたしだって聖也とあき兄を見てきたっ」

「心春」

「他人じゃない！」

　怒り狂って興奮する心春をひっぱって歩き、なんとか家へ着いたところでスマホが鳴った。晴夜さんからのメールだった。

『明、愛してるって言ったのはきみにだよ。さっきはああ言うしかなかった。いまはまだ店をでられない。あとでそっちにいって、ちゃんと説明するから待っててくれないか』

　……説明。

「こいつ、二股継続するつもり？」

　覗きこんできた心春の目には、もう晴夜さんの言動全部が浮気男のそれに見えているらしい。

「駄目だよあき兄。男も女も好きになれる奴は信じちゃ駄目。そのうち体裁のために結婚するけどいちばん好きなのはあき兄だ、とか言いだして、あき兄を飽きるまで弄ぶに決まってる」

「心春、いい加減にしな」

　叱りつけてソファに座らせた。心春に対してうんざりするのも嫌だ。冷蔵庫の前へいってレモンスカッシュをとり、グラスについで、心春のところへ戻って手渡す。

「……きちんと晴夜さんと話すよ。心春もぼくも、晴夜さんの言いぶんを聞いてないのに憶測で勝手に暴走しすぎでしょ？」

「……。暴走してるつもりない」

「この服を前にしてまだそう言えるの？」

心春が下唇を突きだしてそっぽをむく。ぼくはため息をつき、クローゼットから新しいTシャツをだして洗面所へ移動した。脱いだTシャツを水につけて、腹を拭いてから着がえる。

……心春が暴れるぶん、自分は落ちつかなければと使命感が働くから、暗い被害妄想に沈みこまずにすみはする。でも本当に平静を保てているのかは判然としない。

鏡とむかいあって深呼吸する。晴夜さんは説明してくれるって言った。聞こう。聞くまで、不信感と失望に呑みこまれないように気をしっかり持とう。

——そのうち体裁のために結婚するけどいちばん好きなのはあき兄だ、とか言いだして、あき兄を飽きるまで弄ぶに決まってる。

思いきって水で顔を洗った。冷たさが心までひきしめていく。考えない、考えない。

——体裁のために結婚

——飽きるまで弄ぶ

考えない。……考えるな。

蛇口をひねって水をとめ、タオルを顔につける。力まかせに拭きながら、おくさがロボロンに、好きだけど、家族も未来もあげられない、とふられたときの画面が頭に浮かんできた。

——【ケイちゃんとのおつきあいはプライベートなので記事にはしません笑】

——駄目だよあき兄。男も女も好きになれる奴は信じちゃ駄目。

——……あの子はやっぱり、男のほうがいいんだと思う。

もし……もし万が一、晴夜さんが女性と得られる未来を求めているとしたら、そのときは、どうしたらいいんだろう。お店の跡継ぎを欲してるとか言われたら。それが不可能なぼくは。

　ピンポン、とチャイムが鳴った。はっと我に返って、すこし迷ってからタオルを棚におき、玄関へむかう。インターフォンにでなくても晴夜さんだと確信があった。足先に靴をひっかけて開錠し、ドアをあける。数センチひらいたところで外からこじあけられて、現れた晴夜さんに乱暴に一瞬で腰をひいて抱き竦められた。

「……ごめん明。本当にごめん、悪かった。愛してる」

　裏切られたのかもしれない、と絶望したさっきより、悪かった、愛してる、と謝罪と告白をもらったいまこの瞬間のほうが、どういうわけか胸がひき裂かれるほどに哀しくて息苦しくて涙があふれだしてきた。

「……晴夜さん、」

「うん」

「好きです」

「俺もだよ」

「ケイさんのこと……聞かせてほしい」

「ン、話す。全部誤解だ、理由がある、本当だよ」

　実直な凛々しい声に安堵を覚えると、好きで恋しくて、また心臓が締めつけられて痛んだ。

「うん……でもどんな事情があってもかまわない。……ありがとう。ぼくがあなたに救われたのは本当だよ。一生変わらない事実で、感謝して生きてくよ。女の人も好きになれるあなたに、つきあってもらうことを……ぼくは、悪いって思ってなかった。考えて、なかった。ぼくも、ロボロンみたいに、別れてあなたを幸せにできるなら、それを受け容れる。……愛してる」

会ったあと、わりとすぐに好きだ、と言ってもらって、その穏やかなながれに浸ったまま、つきあい始めて恋人になっていた。

こうなる運命だったんだ、というふうな都合のいい多幸感に身を委ねて、大きな喧嘩も衝突もなくゆるりゆるりと続くあったかい日々を、いつの間にか〝自分のあたりまえ〟だと錯覚していたぼくは、とてつもないばかだったのかもしれない。

この人は男だけを好きになる男じゃない。女の人も愛せる男だ。いまさら気がついた。

ぼくは晴夜さんの人生を狂わせているんじゃないか。もしそうなら、ぼくなりの愛情で償うべきなんじゃないか。

「おくさちゃんとロボロンはいま幸せでいるの？」

「……え」

「ロボロンにふられて、おくさちゃんはいまもひとりぼっちなんでしょう？　恋愛メーターはロボロンを好きなＭＡＸのまんま、毎日ひとりでみんなのために踊ってるんだよね？　明にはそれが、幸せに見えるの」

おさまりかけた涙が、またぼわぼわあふれて視界をゆがませた。

「……見えない。ロボロンの決意を、想いを、間違いだとは、言いたくないけど……ふたりは全然、ちっとも幸せじゃないよ。淋しそうだ」

「こたえはでたね」

囁いた晴夜さんに再び強く抱き竦められた。後頭部を彼の左手に覆われて押さえつけられて、顔が彼の肩に密着する。

「……悪かった。ケイちゃんとは恋人のふりをしてたんだよ。前にもすこし話したでしょう、セクハラしてくる客がいるって。それで一部のお客さんの前で、恋人関係だって偽ってたの。今日も奥の席にそのお客さんたちがきてたからね、明にも真相を言うわけにいかなかったんだよ」

「恋人の、ふり……」

「ごめんね。普段は俺とケイちゃんも忘れている程度の設定で、近ごろは緊張感もうすれてきてたから明に伝えておくのを忘れてた。たぶんブログのコメント欄で気がついたんだよね？　あんな間接的なところから知らしめて傷つけることになって、本当にすまないと思ってる」

上半身を浮かせて離れ、晴夜さんの顔を見あげた。涙を拭って彼の目をしっかり見つめる。ぼくの知っている、ぼくに告白をくれるときの温かい愛おしげな目をしている。

「そんな嘘……晴夜さんが危険な目に遭うよ」

にこ、と微笑んだ彼に、額へキスされた。

「危険な相手なら警察に相談するよ。セクハラって言いかたが大げさかな。熱心なファンっていうかね……店に貢献してくれるから、うまくつきあいたい人たちでもあるんだよ」

「排除しなきゃいけない人たちじゃないいんだね」

「そう。……余計な心配をかけてごめん。明に嘘はつかない。誓って言うよ、愛してる」

手の甲で涙を残さず拭った。

「ぼくも疑いかけた。……ごめん。あんなふうに、店で騒ぐような真似したのも、反省してる。花梨さんたちも、ほかのお客さんたちもいたのに。グラスもごめんね」

「明は謝らなくていい。全部俺が招いたことだよ」

「違う、ぼくらのやりかたが大人じゃなかった。今度はなにかあっても閉店後にいくよ。心春をとめられなくてごめん」

「いや、心春ちゃんにも謝らせてほしいな。部屋にいる？」

晴夜さんがぼくの背後に視線をむけたら、「あき兄を傷つけないで」と突然心春の声がした。

「傷つけないで、もう傷つけないで！」

「心春」

「もう嫌なの、あんなあき兄は見たくないのっ」

うしろの廊下でぼくらのやりとりを見守っていたらしい心春が、叫んで両手で顔を覆い、泣いている。

「心春ちゃん、」

「やめて……わたしが、守るからっ……守らなきゃ……わたしが、」

「心春ちゃん、傷つけない。俺は明を絶対に傷つけないし、裏切らないよ。約束する」

「わたし、なにも……あき兄に、なにも……できなかっ、から……守る、」

うう、うっ、と心春が嗚咽する。心春の想いに胸が痛んでぼくが駆け寄ろうと身を翻したら、先に晴夜さんが靴を脱いでなかへあがり、心春をひき寄せた。

「わたし、が……あき兄を、」

「本当にごめんね。こんなばかげたことで心春ちゃんまで哀しませて。全部俺のせいだ。二度と明と心春ちゃんを傷つけない、裏切らないよ。最期まで明を愛していく。きみにも誓う」

晴夜さんの腕のなかで心春が慟哭《どうこく》するのを、ただ眺めていた。胸を痛めて、見ていた。

聖也が、死んだときに、なにもできなかったから、と心春は涙声で切れ切れに嘆いていた。救えなかった、わたしはなにもできなかった――心春が、どんな気持ちでぼくに寄り添い続けてくれていたのかを、このとき本当に思い知った。晴夜さんはずっと心春を抱いていた。心春もずっと晴夜さんに抱かれて泣いていた。

「あき兄、ごめん……さよなら、したくない」

泣き疲れて掠れた、うわごとのような声が聞こえる。

「あき兄とは……さよなら、したくないよっ……」

心春はぼくの役に立てなければ、一緒にいる権利さえなくなるとでも思っていたのか。

「しないよ、心春。なんだよさよならって」

近づいて心春の頭に手をおいた。さらさらの髪。ひさしい感触。子どものころはよく触ったのにいまは懐かしい心春の頭。

「〝またね〟だよ」

晴夜さんが微笑んで言った。

「〝またね〟だよ心春ちゃん。俺と明には小さなさよならもないんだ。心春ちゃんもだよ」

微笑んで、晴夜さんは心春の背中を撫でている。

「そうだよ心春〝またね〟だよ。ばかだな、心春と別れることなんか考えたことないからね」

ぼくも叱った。

心春はまだ泣いていた。しばらく泣き続けていた。ぼくを、想ってくれていた。

ぼくと晴夜さんはおたがい、どうでもいい人間に対しては淡泊だ、と話したし、いまだにそうだと自覚しているけれど、思えばぼくら以上にそれが顕著なのは心春だ。

自分のなかに他人を入れない。ただしいったん入れたら自分の身を抛《なげう》ってでも守ろうとする。なかば意固地になっていた心春の心が解け、改めて晴夜さんのお店へいき、『悪かったと思って、なくもない』と曖昧な謝罪をし、晴夜さんと和解するまでには二週間かかった。

晴夜さんのブログを見る前、心春は恋人と別れていたそうだ。事の顚末《てんまつ》を聞きながら、相手は心春とつきあいながら男に恋をして、次の〝帰る場所〟をつくってから巧みに心春を捨てた、とぼくは想像した。ぼくも腹立たしかった。でも心春がひきとめなかった気持ちもわかったし、晴夜さんにあれだけ激昂した理由にも納得がいった。

その後、心春は花梨さんの美容院へ通うようになり、一年間の片想いを経て彼女とつきあい始めるのだけれど、それはまたべつの話だ。

ケイさんも本物の彼氏ができて、〝専門学校を卒業したら結婚しよう〟と約束までかわし、左手の薬指に彼にもらった指輪をするようになった。おかげでファンの人もちゃんと諦めて落ちつき、晴夜さんの役目も終わったものの、何人かのお客さんたちに〝ふられた店主〟と嗤われているのが不憫《ふびん》で、ぼくは不愉快だった。あの嘘はケイさんを守るためのもので、晴夜さんにはちゃんとぼくがいるのに。

これでいいんだよ、と晴夜さんは笑う。どうせお客さんもすぐ忘れるからね、と。

晴夜さんの言葉どおり、お客さんたちは次第に店主の色恋など口にしなくなったし、どちらかというと、相変わらず彼に自分の愚痴や悩みを吐露することに夢中だった。

――どんなかたちであれ、みんな癒やしを求めてるんだよねえ……。

晴夜さんは眉をさげて苦笑する。

――みんなそれぞれに帰る場所がある。その途中で、ぼくの店へ寄ってお腹と心をいくらか満たしていってくれたらいいなと思うよ。

ぼくには四六時中癒やしだよ、と訴えたら、彼は嬉しそうに微笑んでぼくを抱きしめた。

――俺の帰る場所はここだけだ。

ささやかなすれ違いも経験して、おたがいの仲がさらに深まるのを実感し、いい加減記念日がきてくれないと困る――と悶々とし始めたのは、九月下旬に入ったころ。ひとつのベッドに入って触りっこしていたのが楽しかった時期もとうに過ぎた。最近は欲求不満がひどすぎて、手や口で満たしあったあとも、ふたりして『なんの修行だろうね……』と茫然とする。『もう我慢しまくった記念、ってことにしてシようよ』と哀願してみたが、『それも悔しいね。きっと俺たちに必要な時期がくるはずだよ』と晴夜さんは変に強情になってこだわりまくっている。嬉しくもあるし、彼は結構頑固なところもある人なので、しかたなくぼくは折れる。

秋が過ぎて冬になればぼくの大学院の合格発表、晴夜さんの誕生日、クリスマス、年末年始、といくつかイベントがある。最悪、それを希望にするしかない。

「――そういえば、おくさちゃんはどうしてるの？」

日づけが変わって、深夜二時前。今夜も一日の仕事を終えて疲れた晴夜さんがうちにきて、ベッドの上で枕を背におくさのぬいぐるみと遊んでいる。

「おくさ？　んー……とくに変わらないよ。毎日ちやほやされてる。パーティ会場でも、公園でも、町でも、みんな寄ってくるよ。昔は磁石の同極みたいにさーっていなくなってたのに、いまは対極っぽくべたべたしてくる。おくさの匂いを嫌ってた子たちもね。おくさが戸惑ってるように見えて、最近『ライフ』も長時間できなくなってるんだよな……ご飯あげるだけ」

横に伏せていたスマホをとって、『ライフ』をひらいてみる。

ぼくは晴夜さんの斜むかいで壁に寄りかかり、彼と脚を絡めている。すずしくなってきた現在も、こうしてくっついていると暑くなってくるから長袖シャツの下は下着一枚で、脚もむきだしだ。晴夜さんもおなじ格好。クローゼットには彼の服もだいぶ増えてきた。

「ほかのモンスターもおくさちゃんを嫌ってたわけではないでしょう。苦手だっただけで」

晴夜さんが優しくフォローをする。

「そうだけど、おくさと仲よくしたいなら筋を通してほしいよ。まずは〝いままでごめんね〟でしょ」

「ははは。自分のことだったら許すでしょうに、明はほんとに大事なものには厳しいね」

「当然」

フンと鼻を鳴らしたら、ふふと笑った晴夜さんがぼくの隣へ移動してきて寄り添い、一緒にスマホを眺め始めた。

『ライフ』の画面におくさが現れる。毎度ながらお腹を空かせているから、スキルアップして作れるようになったトマトのチーズ焼きとシーザーサラダと野菜スープをあげた。

「おくさちゃん料理すごいな、トマトのチーズ焼きは俺も作りたい」

「食べたい」

「はは。明日の朝食に作ろうか」

うん、と笑いあって、おくさがもしゃもしゃ食べ終わるのを待つ。

「頭の上のお花が本当に可愛いね……。ね～、こっちのおくさちゃんもこうなるんだよね～」

晴夜さんはぬいぐるみのおくさの手をかくかく動かして、赤ん坊にするみたいに話しかける。

ぼくは笑ってしまう。

「ぬいぐるみは蕾のころの子だものね」

「氷山に言ったらお花のおくさちゃんもつくってくれるかなあ」

「え、もしできたらすごく欲しい。ぼくも頼もう」

「たぶんあいつもそれぐらいの権限はあるはずだよ」

「そうなのか……しめしめ」

笑いあっていたら、おくさが食事を終えて食器も片づけ、玄関へ歩いていって外出した。

「おくさちゃん、こんな真夜中にもでかけるの？」

「うん。ご飯食べるとだいたいでかけるよ。夜行性のモンスターもいるから、森のパーティも一晩中やってるしね」

「なるほど。どこにいくんだろう」

にこにこ歩いていくおくさをふたりで見つめていたら、案の定森のパーティ会場に着いた。

「ここ、ぼくのおくさが初めて遊びにきた場所なんだよ。あのころはみんなに相手してもらえなくて、それでも懸命に踊って、ひとりで帰ってさ……」

淋しいはずなのに、おくさはいつも笑顔でいた。友だちをつくろうと努力していた。

「だめだ、想い出すと苦しくなってくる……」

「大丈夫、いまはひとりじゃないよ」

晴夜さんの指摘にうながされて視線をむけると、たしかにおくさのまわりにモンスターが集まってきている。舞台が四つほどあるのに、会場の入り口にきたおくさがいちばん人気になってしまった。

「ひとりじゃないけど……みんな、おくさのお花が好きなだけだよ。おくさのこと、ちゃんとわかってくれる友だちはまだいない」

「そうなの？」

「うん。いつもこうやってみんなが群がってくるから、特定の子とおしゃべりできないんだよ。わいわいちやほやされて、おくさが踊ってあげて、そそくさ帰っておしまいになる」

「アイドルみたいだ。人気者の性《さが》だね。みんなに求められていても、本人の孤独を全員がわかってくれるわけじゃない」

聖也さんの背中が脳裏を過った。

「……そうだね。輪の中心にいるからこそ、孤独になるってこともあるね」

晴夜さんの肩に目を押しつけて、こすりつけて甘えた。この人のことは孤独にしない。

晴夜さんが「はは、どしたの」と笑ってぼくの髪に指をとおす。ううん、と頭をふってぼくも苦笑し、姿勢を整える。

「……あれ。見て晴夜さん、誰かくる」

輪の中心で埋もれているおくさを、黒いスーツを着たいかにも悪そうな人型モンスターが隅へひっぱっていった。

「悪の組織みたいなのがきたね」

「うん、初めて見る。『ライフ』には悪の組織まであるのかな。敵キャラ、みたいな……？」

「どうだろうか」

木陰の薄暗い場所で、黒スーツの子がおくさに話しかけている。吹きだしがでて、なかに絵が……花、ナイフ、お金……ってこれ。

「おくさちゃんの頭の花を切りとって、売ってくれって言ってない？」

「ふざけてる、やっぱり悪の組織だよ！」

おくさがお花を両手で押さえて、頭をふっている。怖い怖い、というふうに汗を飛ばして、それでもつめ寄ってくる黒スーツに、本気で怯えだして、涙までこぼし始めた。

「おくさっ」

「これはまずいね」

慌てて画面をタップするけれど、可能な指示には〝踊る〟〝おしゃべりする〟しかない。

「なんで〝逃げる〟がないのっ」

「踊ったら助かるのかな？」

晴夜さんに言われて試しに〝踊る〟を押してみたものの、踊るおくさを黒スーツが手を叩いて賞賛して、また、花、ナイフ、お金、お金、と吹きだしをだしてにじり寄ってくるだけだ。おくさを歩かせて黒スーツから離しても、おばけみたいにすーっときて追いつかれてしまう。

「どうしよう、ふりきれないよっ」

そのとき物陰からひとりのモンスターが現れて、おくさの前に立ちはだかり、目をぴかっと光らせて黒スーツのおばけモンスターに光線を浴びせた。

「ロボロン！」

黒スーツは光に弱かったらしく、うわあ、と慌てて逃げ帰っていく。

「ロボロンだ！」

興奮して晴夜さんを見返したら、晴夜さんも「ヒーローがきたね」と微笑んだ。

嘘みたい。ロボロンとおくさがゆっくりとむかいあう。夏以来の、ひさしぶりの再会だ。

「きてくれた……ロボロン、きてくれた」

感激して目頭が熱くなってくる。

「……でもなんだか、ロボロン君はぼろぼろじゃない？」

晴夜さんが画面に顔を近づけて首を傾げる。たしかに、ロボロンは身体のあちこちが茶色く錆びている。

「うん……前はこんなんじゃなかった」

「そういえばロボは成長はしないけど、劣化はするんだったっけ」

「劣化……」

ロボロンの恋愛メーターも満杯ＭＡＸのままだった。おくさも。

ふたりは見つめあって微動だにしない。おしゃべりもしない。ただ、そこに〝告白する〟という指示がある。

「……どうしたらいいんだろう」

ぼくもふたりを見つめて指を動かせずにいたら、

「どうしたいの」

と晴夜さんが言った。

「どうって……」

もちろん幸せにしてあげたい。

「でも何度告白しても、そのたびにおくさが傷つくだけかもしれない。ロボロンはまた受け容れてくれないかもしれないよ。押しつけ続けたらそれは、好意じゃなくていつか相手にとって悪意になる」

うーん……、と晴夜さんも唸る。

するとロボロンがＣの手で、おくさの肩をぽんぽん叩いた。吹きだしがでて、お花、きらきら星、と絵が表示される。

「お花綺麗だね、ってさ。ロボロン君」

涙がでてきて、ぼくが「うん」とうなずいたら、おくさもようやく笑った。

ロボロンは劣化してしまったけれど、おくさは素敵に成長した。いまおくさはモテモテだ。まるでこうなることを、ロボロンはわかっていたみたい。

「汚れていくだけの自分と違って、おくさは成長したらみんなに好かれるって、知ってたから……ロボロンはおくさをふったのかな。自分以外のもっと素敵なモンスターと家族を、って」

だめだ、勝手な妄想でしかないのに、拭いても拭いても涙で画面がにじんでしまう。

「だとしても、おくさちゃんが好きなのはロボロンだよ明」

「わかるけど、」

「もう一度だけ告白してみなよ。これを本当の最後って決めてさ。じゃないと、ロボロン君はこのまま死んじゃうよ」

死――……その言葉に心臓を貫かれて痛くなった刹那、ロボロンが身を翻して歩きだした。帰ってしまう。

「待って」

〝告白する〟を押した。駆け寄ったおくさがお花をだして、また告白をする。今度の告白は、吹きだしに大きなハートマークがひとつでるだけだった。何度も。好き、好き、好き、とくり返しているみたいに、ハートマークが点滅する。

「おくさ……」

涙がとまらない。晴夜さんが横で苦笑して、ぼくの肩を抱いてくれる。

「さあ、ロボロン君はどうこたえるかな」

ロボロンを見守っていると、やがてゆっくりおくさをふり返ったロボロンも、目から黄色い涙をこぼした。オイル……？

「オイルだ……ロボロンが、いつもおくさと食事するとき飲んでた」

「ロボロン君もやっぱり淋しかったんだね」

再び手をあげたロボロンが、おくさをぎゅっと抱きしめた。吹きだしがでてきて、ロボロンも大きなハートマークの返事をくれる。

「やった……‼」

「よし！」

晴夜さんとふたりしてガッツポーズをした。おくさも涙をこぼしてにこにこ喜んでいる。

「よかった、よかったねおくさっ……」

ロボロンがお花を受けとるとふたりで歩いていった。パーティ会場をでて森の道へ。

「どこにむかってるの？」と晴夜さんが不思議そうにするから、「こっちにはロボロンの家があるんだよ」と教えて見守る。

「そうか……これからふたりで暮らしていくのかな」

「そうならいいな。結婚はできるから、ふたりで仲よく家族として暮らしていってほしい」

「そうだね」

ふたりがロボロンの家へ入ったところで、ぼくは『ライフ』をとじた。すっきり幸せ心地で、下瞼にたまっていた涙を拭う。と、いきなり腰をひき寄せられて、ベッドの上へ倒された。

「わっ」

「——明。これは記念日だね」

は。

ぼくの上で、晴夜さんがにっこりしている。

「記念日！　記念日だよ、おくさたちとぼくたちが幸せになる記念日！」

「うん、異論なし」

あははっ、とふたりして大笑いしてから、そっと顔を寄せてきた晴夜さんの唇をうけとめた。浅く、口先だけ食みあうやわらかく優しいキス。それから見つめあう。

「……灯り消そう」

ぼくが言うと、うん、と晴夜さんが横の棚に手をのばしてリモコンをとり、消してくれた。晴夜さんの〝三十五歳の部屋〟にあった、大人の夜の営みのための品物はいまやぼくの部屋にもそろっている。

「身体の調子悪くないよね。眠かったりは？」

訊きながら、晴夜さんが右手でぼくの髪を梳いて額にキスをくれる。

「……大丈夫。身体も意識もぎんぎんだよ」

「ははは……うん、俺もだな」

ふたりで笑ってキスを続けつつ、Tシャツをたくしあげられる。胸がでると、晴夜さんの左手の親指が乳首の下についた。

「あの夜みたいにしようか」

「……あの、って？」

電話でしたとき、と耳に囁かれる。

「うん……それが嬉しい」

「ふはは」

晴夜さんはすごく……ものすごく、焦らす人だ。触りっこでさえ、どこを触るときも簡単に気持ちよくなどさせてくれず、ぼくが苦しくて辛くて辛くて、泣いて怒りだすまで焦らしたりする。だからだいたい、おたがい満足して至福感に浸りきるころには朝になっている。そして窓からさす淡い白い朝日をうけて、ようやく眠りにつく。

なので、最初のテレフォンセックスは序の口、甘すぎ、易しめ、の部類に入る。すぐにでも欲しい今夜は、ちょうどいい焦らし度と言える。

「あまりひどくしないで、はやく挿入れて」

頼んでおこう、と思って先に叱る口調で訴えたら、また「はは」と笑われた。

「愉しみたいのになあ」

「今日までもずいぶん愉しんだよ」

「今日がいちばん大事な夜でしょう？」

「これからは毎晩大事な夜だから、いいから、どうしてもっていうなら、一度挿入れたあとに愉しんでいいから」

「ははは。喜んでいいのか哀しむべきなのか、悩むなあそれ……」

彼の人さし指がぼくの右の乳首の周囲をたどり始めた。乳暈の円にそって、まるくゆっくり、触れるか触れないかの危うさで刺激してくる。

「ん……」

爪の先から伝わるくすぐったさが、徐々に増していく。なんでこんなに他愛ない行為を官能的に感じるんだろう。ほんの数周でもの足りなくなってきて、先っちょに欲しくなってくる。

「……もうかたくなってる。乳首のまわりがきゅって緊張してるみたいにかたまるんだよ」

「言わなくて、いいから……」

「舐めてほしそう」

「わかるなら、して、」

「しない」

意地悪く言ってくすくす笑う彼が、左側の乳首にも指先を這わす。両方の乳暈を同時にくるくる刺激してくれるんだけど、絶対におなじ方向へまわったりしない。逆方向へ回転したり、ずれてまわったりするから、意識が彼の手を追いかけられなくなって、予測できない快感に身がまえる余裕もなく、気持ちよくて、乳首が淋しくて、理性もほどけるばかりでたまらなくて、どんどん苦しくなっていく。

「も、いいよ……乳首、欲し、よ、」

むずむずして、お腹に不快感が蓄積して破裂しそう。

「〝いいよ〟？」

「舐めて、いいよ」

「明は我慢できない子だよね」

「我慢……なんで必要、なの、わかんな、」

脚をこすりあわせて息苦しい快感から逃れるように身を捩る。軽く乳首に彼の指が触れると、神経が痺れるほどの気持ちよさに意識が飛びかけた。

「欲し、欲しぃ……もう、胸、いいから、」

「テレフォンセックスしたときのほうがもっと焦らさなかったっけ？」

「あれ、の……縮小版で、お願……しますっ……」

　ははは、と笑って、

「……可愛い」

　と、晴夜さんがぼくの右胸をぱくりと咥えた。

「ンンっ」

　舌先でもまた乳首のまわりだけなぞってから、強く吸いあげて先を甘噛みしてくれる。

「あ、ぁっ……すごく、感じ、る、」

　思わず肩をすぼめて、乳首から一気に全身へひろがった快感を力んで受けとめた。気持ちよすぎて、離れてほしくなくてしばらく続けてほしくて、快楽に落下していくのが怖くもあって、晴夜さんの頭を強く抱きかかえる。乳暈も乳首も、どちらも舌と唇で舐めて吸って、存分に気持ちよくしてくれて、脳が蕩けそう。

「う、ぁあっ……ンンンっ」

　指でつままれていた左側の胸も口で覆っておなじようにしゃぶってくれる。右側が彼の唾液でひんやりする。それさえ気持ちよく感じる。

「晴夜、さ……晴夜さンっ……」

「なに」

　乳首だけ吸いあげられて、先を捩るように離れていく唇をひき戻したくなり、晴夜さんの頭を抱いて押さえた。喉で笑われる。

「好きだね乳首」

「ん、ン……すき、……すき」

「俺も好きだよ、明の身体全部」

顔をさげていった彼がぼくの上半身のそこかしこへキスをして、吸って、痕《あと》を残してくれる。

真んなかのほくろも舐めて、強く吸われた。

「は、ンっ」

「うん……今夜は俺も、あまり我慢できなそうだな」

下着をずらしておろされた。ぼくも荒く呼吸しながら腰を浮かして手伝う。

「……こんなところまで濡らして、明いやらしい」

「晴夜さんの、せいだから、」

からかわれて、反論して、笑いながらキスをした。舌を搦《から》めつつ、右脚を胸のほうへ折られて、ぼくは左脚も一緒にひき寄せ、ひらいて招く。

「あのとき、ここもしてあげたよね」

濡れてかたくなった性器の先をちょんとつつかれて、「やっ、」と震えて反応した。

「エッチな糸ひいてる。……こんなふうになってたんだね」

「ちゃんと……想像、できて、……なかっ、たの、」

意地悪く煽られたって、ぼくももう動揺したりせずに言い返せる。

晴夜さんも瞳をにじませて微笑する。

「明の身体は、いつも想像をはるかに超えて可愛くていやらしいからね」

「褒めたって……なにも、でませ、からね、」

「でるよ」

エッチな液が、と囁いて鈴口と裏筋を同時にこすられ、くっと息を呑む。

「下、ネタっ……ばか、」

「本当のことだよ」

「ばか、……スケべ、」

「間違ってないね」

おかしそうに喉で笑われて、唇で首筋や乳首や、お腹を吸われながら、性器をこすられた。

「だめ、晴夜さ、イきそ……なる、」

指が離れていく。はあ、はあ、と胸を大きく上下して息を継いでいるあいだに、晴夜さんはローションをとってそれをぼくのお尻に塗りつける。

「も、しよう」

そこに指が挿入るのを驚き戦《おのの》いていたのもずっと前のことだ。いまは容易く受け容れられる。晴夜さんの欲望をはじき返すことなく、受けとめられる。

「辛かったら言ってね」

「いま……まさに、つらい、から、」

「ははは」

どんなときも彼は笑っていてくれる。昂奮して狂いそうなひとときにも、余裕を失っているくせに、こうやって笑ってぼくの心を和ませてほぐしてくれる。……大好きでたまらないよ。

「晴夜さん、」

彼の性器が自分のうしろを塞いだのを感じた。すこしずつ押しひろげて、奥へやってくる。自分の両腕を彼の背中にまわしてしがみついた。どうしよう。思っていた以上に、いやらしいどころか、とても……無性に、途方もなく、恋しい。愛しい。胸が熱い。嬉しくて嬉しくて、好きで、こんなにもなにより誰よりぴったりと傍でひとつに繋がりあえて、あふれだす至福感の膨大さに溺れる。摑みきれない。

「明」

強く抱き竦められて幸せにうち震えた。汗ばんだ熱い晴夜さんの身体が気持ちいい。奥まで沈んだ彼の欲望が、そっと律動してぼくの欲も烈しく責めてくる、ふくらませていく。

「晴、夜さ……ン、」

腰をすすめながら耳たぶや頰を嚙まれた。唇も舐めて吸われた。舌も。

好きだよ、愛してるよ、と魂ごと全身で愛《め》でられているような、溺れるほど幸福な感覚に陥る。熱い、あったかい、気持ちいい。嬉しい。……泣きたくなってくる。

「好き、晴夜さん……」

ぼくも彼の耳たぶを舐めてしゃぶった。

「ン……俺も愛してるよ明」

達する瞬間、目をとじていたのに眩しく光が散ったような錯覚を起こした。目をとじた瞼の裏の真っ暗闇のなかでも晴夜さんは光をくれる、ここは晴れている——そう想った。

心に在る春

――〝心春《こはる》〟っていい名前だよね。

あの日花梨《かりん》の店へ初めていって、髪を切ってもらいながらそう言われたとき、身がまえた。

――最初に声で聞いた瞬間はね、〝小さい春〟だと思ってたの。でもさっき会員登録カードに漢字で名前書いてくれたでしょ？　それ見て、ああいいなって。

わたしの名前を褒める人は、そのあとだいたいわたしと重ねあわせて苦い顔をする。この人もそうだろうなと予想して、胸の奥で先にため息をついておいた。そして心に鍵をかけた。

でも花梨の解釈は違った。

――心に春が在る、って素敵だなあ……心春ちゃんの春は明《あきら》ちゃんなんでしょう？　なんかこう、ぽかぽかって感じのあったかい存在っていうか。明ちゃんが大事なんだよね？　わたし、あずちゃんがサワーまみれになってびっしょびしょに濡れちゃうの、ちょっと見たかったな〜。あははは。

春みたいな心の子、ではなく〝心のなかに春が在る子〟だと花梨は言った。春のような温かい存在を心にしまっている子だと、花梨はあたりまえみたいに語って笑ったのだ。

恋に落ちたのは、そのときだ。

「まさかこんなことになるなんてね……」

　引っ越してきたわたしたちの新居の片づけが終わっても、花梨はこの現実にまだ困惑しているらしい。リビングの真んなかに立って、窓から入る明るい日ざしを眺め、肩を竦める。

「……後悔してるの」

　訊ねた声が自分でもわかるほど沈んでいた。花梨はため息まじりに苦笑しながら長い髪を右手でよけ、わたしの正面にくる。

「女に二言はないよ」

「二言のある女としか、わたしつきあったことがない」

「そいつらと一緒にしないでよ」

「……。一緒にならないでほしい」

　過去につきあった子は全員、わたしを愛してると言ってくれたその唇で、『ごめん、彼氏ができた』と謝罪して去っていった。どの子も、わたしが好きになって必死に口説いて、渋々受け容れてくれた子たちだった。それは花梨もおなじ。

「ばかだね心春。なに泣きそうな顔してるの……？」

　花梨の桃色のふっくらした唇が、自分の唇に重なった。

「ごめん、わたしも不安にさせるようなこと言って悪かった。反省する。後悔はしてないよ。わたしは自分で〝心春の春になりたい〟って想ったの。……心春の笑顔を見るのがわたしだけならいいのにって、そんなひどいことも思うよ」

「花梨」

わたしも花梨の腰に両手をまわして抱きしめる。唇にキスを返す。

「あき兄といるときは笑うかもしれない。でも笑うのは花梨とあき兄だけにする」

約束なんかしなくとも、どうせそうなるし。

「ばか」

花梨の口癖は温度のある甘い声でこぼれる〝ばか〟だ。悪意や厭味が一切ない。

「きて」

手をひかれて、一緒にソファへ崩れるように転がった。花梨が仰むけになって肘おきに頭をあずけ、わたしは花梨の上に重なって、ふたりで笑いあう。

「そういや、去年は心春、明ちゃんの引っ越しを手伝ったんだよね」

「うん。インテリア、アドバイスちょうだいって言われて」

「頼みたくなる気持ちわかるなあ……わたしたちのこの家もすごくお洒落になったもん」

「花梨のセンスもすごくいいよ」

「心春には負けるわ」

頭に花梨の右の掌がのる。細くて繊細な指が、自分の髪を梳いてくれる時間がわたしは好き。この手がお店でほかの人間……とくに男に、触れているのを想像するだけで腸《はらわた》が煮えくり返るぐらい好き。

「明ちゃんとあずちゃんは幸せにしてるのかねえ……」

目をとじると、去年の記憶が蘇ってきた。

——ねえ。

あき兄と氷山《ひやま》さんがトラックに荷物をとりにいって、わたしと晴夜《せいや》が部屋にふたりきりになった瞬間があった。わたしはまだ、晴夜の名前をうまく呼べずにいた。

——ん？　心春ちゃん呼んだ？

——……うん。

あき兄が好きになる男は、笑顔に特徴があると思う。聖也《せいや》も晴夜も、笑うと子どもみたいに急に幼くなって、夏の花みたいな温かさをひろげる。

——これはただのひとりごとだけど……聖也は、あき兄の叔父って立場上〝恋人〟って関係に抵抗を感じてた。けど極度な人間不信で、恋愛もいつも女の人に裏切られてて、信じられるのはあき兄だけだって言ってた。だからあき兄が二十歳過ぎても本当に自分を好きでいたなら、あき兄の気持ちにむきあうつもりだって、言ってたの。

——……そうか。

迷惑な話だけど、聖也はわたしにあき兄への気持ちを洩らして逝った。晴夜にそれを告げたのもわたしの償いだ。

——わたしにはあき兄を幸せにできない。……だから、

——そんなことないよ。明本人も心春ちゃんが必要だって言ってる。ぼくだけいても、明は幸せになれないんだよ。ぼくも心春ちゃんに、料理以外も受け容れてもらえるように、誠実に明を愛していくから、監視しててください。

ははは、と笑う晴夜を、晴天の空からさす光越しに見ていた。

——わかった。あなたがあき兄を裏切ったら殺す。

——……うん。お願いします。

「心春、今夜はひさびさにあずちゃんの店に夕飯食べにいこっか」

「……。いいよ」

花梨が着ているキャミソールの肩紐をずらして左胸をだす。わたしの掌におさまらないほど大きくてかたちのいいこの胸が好き。乳首が桃色で小さいのも可愛い。

「花梨。わたしあき兄の叔父に初めて会った日〝死ね〟って思ったの」

「……どうして」

「『おまえちっせー胸だな』って言ったから」

花梨は小刻みに数回うなずいて、「……なるほどね」と納得してくれた。

花梨にはすべて披瀝している。わたしがなぜ男嫌いなのか、父親になにをされていたのか、なにもかも。女性の身体に対して卑しい口を叩く男はこの世から抹殺されればいいと思う。

「あの男のことが大嫌いだった。あき兄がどうして好きなのかわからなかった。わかりたくもなかった。でも本当に事故で死んでしまったとき、わたしの呪いかもしれないと思ったよ」

「心春の祈りが届いちゃった、って？」

「……うん」

花梨の右指がわたしの髪を鷲掴《わしづか》むように分け入って、もっと奥まで直にしっかり包みこもうとするみたいに覆ってくれる。こういう漠然とした話をするとき、花梨は簡単に笑い飛ばしたり、〝違うよ〟と適当に否定したりしないから信頼してしまう。

「あき兄、事故のこと知ったあとものすごく暴れた。相手の車の運転手を、殺す、殺してやるって、本気で叫んで、お父さんに羽交い締めにされて……。人があんなふうに狂うのを初めて見て、わたしのせいだと思ったら怖かった」

「うん」

「極力、あき兄の傍にいるようにしてたけど、笑わなくなったあき兄を救えたのはわたしじゃなくて……わたしはなにもできなくて……」

お店の面白いブログを見つけたんだよ――と教えてくれたときからもうあき兄は笑ってた。興奮して、楽しそうに話してくれた。わたしはやっぱり隣にいるだけの木偶《でく》の坊《ぼう》だった。

「……ごめんね、こんな話」

花梨が相づちをうちながら黙って聞いてくれるから、つい甘えてしまう。甘えているうちに相手はどんどん心に鬱積をためて、わたしを嫌っていくって、知っているのに。

「なにが〝ごめん〟なの？　わたしは嬉しいよ、心春がわたしに心をひらいてくれてるのが」

「……でも、重たくて鬱陶しい話だ、って自分でも思う。ごめん」

「あはは。可愛いやっちゃな～っ」

わしわし、と髪を両手で掻きまわされた。

「ああ、ぅ」

「同棲始めてやっとふたりでいられるようになってさ、これから時間はた～っぷりあるんだよ。重たかろうが鬱陶しかろうが、あほらしかろうが、くだらなかろうが、どんな話もたっくさんしようよ」

「花梨、」

「——ほら、続けて」

花梨が笑っている。花梨も、春の花みたいな笑顔を咲かせる綺麗な人だと想う。

ずっと笑えていなかったのはわたしもだ、とこの人が教えてくれた。わたしも花梨の前では知らないうちに笑っている。花梨がわたしの心に咲く春。

「……あのね、」

生きる理由をくれてありがとう。花梨がふたりめだよ。死ぬな、ってその存在で、わたしをここにひきとめてくれる人。すこし前をむいてみるね。自分のことも大事にしてみる。愛するってこと、いまさらわかってきたのかも。もう迷わない。……わたし、生きていく。

十五年後のヨル

おくさはあのあと、ロボロンと結婚してふたりで暮らし始めた。

ロボロンとふたりでいると、いつもちやほやしに寄ってくるモンスターもちょっと遠慮する。おかげで、おくさからほかのモンスターに話しかけて、友だちを増やすこともできた。

いちばんの親友は、森の奥に住んでいるおととだ。おととは、眉毛や髭《ひげ》がもしゃもしゃ生えてくる呪いにかかっている。自分では決して切れない、という呪いなので、二日にいっぺんはおととの家に遊びにいって、毛を切ってあげるのがおくさの仕事だ。

ひやり博士っていう、雪の国に住む先生みたいなモンスターの仕事を手伝ったりもしている。みんなの苦しみを感じとれる力を持っているひやり博士は、たくさんのモンスターに頼られていつも忙しそう。だからおくさは、自分が作った野菜のご飯やジュースをさし入れしにいく。ひやり博士に喜んでもらうとおくさも嬉しそうに笑う。

前にスカートを燃やされたひのことも、いまは友だちだった。火を吹きかけられてもへっちゃらなロボロンが、ひのことおくさのあいだに入って言葉を通訳してくれるからだ。水のモンスターのみずこもロボロンとおなじ通訳ができた。ひのこは昔のおくさみたいに、個性を理解してもらえないようで、みずこしか友だちがいなかった。だけどロボロンとおくさともちゃんとおしゃべりできる。もう淋しくない。

二ヶ月ほど、ロボロンとの幸せな生活は続いた。

次第にロボロンの身体は錆びて、歩けなくなった。寝たきりになったロボロンに、おくさは毎日オイルを飲ませてあげたけど、劣化してしまった身体はもとに戻らなかった。

おとともひやり博士も、ひのこもみずこも、ほかの友だちもみんな、動けないロボロンに、毎日会いにきてくれた。ぼくもみんなの楽しそうな姿をカメラで撮り続けた。

『ライフ』にはおしまいがあるらしい。なるほど、タイトルどおりのゲームだ。

ロボロンが停止してしまったのは十一月の二十日。晴夜さんの誕生日だった。

最期の日は、ロボロンとおくさのまわりにたくさんの友だちがきてくれた。ぼくと晴夜さんも見守っていた。

ロボロンのCの手をとって、おくさが隣で笑顔で泣いていた。友だちもみんな涙をこぼしつつも微笑んでいた。またね、と言っているように見えた。

ありがとう、またねロボロン。

またねおくさ。みんな。

おくさはロボロンのお墓を家の裏につくって、毎日お参りへ通っている。たくさんのお花とオイルを持っていって、飾って笑顔で手をあわせる。それからおとともひやり博士のところへ手伝いにでかけていく。ひのこやみずこのところに遊びにもいく。ちっとも淋しそうじゃない。

おくさはもう永遠にひとりにはならない――。

「――いらっしゃい氷山《ひやま》さん、結生《ゆき》。遅かったね～」

「悪い、道が混んでた。平日は首都高が混むんだよ」

「ごめんね、わざわざありがとう。ほかのみんなもきてくれてるから、どうぞあがって」

氷山さんと、氷山さんの彼氏で『ライフ』の生みの親、結生が「お邪魔します～」と家へやってくる。

廊下をすすんでたどり着いたリビングは、人でごった返している。

ソファに腰かけているのは結生の後輩の忍《しのぶ》と、忍の幼なじみの日向《ひなた》、日向の彼氏の新《あらた》さんと、日向の義弟で忍の彼氏の直央《なお》。

奥のベッドの横にいるのは、氷山さんと結生に紹介してもらった『アニパー』の会社の副社長大柴《おおしば》さんと、大柴さんの彼氏の一吹《いぶき》。

キッチンで料理の用意をしてくれているのは心春《こはる》と花梨《かりん》さんだ。

みんな氷山さんと結生を見て「遅いよ」「待ってたよ」「はやく食事しよう～」とそれぞれいっせいに声をかける。

まったく騒がしい。

「晴夜《せいや》さん、大丈夫？　今日はすごいにぎやかになっちゃったよ」

ベッドへ近づくと、枕に背をあずけて座っている晴夜さんが「はは」と笑った。

「にぎやかでいいだろ」と結生がぼくの横にきて、「ほらこれ」とお花をくれた。

「ありがとう。また部屋が華やかになるよ」

「うん、俺も飾るの手伝うよ。あと緑《みどり》さんがお菓子も持ってるから、東《あずま》さんも一緒に食べよーぜ」

晴夜さんも「ありがとう結生君」とお礼を言う。

「東、おまえ食べ物にうるさいから選ぶの面倒だったぞ」

氷山さんもきてぼくにお菓子の包みをくれた。きちんと包装されていて中身がわからない。

「なにを選んでくれたんですか？」とぼくが訊ねたら、氷山さんが「フルーツゼリーだよ」と教えてくれる。

「晴夜さん、ゼリーはいいよね。あとで冷やして食べよう」

「うん、楽しみだよ」

ぼくらの横にいる大柴さんが、右手を顔の横にあげて「俺もゼリー大好きー」と可愛く微笑んだ。隣にいる一吹も「俺も」と真顔で真似をする。

「わかった。じゃあすぐ冷やすから、あとでみんなで食べようね」

包みを持って冷蔵庫へ移動すると、ソファにいた日向が立って「明《あきら》」とぼくを呼んだ。

「ん？」

「なにか手伝おうか」

「あ、助かる。じゃあ心春と花梨さんが料理作ってくれたから、一緒に運んでくれる？」

「オッケ」

日向とふたりでキッチンへ移動して、ぼくはゼリーを箱からだし、冷蔵庫へしまっていく。

花梨さんが「日向サンキュ。カウンターにおいたやつからどんどん運んじゃって」と頼み、日向も「了解～」と、テーブルとキッチンカウンターを往き来し始める。日向はどんなこともにこにこしながらこなしてしまう、軽やかで優しい奴だ。

ちなみに日向が持っているうちのこのお皿は、すべて日向の彼氏の新さんのお店でそろえた。デザインも素敵で、晴夜さんは『料理をおいしくするには皿も大事なんだよ。すごくいい』といつも絶賛している。お店のお皿も新さんに相談して、総入れかえしたほどだった。

日向が運んだ料理を、新さんと忍がテーブルの上にちょうどいいあんばいにならべていく。箸や飲み物や受け皿もふたりが人数分配置してくれた。

「じゃあそろそろ食べようか」

今日は人数が多いので、ちらし寿司にした。あとはお吸い物やデザート。

心春と花梨さんがまたお皿に盛っていってくれて、みんなの手にちゃんとゆき渡ると、ぼくが「今日は本当にありがとうございます」と挨拶し、乾杯の音頭をとってから食べ始めた。

ぼくも晴夜さんの隣の椅子に座って食べる。わいわいと、みんなそれぞれに誰かと会話をするからとにかく騒がしい。

「緑のおみやげのゼリーも楽しみだな」

「あんたのぶんはないですよ」

「なんでよ」

大柴さんと氷山さんは相変わらず犬猿の仲で、一吹も横で隠れて「ふふ」と笑っているし、

「日向、おまえ新さんの前では料理の食べかたが上品だな」

「は？　いつもと変わんないだろ」

忍は日向と新さんをからかうし、

「やーめろ忍。おまえだって直央にはわんわん尻尾ふってんだろ」

「結生さんほどぶりっこじゃありませんよ」

「は？　ぶりっこじゃねーし」

結生も、そんな忍にやりこめられる。

「直央ちゃん、ちょっと忍調子乗ってるからなんか言ってやんなよ」

「あいつ、ねじくれてるからしかたないっす」

「……言えてる」

しかし忍は直央と心春と花梨さんにだけは敵わない。

ぼくと晴夜さんもみんなの会話を聞いてつっこんだりからかわれたりして終始笑っていた。

「みんながいると、ほんと楽しいね」

「だね、にぎやかだ」

出会ったころのような、初夏の温かい昼下がりに。みんなの陽気な会話と笑い声に囲まれて、太陽の光いっぱいの明るいリビングで。

ベッドのまわりにはたくさんの写真を飾っている。

ふたりで山へキャンプしにいった日の木々や河原や星々。お祭りに花火。

旅行先で食べた、晴夜さんが珍しく褒めた料理たち、それぞれの観光地、絶景。

そのすべての場所で、撮りあったおたがいの笑っている姿。

写真におさめきれないことは心に記憶している。なんせぼくらには記念日がたくさんある。ショッピングパークでした初めてのデート、帰りに寄った初めてのラブホ、『あずま』からの帰り道でした初めてのキス、初めてのテレフォンセックス。

花梨さんたちといったバーベキュー、川遊び。

おくさとロボロンが結ばれた記念日、ぼくらが初めてセックスをした記念日。

レモンサワーを初めてひとりでちゃんと搾れた記念日。

記念日とはいえないような、他愛ない日々も宝物だ。

梅雨に買ってもらった傘。夏の夜のコンビニまでの散歩。秋のささやかな誤解とすれ違い。冬のロボロンとの〝またね〟。

「――明、」

晴夜さんがぼくを見あげて微笑んでいる。

「うん？」

彼の右手をとって、ぼくも微笑み返した。大きくて綺麗な、おいしい料理をぼくにたくさん食べさせてくれた大好きな手。何度もぼくを抱きしめて温めてくれた手。

「……またねだね」

囁きに似た、小さな声で彼がそう言う。やわらかい笑顔をひろげる目もと、睫毛。唇。

「うん……またねだね」

温かな彼の掌を自分の頰にあてがった。それから、眩しい陽光に照る彼の頰と唇に、そっとしずかなキスをした。晴れた空からさす光と、みんなの明るい笑い声がぼくらを包んでいる。

ぼくたちに、さよならはない。

【8月15日(月)
『食事処あずま』ブログを見守り続けてくださいましたみなさま。
こちらは、店の閉店とともに本日より更新を停止させていただきます。
『あずま』の料理を愛し続けてくださいましたみなさまに深くお礼申しあげます。
みなさまの心とお腹を満たせたら幸せだと、それが店主の願いでした。
過去の記事に寄せていただいたお見舞いの言葉も、
恐縮しつつ、店主の東と拝読しておりました。
東はみなさまの優しさと、友人たちに囲まれて最期まで笑顔で旅立ちました。
長いあいだご愛顧いただき本当にありがとうございました。】

あとがき

アニマルパークシリーズ四作目『月夕のヨル』をお贈りします。

このシリーズは一作目『坂道のソラ』二作目『窓辺のヒナタ』が「同性愛の辛さ」というテーマで対になっており、三作目『氷泥のユキ』と四作目の今作『月夕のヨル』も「生きること」というテーマで対となり、成りたっています。そのうえで全作が細かなキーワードでも繋がり、支えあいながら、単品でも楽しめるようになっています。

今作は「別離のかたち」もテーマにしていました。しかしシリーズのこれまでの作品に登場してきた人物たちが、晴夜と明を中心に出会うお話でもあります。賢司と一吹、新と日向、緑と結生、それぞれの人生の物語も、ご興味を抱いてくださいましたらぜひご覧ください。

シリーズ最後まで、想像通りの世界観を美しく的確に彩ってくださったのはｙｏｃｏ先生です。毎回物語のイメージぴったりの色彩でロゴをつくってくれたデザイナーさん、彼らの恋の物語をきちんと把握してサポートしてくださった校正者さんにも深くお礼申しあげます。

わたしの力が足りない部分をたくましく支えてくださった書店さま、担当さん、温かく信じ続けてくださる読者さま、みなさまがむけてくださるたくさんの得がたい想いも教えてくれた幸せなシリーズでした。

『月夕のヨル』、そしてアニマルパークシリーズを手にしてくださいましたみなさまに心から深くお礼申しあげます。

またね、でおしまいにさせてください。本当にありがとうございました。

朝丘　戻

Thankyou! YOCO
あにまる ぱぁく

6月11日のヨル

運命の相手ってのはいるんだなと思った——と十七年来の友人になる氷山《ひやま》が言いだしたのは、梅雨に入ったばかりの六月だった。

仲間内では甘ったるい恋愛からもっとも縁遠い男で、大学を卒業して働きだすと〝恋愛より仕事〟というようすだったので、便りがないのはいい便りと信じて音沙汰がなくとも放っていたら、突然ふらっと店へきて『恋人ができた。最期まで一緒にいたいと想う相手だ』と言う。左手に指輪までして。

「おまえが惚れるのってどんな子だろう」

タイプの男っていうのがいるのかどうかも謎なほど、もう長いこと身体だけの関係を続けていた男だ。単純に興味が湧いた。

「今度紹介するよ」

目を伏せて、眼鏡のずれをなおす。三十五のおっさんが、いっちょうまえに照れてやがる。

「言えよ、歳は?」

「若い」

「どれぐらい」

「二十一だったかな」

「だったかな、じゃないよ、若すぎる。犯罪者め」

「二十歳《はたち》過ぎたら立派な大人だ」

す、と視線をあげて俺を見据えた目に、炎のような熱い信奉心と愛情を見た。……驚いた。

氷山が恋に身を焦がしている。

「二十一っていったら大学生？」

「ああ、いまはな。創作の才能があって仕事もしてる。俺も世話になってるんだよ」

「仕事相手を口説いたのか？」

「いや……まあ、その出会いかたも運命的だったっていうか。いろいろとあってな」

「……へえ」

その日をふり返るように氷山がしみじみ笑む。唇の片端をほんのすこしひいて笑うだけで、彼の至福感が肌からこぼれでてくるのにも啞然《あぜん》とした。温かい桃色の光に似た、温かいオーラのようなもの。そんなのを氷山がふわふわまとって浮かれているのが信じられない。

「えらい変わりっぷりだなー……その子に会ってみたいよ。なんて子？」

「結生《ゆき》。結って生きるって書いて、結生だよ」

名前まで可愛いときた。

「二十一歳の才能あふれる大学生、結生ちゃんか……若くて可愛い乙女ちゃんかな？」

「乙女じゃねえよ。……や、乙女だけど、なんていうか、おまえが思う乙女っぽくはない」

「っていうと？」

「夢見がちなとこもあるけど、尊敬できて、俺よりたくましくて清らかで、誠実で可愛い」

「難しいな。聞くより会ったほうがはやそうだ」

「ああ。でもおまえも惚れそうなんだよな……結生は」

「は？」

「俺でさえ結生に会って変わった。それぐらい可愛くて魅力的だから、おまえもあやしい」

「笑わせんなよ、のろけすぎだぞおまえ」

ふたりで笑いあいつつ、氷山が誰かを〝可愛い〟と言うのも初めて見たなと、驚いていた。普段は好きなクリエイターの絵ぐらいしか〝可愛い〟と褒めない。たいそうなのろけだ。

お祝いに、とフルーツ盛りを作ってだしてやった。ハート型にカットしたイチゴを中央において、まわりにオレンジとブドウを添える。「やめろばか」と苦い顔で抗議されて笑ったが、氷山はフォークで刺して食べ始めた。気に入ったらしく、そればかりつつき始める。

「……しかしさ、まわりみんな結婚していって、俺らはゲイで、結婚っていう新しい出発点もなくて。この先どんどん孤独になっていくんだろうなあと思ってたから、氷山のそういう幸せそうな出会い？　っていうか……変化？　は、いいな。俺も希望を持てたよ。三十五の枯れたおじさんになっても、一発逆転あるんだな」

くくっ、と笑ってからかったのに、氷山は顔をしかめた。

「おまえはゲイじゃなくてバイだろ。結婚だってできる。三十五なんかまだ若い青二才だよ」

「ゲイ寄りのバイだもん。結婚して子どもつくって、家族同士のつきあいしてって考えなきゃいけない女性はしんどいかなあ……俺みたいな仕事してる男は女性も選ばないだろうしね」

「面倒くさがりが。料理のうまい男はポイント高いだろうよ」

「料理と結婚するんじゃないんだよ、女性はお金と結婚するの」

「そりゃ偏見だ」

「毎日女性のお客さまの愚痴を聞いて〝世間〟を見てるんだよ、俺は」

「なんだよ。パソコンばっかり見てゲームの世界にいる俺は世間知らずってか」

「そこまで言ってませんよ、社長さん〜」

また笑いながらほかの料理もだしてやった。「……ったく」と苦笑する氷山も、とくに文句を言うでもなく、ビール片手にならんだ料理を端から食べていく。

「俺は、東《あずま》のほうがさっさと幸せになると思ってたよ」

菜の花のおひたしを見おろして、箸でつまみつつ氷山がこぼす。

「出会いもあるし、穏和だし、俺なんかよりずっと性格もいいしな」

「はは。なんだよ。氷山は勘違いされがちなだけだろ。面倒見もよくて情に厚いじゃないか。俺はいい人ぶって装ってるだいぶ嫌な奴だよ」

「本人だけだよ、おまえを嫌な奴だと思ってるのは」

氷山が再び睨み据えてきた。叱ってもらってありがたいこういうときに、自分はつい照れて笑ってしまう。

「非道なところを必死に隠してるんだって」

「そうかよ。会社つくるって言ってた俺のことも、昔は嗤ってたのか？」

眉根を寄せて不愉快そうな顔をしているときが、こいつのもっとも哀しんでいるときだ。

「ないよ。嘘ってない。氷山のことは心のなかでも裏切ったことはない」

恩もあるけど、単純に氷山という人間が好きだからつきあっている。そこは誓う。

「フフン。東は義理堅いとこもあるからな、裏切らないって言ったらそれも信じられるよ」

「義理堅いか……好き嫌いも激しくて、嫌いな人間は結構切り捨ててるんだけどな。氷山ほどわかりやすく態度にださないからばれないだけでさ」

「ばあか、俺だって嫌いな奴にへこへこ頭さげてるわ」

ただ、と氷山がにやりと口端を上げる。

「ただ、ここは俺の幸福な王国だ」

……幸福な王国か。

「おまえが自分を〝嫌な人間だ〟って責めるようになったのは、ナギと岡部《おかべ》に裏切られてからだろ」

ナギはかつて俺の恋人で、岡部はナギの浮気相手の友人だった。

「そうだったかな」

また無意識に笑ってしまった。氷山が舌うちする。不愉快そうに、哀しそうに。

「東、〝結婚して子どもをつくらなくちゃ〟とか〝家族同士のつきあいをしなくちゃ〟とか、一緒に生きていくのを義務だと思う相手は愛しちゃいない証拠だ。自然と尽くしたくなる奴とつきあえ。おまえには人が寄ってきて選び放題だし、いったん惚れたらどうせのめりこむだろ。おまえにまた恋人ができたらダブルデートでもしようぜ、若者みたいにな」

氷山の手の指輪が光る。俺はこいつのほうがよっぽど優しい男だと思う。

「ダブルデートか、恥ずかしいなあ……」

「〝ダブルデート〟って言葉自体、死語だよな」

ふたりして吹きだした瞬間、店の戸がひらいてお客さんがやってきた。

「いらっしゃい、お好きな席へどうぞ」と笑顔で案内する。

氷山が帰っていくと、お客さんが次々とやってきて席も埋まり、慌ただしくなった。ピークが過ぎて落ちついてきたのは日づけが変わってから。カウンター席についたサラリーマンたちの愚痴や説教を聞いているうちに、閉店時間になった。

料理を片づけて店内の掃除もすませ、自転車通勤してくれているケイちゃんを見送ると、外ののれんをはずした。

雨あがりの夜の薄暗さに、紺色ののれんがぼんやり同化して見える。道には水たまりが点在していて、外灯の光を反射してまたたいていた。のれんも濡れている。髪もくるくるうねって嫌な具合だ。

「――東」

ふいに声をかけられて、え、とふりむいたら懐かしい姿があった。

「……岡部」

噂をすればばか。

「どうした、ひさしぶりだな」

「や、……おまえに会いたくて。悪いな、こんな時間に。開店中に間にあわなくて」

店っていうのは大胆に心をひらいているのに似ている。拒否権がない。

「寄ってくか？　酒ぐらいならだすよ」

「ああ」

閉店しているが、そのほうが都合もいいか、となかへ誘った。


岡部は昔、カシスオレンジとかカルピスサワーとか女性が好むような甘い酒ばかり呑む男で、仲間内でも〝可愛い奴〜〟とからかわれていた。だから「ビールで」と注文を受けてちょっと驚いた。

「岡部、変わったんだな。大人になった。ビールは苦いよ？」

「ばかにするなよ」

小さくて童顔で、選ぶものも可愛くて、友だちのなかではマスコットキャラ的な存在だった。さすがに三十過ぎておやじになっていたが、童顔なのはかわりない。前に会ってからどれぐらい経ったっけか……こいつの左手にも、指輪がある。

「もうずいぶん昔だけどさ。次おまえに会ったら、ナギの話をしなくちゃと思ってたんだ」

ビールを呑んですぐ、ごまかしているのは耐えきれないという切羽詰まったようすで、岡部が切りだした。

「……うん」

まあたしかに、ナギ以外で俺たちに深い繋がりはない。おたがい夢も趣味も違った。友だちとはいえ、ふたりきりでいたらナギの話題しか話す事柄も思いつかない程度の仲だ。

「ほんとに、ずいぶん昔の懐かしい話だな」

「東は、どこまで知ってる」

「ん？　おまえとナギも、すぐ別れたって噂は聞いてたよ」

よく遊ぶグループは繋がっていたから、情報も耳に入ってきた。氷山だけは一切拒絶して、聞く耳持たなかったけど。

「うん……そうだよ、別れた。俺もナギにからかわれただけだったんだよな」

〝俺も〟〝からかわれただけ〟。

「……ン、ナギが本気で惚れた相手はいなかったな。少なくとも当時は」

「あいつにそそのかされて、東にひどいことをした。悪かったと思ってる」

〝あいつにそそのかされて〟。

「いまさらだよ」

笑いかけると、岡部もほっとしたように顔面の緊張を解いてすこし笑んだ。

「ありがとう……東なら、そう言ってくれると思ってた」

「なんだそれ」

「おまえは優しいからさ」

心が凪いだ。

全部ナギのせいにして自分は悪くないと主張する、こんな謝罪とも言えない謝罪で自分の罪悪感を払拭し、自分のなかで自分を善人にするために、ここへきたんだな。あまつさえ俺が優しいって、ナメられたもんだ。

「結婚したのか？」

自分の顔に笑顔がはりついている間にと、話題を変えた。

「あ、そうなんだ。籍だけ入れて、式は今月末に予定してる」と岡部も微笑む。

「よかったじゃないか、幸せそうで」

「男同士も楽しかったけど、この歳になったら遊んでいられないしな。大人になったんだし、結婚しないとって」

言葉の端々にある偏見が胸の奥で苛立ちの棘《とげ》になる。うごめいて、こすれあって、身体の内部をじくじく刺してきて気持ち悪い。

立派な大人を装いながら、意識もなくマイノリティを差別して〝男同士は若いころの遊びだった〟と言ってのける岡部を、汚いと思ってなにが悪い。くだらない奴だと見下してなにがおかしい。

こういう人間を見ていると、『他人なんか信じねえよ』と肩を竦めたナギの姿を思い出す。軽蔑しながらにこにこしている自分も、充分に汚らしくおぞましいな。

ナギを責められない。愛されようとすることさえ諦めて、偽善者や性悪者を傷つけて嗤い続けていたナギに、俺は憧れていた部分もある。あんなふうに正直にふるまえるナギが羨ましかった。ナギを救いたかったんじゃない、俺はナギといることで救われていたんだ。でもナギは俺に一ミリも心を許さなかった。おまえも汚い人間だ、とつきつけて、嗤って去っていった。

おまえだけは綺麗だね、とナギに言われたかった。俺は自分が生きていてもいい価値のある人間だと証明したいがためにナギに近づいたことを、ナギに見透かされていたんだ。きっと。

「俺の嫁さん可愛いんだよ、スマホに画像あるから見るか？　おなじ会社の後輩なんだけどさ、入社してからずっとみんなの人気者で、俺すげえ羨ましがられてるんだよな」

　岡部がはしゃいでいる。嫁さんの可愛さが自分の価値だといでもいうように自慢し続ける。彼女の性格や恋のなれそめは、最後まで口にしなかった。

「ナギみたいな奴はさあ、いまごろどこかで野垂れ死んでるに決まってるよ。人をばかにして生きてるようなあんな奴、地獄に落ちて当然だろ？　なあ東？」

　酒が入ると、ナギのことも散々こき下ろして、暴言を吐いてばかにした。

　帰れ——と、たったひとこと素直な拒絶を口にできる男だったなら、ナギはいまも俺の隣にいてくれたんだろうか。

【6月11日(月)　さよなら

今夜は千客万来。古い友人が偶然ふたりもきてくれました。
おまけにふたりとも、
「恋人ができた」「結婚した」と、
幸せな報告をくれた。

彼らとの会話のなかで再会した人もいた。

恋はどこから発生するんだろう。

相手の容姿、性格、言葉、自分の優越感、恩情、トラウマ。

正否はないと思うが、人それぞれ、個々に〝それは恋ではなく、これが恋だ〟という正否はあると思う。

その価値観のあう相手となら、
恋もやがて愛になって、長く続いていくんじゃないかと考えた。


恋や愛を嗤う人もいる。

恋や愛、文字で打っている自分もたしかにすこし照れくさい。


ともかくどうか、みんな幸せでありますように。

恋や愛を嗤っていた友人も、遠くのどこかで幸せでありますように。】

ぽん、とスマホが鳴ったのが聞こえた。

ちょうど風呂からあがったところで、はてなと首を傾げて寝室へ入り、テーブルに放置していたスマホをとると、『アニパー』のセイヤの部屋に見知らぬ白いハムスターがきていた。

――『あの、こんばんは』

ぼろぼろのハムスターは、俺のセイヤの真横に立って声をかけてくれている。

――『セイヤさんですか』

しまった、『アニパー』を起動したまま風呂に入っていた。ベッドに腰かけて、慌てて返事を打つ。
――『そうです、セイヤですよ』
ハムスターはうつむきがちに立った格好で、淋しげに見える。この人、いつからきてくれていたんだろう。
――『こんばんは。初めまして』
返答があった。
――『初めまして、こんばんは。すみません、ちょっと席をはずしていました』
どこから俺を見つけて、どうして声をかけてくれたのか、と考えつつプロフィールをひらいてみると〝ヨル〟という名前以外なにもない。待ってみても、挨拶に続く言葉もとくにない。
チャット初心者、かな。
――『こちらへどうぞ』
水色ライオンのセイヤをテーブルに連れていって、ぽんと野菜ジュースをだした。
――『ジュースを召しあがれ。ぼくはリアルで食事処の店主なので、ここでも料理をごちそうしているんです。無料アイテムのごはんですから気にせず食べてください』
逡巡するように、しばらく停止していたハムスターが、くるとふり返ってテーブルへ近づき、椅子に座ってジュースをごっ、ごっ、と飲んだ。
――『すみません、ありがとうございます。おいしいです。たぶん』
ぶっ、とスマホを見ながら吹いてしまった。

――『それはよかった』
――『ブログにたまに載っているお料理の写真も、おいしそうです』
なるほど、俺のブログを読んでくれている人か。となると、ブログから『アニパー』のログイン情報を見てきてくれた、という感じかな。
――『恥ずかしい日記を読んでくださっているようで、ありがとうございます。ヨルさんとはリアルでも初対面ですよね？』
――『はい、ブログでセイヤさんを知りました。お店へいったことはありません。話がしたくて、声をかけてしまいました』
話がしたい。
――『ヨルさんは「アニパー」も始めたばかりですか？』
――『どうしてわかるんですか』
――『その服、初期服だからです』
白いTシャツと茶色のズボン。これは最初にアバターが着せられる服なので、『アニパー』に登録したばかりの人かも、と予想がつく。ハムスターのアバターも新しく加わったばかりのものだから、詳しい人間にはつるんつるんの初心者一年生に見えてしまうわけだ。
――『いろいろばれているみたいで、恥ずかしいです』
――『はは。べつに恥ずかしがることじゃありませんよ、みんな通る道ですから』
――『セイヤさんに会いたくて、さっき「アニパー」に登録したんです』
どき、とした。……ナンパかしら。妙に甘い言葉をつかう人だ。

――『恐縮です。どんな話をしたいと望んでくれていたんですか？』

訊ねたら、沈黙がながれた。……ん？　いっぱいあって言いきれない、とか？

――『ごめんなさい、ちょっと水をとってきます』

水？

――『現実の、リアルの世界でのことです』

――『あ、はい。どうぞ』

ハムスターが椅子に座ったままうつむいて無言になる。自分もセイヤを斜むかいの席に座らせて待っていたら、やがて『戻りました』と返事があった。『おかえりなさい』と迎える。

――『ただいまです。すみません。緊張して喉が渇きました』

え、緊張？

――『ブログで見ていたセイヤさんが会話をしてくれているのかと思うとどきどきします。文字だからよくないいんだと思います。表情がわからないと怖いものですね』

――『怖い？　顔が見えないから楽なんじゃなくて？』

――『いえ、ぼくがセイヤさんを不愉快にさせても文字ならごまかせますから。怖いです』

ぼく、ってことは男性か。

――『表情だって、ごまかして嘘をつけますよ』

また沈黙がながれる。

――『そうですね。でもぼくは文字のほうがおっかないみたいです』

なんだろうこの人は。文字から発せられる可愛さの波動が半端ない。

——『セイヤさんのブログの文字は、おっかなくないです』

え。

——『とてもあったかくて毎日更新が楽しみです』

ん、ン……？

——『チャットの文字も攻撃的って意味じゃないです』

自分の口がにやけてきた。ぽんぽんフォローが浮かんできて彼の焦りが伝わってくる。

——『落ちついて、不愉快にはなってませんから』

むしろ可愛すぎて、肩にかけたバスタオルで髪を拭きながらくすくす笑ってしまう。

——『すみません。こういうＳＮＳのチャットは不慣れで、ご迷惑おかけします』

——『大丈夫です。不慣れってことは、失礼ですが年配のかたでしょうか』

——『違います、大学生です』

大学生……若いのに丁寧な口調だ。

——『セイヤさんより歳下なので〝さん〟づけじゃなくて平気です』

——『じゃあヨル君ですね』

——『はい』

『ヨル君』と呼んでみた。すると『セイヤさん』と返ってきた。

ライオンとハムスターの上に、おたがいの名前だけの小さな吹きだしが浮かぶ。

——『ヨル君』

——『セイヤさん』

タオルで顔を覆って悶絶した。なんだこのばかっぷるみたいなやりとり。試しにもう一度『ヨル君』と呼ぶと、『セイヤさん』とやはり律儀に返ってくる。

大学生の男の子？　この子が……？　自分が氷山たちとゲイバーに入り浸っていた大学時代を思うと「嘘だろ」と思わず声がでた。……や、まあまだヨル君のことはなにも知らないが。

――『セイヤさん。ひとつ訊いてもいいですか』

――『なんですか』

――『どうして今日のブログは「さよなら」だったんですか』

あ、と弾んでいた感情が蹴躓いた。今夜初めて会った子に、訊かれるとは思わなかった。

――『さよならした人がいたからです』

氷山でも岡部でもなく、顔も声も知らない男の子に、ナギとの真の決別を告げた。

――『さよならですか』

――『幸せな記事だったのにね。すみません、個人的な隠し言葉でした』

ぱたぱた、と窓に雨のあたる音が聞こえてきた。また降ってきたらしい。

――『セイヤさんの今日のブログは淋しそうでした。いつもはもっとお客さんとの会話や、感じたことを長々綴っていたから。すこし気になりました。すみません、不躾に』

ヨル君の指摘どおり、たしかに珍しい記事だったと思う。自分をだしすぎる拙《つたな》い記事。

――『思春期を過ごした友人と会って、おセンチな気分になっちゃってました。自分に酔ってたかな。お恥ずかしい』

――『いえ』

木造家屋を叩く雨音が次第に強くなっていく。雨が降るととたんに、なぜか部屋のひろさ、孤独さが鮮明になる。祖父母が住んでいた家は、ひとりで暮らすには寒々しくひろすぎる。

──『セイヤさん、ぼくは好きだった人の名前を検索して、セイヤさんのブログにたどり着きました。セイヤさんと名前の響きがおなじだったんです』

好きだった、って〝セイヤ〟?

──『ぼくの叔父です。片想いしていました。でもいまはもう生きていません』

亡くなった叔父さんを好きだった……つまりヨル君は男を好きになれる子なのか。

──『一ヶ月近く、セイヤさんのブログを見ていました。ファンになりました。「アニマルパーク」にいるのを知ると、存在を近くに感じてそわそわしました。それで、理由は言葉にならないんですけど、今夜の記事を見たら会いたくて我慢できなくなりました』

恋と愛について書いた『さよなら』の記事。心にこびりついていた若気の至りを、ようやく捨てられたことに気づいてくれたのがこの子だったのか。

──『ヨル君と会うために生まれた記事なのかもしれませんね』

──『会うためですか』

いつも閉店後の深夜に書いているから、だいたい〝夜中に書いたラブレター〟じゃないが、まあ恥ずかしい記事にはなる。しかしあくまで店の客寄せで、仕事だという意識はしている。自分のプライベートをさらすような、しかもナギに触れるようなばかな記事はこれが初めてだった。

──『そう、会うため』

氷山とも数ヶ月ぶりに会ったし、岡部にいたっては十数年ぶりの再会だ。ふたりがおなじ日にやってきた偶然も含めて、まるで必然だった気がしてくる。……なんて考えるのも、ロマンチックすぎるだろうか。

――『「さよなら」が出会いのきっかけって不思議ですね』

さよならが出会い。ああ……この子の言葉のチョイス好きだな。俺のロマンチックに呆れずつきあってくれる真面目さにも感謝が芽生える。

――『不思議ではないですよ。淋しくもあるけど、別れで得られる事柄もありますから』

俺がまたナギに会うことも、再び惹かれることも、もうないだろう。でもあの経験は自分の人生に必要だった。俺をつくりあげた、俺の一部となって息づいている、苦く尊い大事な経験で、忘れられない出会いだ。

――『ですね。ぼくは叔父を亡くしていなければ、セイヤさんのブログにたどり着きませんでした』

うん。ヨル君にも、叔父さんとの別れがあって見つけてもらえたんだ。

――『そうだよ。逆に、出会いが必ずしも輝かしく素晴らしいものとも限らない』

――『どうして』

――『店にいると酔っ払って迷惑だけかけにくるお客さんとも出会いますから』

――『なるほど。そうか、セイヤさんほど日常的に出会いをくり返していると、嫌な経験もあるんですね。出会いのプロですね』

出会いのプロ！　はは、なんだそれ。

――『プロっていうほど上手に捌《さば》けてるわけでもないですよ。子どもだから苛々したりもします。〝お客さまは神さま精神〟で、タメ口で命令してくる人も大勢いますしね。「酒持ってこい」「遅《おせ》ーんだよ」「俺の好きな料理がねーんだよ」って、いろいろと』

あ、なに愚痴ってるんだ俺。

――『〝お客が神〟っていうのは店員さんが思うことであって、客がふりかざす権利じゃないのに。やっぱりお店の経営って大変なんですね』

ヨル君が真剣に返答してくれる。やたら老成した大学生だ。まいった、とても癒やされる。

ヨル君のことも癒やせたらと思うものの、亡くなったかたの話を、顔も見ずに文字であれこれ訊くのは躊躇《ためら》われるな。

――『ヨル君はどんなふうに恋をするんですか』

恋愛の話だけ聞かせてもらおうか。

――『わかりません』

あれ。

――『わからない?』

――『叔父しか好きになったことがないので、自分の恋愛傾向というか、相手に対する接しかたや言動は、自分でも仔細《しさい》にはわかってないんです』

初恋を亡くした子、なんだな。

――『ずっとひとりの人を一途に想っていたんだ』

――『一途というか、叔父を好きだったから、ほかの人を見なかっただけです』

――『片想いだったのに？』

――『片想いだからです』

名前をネットで検索するほど、いまも相手を想っている。叔父さん、というんだから、昨日今日出会って好きになったわけでもないんだろう。おそらく長い片想いなわけで、そのあいだよそ見しようとも思わなかったって……こんな子、俺のまわりにはいなかった。

――『辛くなって、やめようと思ったりは？』

――『しませんでした』

――『まわりの友だちに恋人ができても？』

――『友だちの恋愛と、自分の恋愛は無関係です』

いやいや。

――『淋しかったりしたでしょう？』

――『叔父がくれる淋しさは叔父の存在でしか補えません。もしほかの誰かとつきあっても傷つけるのは目に見えていたから考えませんでした。少なくとも叔父が生きているあいだは』

きっぱり、はっきりしている。

ヨル君には恋の道が見えているんだと感じた。〝こっちへ逸《そ》れれば失敗する〟〝こっちへ逸れれば傷つける〟〝まっすぐいくのが正しいんだ〟と叔父さんだけを先に見据えていたような、そんな道が。

とはいえ、わかっていても正しくできないのが人間じゃないか。現に俺は、失敗したり、傷つけたりする幼い恋愛ばかり見てきた。ヨル君のような子は初めて会う。

――『好きになったら、ヨル君にはその人だけなんだね』
――『はい』
――『たとえばその人がひどい人間だって知って、失望したときはどうするの』
ハムスターがうつむいて、停止する。考えている。
――『なんでひどくなったのか教わりたいです』
実直なひとことが返ってきた。
――『ヨル君にまるで誠実じゃなくて、べつの人と遊びまくって、傷つけられても?』
――『叔父もそういうところありましたよ』
え。
――『叔父が誰かとつきあうたびにぼくは辛かったけど、叔父は恋しながら、ぼくのことも〝本気じゃないだろ〟〝十代のうちに諦めろ〟って試していた気がするんです。だからべつに、無視して、好きでいました』
試していた。
は、と息を呑んだ。……ナギも、岡部と浮気して俺の愛情を試そうとしていた、って可能性があるのか。
恋や愛を嗤う奴だった。そういう綺麗な感情を信じないどころかばかにして、道を歩くカップルのまんなかをわざわざ裂いて歩いてけらけら嗤ったりもする男だった。でも本当は欲していたのかな。〝本気だって言うなら見せてみろ〟と〝俺がおまえを傷つけても、愛ってもんをよこしてみろよ〟と……?

ナギに愛されることで自分の価値を得ようとした俺の感情は、恋愛じゃなかった。完全な自己愛でしかなかったんだ。しかしナギのほうが俺のことを純粋に欲してくれていたと、都合よく解釈することもできたわけだ。

――『ヨル君はすごい子だね』

――『?』

ナギと別れたあと、俺は愛情に真摯な人間を求め続けた。それが叶わず、寝るだけ寝て勝手に失望して、一晩で別れた相手も片手じゃ足りない。

自分の価値に固執《こしつ》して、自己愛を満たすためだけに欲する関係じゃなく、相手と愛しあって、相手のために自分のことも愛せるような生涯の愛を求めていた。しかしそうやって勝手な都合で他人を欲したり捨てたりする自分は、ナギに似ているようでいてまったく違う、醜い最低な人間で、人を愛したくて、愛しあいたくて、誰もいなくて、ひとりだった。

――恋人ができた。最期まで一緒にいたいと想う相手だ。

氷山が出会った子も大学生だったな。

最期まで一緒にいたい相手か。

――『ヨル君、うちの店に食事しにきてみませんか』

チャットだけではなく、実際に会ってみたい。

ハムスターが沈黙している。雨音が聞こえる。

――『急にどうしたんですか』

いけない、警戒されている。

――『文字で話すことじゃないなって感じる話題もあったので、ヨル君さえよければちゃんと会ってみたいと思ったんです。おっかないんでしょ？　チャット』
――『ですね。いまセイヤさんがどんな顔で誘ってくれているのか全然わからないです』
この子にはいっそ〝店の利益のためです〟とゲスなことを言ったほうが納得されそうだな。
――『にこにこしてるよ。きてほしいな、って考えながら』
――『にこにこ』
――『そう』
――『リアルの表情も、セイヤさんの言うとおりわからないですね』
そこまで怖がることなくないですかね……。
しかたないので、水色ライオンのセイヤに〝嬉しい〟のアクションをさせた。椅子をおりたセイヤが、横に立って両手をあげ、ぴょんぴょん跳ねる。
――『動いてる』
――『動きますよ。下に表示されてるアイコンを押せば、感情にあわせてアバターも動いてくれるんだよ』
教えたら、そのうちヨル君も椅子をおりて、ぼろぼろ水色の涙をこぼし始めた。
――『え、なんで泣くの？』
――『とくに意味はないです。涙のしぐさを見てみたかっただけで』
泣きやむと、笑ってぴょんぴょん跳ねたり、ぷんぷん怒ったり、おじぎをしたりした。
ヨル君からは予測不可能な反応や言葉が返ってきていちいち面白いし、刺激を受ける。

――『「アニパー」のアバターってすごく可愛いですね』

楽しんでいるらしい。きみが可愛い。

――『セイヤさん、初期服はどうやったら変えられるんですか？』

――『登録したときにもらえるポイントで買えるよ。課金すればお洒落な服も増やせる』

――『セイヤさんのエプロンは？』

――『これも無料の服。ぼくは課金してないから、セイヤが着てるのも全部タダの服だよ』

ヨル君が、うんうん、とうなずく。早速つかいこなしている。

――『着がえてみていいですか』

――『どうぞ』

会いたいって誘ったんだけどなあ、ヨル君？　と思いつつ、ハムスターがまた無言で停止しているようすを眺めてしばし待つ。こういうマイペースなところも可愛く感じるから困る。

やがてヨル君の姿が空色のYシャツと焦げ茶のカーゴパンツにかわった。ぼろぼろのハムスターがお洒落になった。

――『可愛いね』

――『はい、嬉しい』

ヨル君が横をむいたり、うしろをむいたりして、かくかくまわっている。全体の姿を見ているっぽい。アバターの動きまで可愛くてこっちはたまらなくなってくる。大学生の男の子が、深夜二時過ぎに食事処のおじさん店主を追いかけてきて、アバターでくるくる遊んでいる。

理想どおりの恋愛観を持ったこんな可愛い子に、好意を持つなっていうほうが無理だ。

──『ヨル君はどうしてぼろぼろを選んだの？』
アバターは〝二枚目〟〝三枚目〟〝ぼろぼろ〟を選べる。格好いいか、格好悪いか、見窄らしいか、という極端な三択で、しゅっと細身の体格、ずんぐりした体型、細身だけどぼさぼさの毛並み、と外見の雰囲気が決まってしまうのだった。
ヨル君はぼろぼろハムスターで、若干ふさふさしている。
──『これが、なんとなく落ちつくからです』
──『落ちつくの？』
──『うん』
ちょっと格好悪いぐらいがいい、ってことだろうか。
──『セイヤさんは格好いいですね。二枚目ライオン』
──『お客さんとも話すし、格好つけちゃいました』
格好よくしたかったんだよ、と威張ったらひかれそうで、つい仕事を言いわけにしてしまった。ヨル君は卑しいことを許さなそうな清潔感もある。嫌われたくないな。
──『水色っていうのは変です』
うっ。
──『みんなが現実に忠実に、正しくすると、似たような色あいになるでしょう？　水色も綺麗だからいいかなと思ったんだよ』
──『ライオンっぽくないけど、そうですね。正しいものが素敵、って決めつけるのはいけませんね。個性に正しさなんて、言うべきでもない。すみません』

真面目だ。自分の言動も、他人と接しながらひとつずつ嚙み砕いて、見つめて、反省したり学んだりしている。
――『ヨル君、せっかくだから友だち登録しましょう。またぜひ話したい』
沈黙がながれる。まだ警戒されていたか。
――『どうやったら登録できるんですか？』
いや違う、今度は繫がる気まんまんでいてくれてたっ。なにが合格ラインなんだヨル君っ？
――『ぼくから申請するから、通知が届いたら承認してくれる？』
――『通知ですね。はい、わかりました』
ヨル君と〝友だちになる〟というボタンを押して申請する。『きました』とヨル君が報告をくれて、すぐに俺の友だちリストにヨル君が登録された。
――『こうしておいたらセイヤさんとまたお話できるんですか？』
――『そうだよ。オンオフ状況もリストに表示されるから話しかけられるし、お手紙でメールを飛ばしたりもできる』
――『わかりました。ぼくもちょっと機能を勉強しておきます。またぜひ相手してやってください』
――『こちらこそ』
セイヤをぴょんぴょん跳ねさせて〝嬉しい〟のアクションをさせたら、ヨル君もぴょんぴょんしてこたえてくれた。水色ライオンと白いハムスターが嬉しい、嬉しい、とにこに こ跳ねている。

――『来週の月曜五時、セイヤさんのお店へうかがいます』

え、いきなりだな。てっきり断られたのかと思っていたのに日時まで決めている？

――『大丈夫？　ヨル君の家の場所も訊いてなかったんだけど、距離とかは』

――『一時間ぐらいです』

――『住宅街にあって、結構民家が密集してるからわかりづらいかも』

――『ブログに載っている住所でちゃんといけると思います』

いくと決めたらたくましいな……迷いがない。

――『わかりました。じゃあ一週間後、十八日だね。楽しみに待ってます』

――『はい』

恋の発生するところはさまざまだ。

俺の生涯最後の恋は『アニマルパーク』で生まれた。

俺の人生には『さよなら』を言わなくていい人がいる。

選択してきた道、訪れた出会い、知りあってきた人たち、傍にいてくれる友人、支えあってきた家族を、この人生を、誇りに思う。

またね明。愛してる。きみを愛してる。

さよならしなくていい人がいる人生を生きられたのは、きみのおかげだ。

またね。またね、だよ。

こんなに幸福な人生をありがとう——。

初出一覧

月夕のヨル……………………………………… 書き下ろし
心に在る春……………………………………… 書き下ろし
十五年後のヨル………………………………… 書き下ろし
あとがき………………………………………… 書き下ろし
6月11日のヨル………………………………… 書き下ろし

ダリア文庫をお買い上げいただきましてありがとうございます。
この本を読んでのご意見・ご感想・ファンレターをお待ちしております。

〒170-0013 東京都豊島区東池袋3-22-17　東池袋セントラルプレイス5F
(株)フロンティアワークス　ダリア編集部
感想係、または「朝丘 戻先生」「yoco先生」係

月夕のヨル

2018年7月20日　第一刷発行

著　者
朝丘 戻
©MODORU ASAOKA 2018
発行者
辻 政英
発行所
株式会社フロンティアワークス
〒170-0013 東京都豊島区東池袋3-22-17
東池袋セントラルプレイス5F
営業　TEL 03-5957-1030
編集　TEL 03-5957-1044
http://www.fwinc.jp/daria/
印刷所
図書印刷株式会社